Hamriyanım
Frau Teig

© Sardes Verlag Erlangen
Hofmannstraße 47
91052 Erlangen
mail@sardes.de
www.sardes.de

Alle Rechte vorbehalten.

Umschlaggestaltung: Toygar
Titelgemälde: Gisela Aulfes – Daeschler
Porträtfoto: Bernd Böhner
Lektorat: Bernd Noack

Druckvorstufe und Abwicklung:
Punto Print Solutions, İstanbul
Druck: Tor Offset, İstanbul
Technische Koordination: Taner Koçak
September 2007
ISBN: 978-3-9810419-6-5

Habib Bektaş

Hamriyanım
Frau Teig

aus dem Türkischen übersetzt von
Recai Hallaç

ein vertrauter blick
ein unverbrauchtes gesicht
eine ähnlichkeit
was er am meisten sucht
ein lächeln
wenn es auch nicht ihm gilt

nach vollen bussen verlangt´s ihn
und wenn sich verdichtet
seine einsamkeit in der menschenmenge
begreift er
das weinen hat keine muttersprache

*Ein Kind,
das wachsen will
und den Geschmack der Liebe
im Mund trägt.*

Um diese Zeit muß man nicht mehr kochen, es wird kein Essen mehr herausgegeben. Fatma fängt an zu putzen. Reichen die Zwiebeln auch für morgen aus? Man kann schälen soviel man will, es kommt nie was vernünftiges zusammen. Winzlinge sind sie, diese Zwiebeln. Riesig dagegen diejenigen, die man auf dem Markt bekommt. Raşit kauft immer diese kleinen, wie zum Trotz. Die großen seien „teuer"! Am Ende kommt es immer auf das gleiche raus, diese kleinen werden zu bloßen Kernen, sie zerfallen.

So, und jetzt, ihr Zwieblein, jetzt möchtet ihr bitte Platz nehmen unter dem Tisch. Vor Raşits Blicken sollt ihr euch verbergen. Wenn er euch sieht, sagt er: „Du hast zu wenig geschält, Oma Fatma, die reichen nicht aus." Klar, dass sie dir zu wenig erscheinen, wenn du aufs Lahmacun mehr Zwiebeln tust als Hackfleisch...

Diese Schlampigkeit wirst du nie ablegen, Fatma! Wieso schmeißt du die Zwiebelschalen einfach auf den Boden? Hol dir den Mülleimer und wirf sie gleich da rein. Es wird aber so oder so gekehrt und geputzt! Laß das, such nicht nach Ausreden für deine Schlamperei. So kannst du auch ins Bett machen und dir einreden, dass du morgen sowieso wäschst...

Zuerst kehrt sie das Grobe. Sie schiebt den ganzen Kehricht zu den Zwiebelschalen hin. Die kleinen Fleischschnipsel auf dem Boden, die Salatreste, alles ihr eigener Dreck. Der Unrat versammelt sich vor allem im hinteren Teil. Vorne, wo Meister Naci arbeitet, ist es sauber. Sie wundert sich über seine Sauberkeit, die mit seinem sorglosen, groben Aussehen schwer zu vereinbaren ist. Doch Fatma war nicht immer so. Auch Meister Naci ist diese Veränderung nicht entgangen. In letzter Zeit sagt er immer wieder: „Unser einziges Kapital ist unsere Gesundheit, Oma Fatma. Rutschen wir aus, brechen wir uns die Knochen, dann sieht es schlimm aus. Mit Salat, Zitronenscheiben und solchen Sachen muß man aufpassen..." Doch Fatma sieht nichts, hört nichts, nimmt nichts wahr. Besonders in letzter Zeit...

Beeil dich ein bisschen, sonst kommst du zu spät.

Zu spät wohin?

Keine Heimlichtuerei, es muß alles gesagt werden und nichts darf man verheimlichen.

Was soll ich denn verheimlichen? Ich möchte so schnell wie möglich nach Hause.

Du verheimlichst, dass du liebst...

Sehne ich mich etwa nach ihm? Was soll ich mit so was wie Sehnsucht? Was soll ich mit so was wie Lieben? Ich muß sie wegwischen, diese verrückten Gedanken.

Wie schnell der Mülleimer voll wird! Sie will ihn heute nicht ausleeren. Die Zwiebelschalen werden zusammengedrückt und irgendwie geht dann der Deckel zu. Sie lässt warmes Wasser in den Eimer laufen. Sie macht den Lappen naß. Mit dem Lappen in der Hand schaut sie auf den Boden, den sie gerade gekehrt hat. Seltsam, dass der schwarze Käfer da nicht fliehen kann. Sieht aus wie eine Kakerlake. Ein kleiner, schwarzer Käfer. Wälzt sich auf dem Boden wie besessen. Umsonst, das Laufen will ihm nicht gelingen. Sie hebt den Käfer auf, hält ihn gegen das Licht. Seine Beine hängen herab wie Fäden. Er muß unter etwas gekommen sein, seine Füße müssen gebrochen sein. War er etwa unter dem Bierkasten, auf dem sie eben saß?

Schwarzes Käferchen, wer hat dir die Beine gebrochen?

Schwarzes Käferchen, was ist dir zugestoßen, hast du niemanden auf der Welt?

Schwarzes Käferchen, wirst du leben, die Kraft dafür haben?

Sie wundert sich über die kühle Nässe, die ihr Gesicht streift, als sie das Fenster öffnet. Der heftige Sommerregen scheint dem Bedrückenden in der Küche auch etwas Trauriges beizufügen. Ihre Blicke wandern zwischen dem schwarzen Käfer und der Dunkelheit draußen hin und her. Sie wünscht sich, dass dieser einsame Käfer lebt und fliegt und in die Höhe steigt. Doch zu der Hilflosigkeit der gebrochenen Beine und der Dunkelheit gesellt sich nun auch der Regen. Sie lehnt sich aus dem Fenster heraus und schwingt die Hand in die Höhe.

Flieg, schwarzes Käferchen, flieg hoch, sonst wird man dich zertreten...

Fatma weiß, dass der Käfer nicht fliegen kann. Sie weiß, dass er kraftlos und gebrochen ist. Und dass es dunkel ist. Spurlos verschwindet der Käfer in dieser Dunkelheit.

So dreckig erscheint ihr der Boden nicht, den sie noch eben gekehrt hat. Sie wringt den Lappen aus, schüttet das Wasser im Eimer weg und läßt das Putzen sein.

Sie sieht den Reistopf auf dem kalten Herd. Es lohnt sich nicht, das für morgen aufzuheben, es ist zu wenig drin. Wieder mit dem Abwaschen anfangen möchte sie auch nicht. Sie schiebt den Topf einfach unter den Tisch. Morgen wird der als erstes abgewaschen.

Vorsichtig, als wäre sie eine Diebin, holt sie einen kleinen Teller aus dem Kühlschrank. Der Teller ist voll mit feingeschnittenen Zitronenscheiben. Den ganzen Tag hat sie sie gesammelt. Übriggebliebene Zitronen, die mit den Salaten ausgetragen werden, die manche Gäste gar nicht benutzen und manche nicht richtig ausquetschen. Sie wird ihre Hände gründlich waschen. Und wenn sie sie danach mit diesen Zitronen einreibt...

Sollen sie schön weiß werden? Hattest du denn je weiße Hände, dass sie jetzt weiß werden sollen? Waren sie denn nicht schon immer so dunkel, seit deiner Geburt? Was willst du weiß machen? Weiß waren sie noch nie! Sie waren schon immer so unfein, schwarz, rissig und schwielig... Wie weiß die Hände mancher Leute sind, und nicht nur weiß, ja, fein, mit langen Fingern... Auch er hat solche Hände. Wie kommst du jetzt auf ihn? Schämst du dich nicht, Fatma? Du denkst Tag und Nacht an ihn. An seine Hände. Was hat es denn zu bedeuten, wenn seine Hand deine einmal berührt hat? Können die Hände von einem Menschen, der in der Küche arbeitet, schön sein? Versuch nicht, die Schuld auf die Küche zu schieben, Fatma! Waren sie denn schöner, als du in der Türkei warst? Wie sollen denn Hände sein, die auf dem Feld arbeiten, den Boden hacken, Tabak pflücken? Besonders beim Tabak, wenn dieses grüne Gift in die Risse der Haut dringt... Sogar Meister Naci hat es gemerkt. Du beschäftigst dich in letzter Zeit ständig mit deinen Händen. „Oma Fatma, reibe deine Hände mit Zitrone, das tut gut..." Nein, es nützt eben nichts, egal wie oft du reibst, das sind deine unfeinen, schwarzen, rissigen Hände. Und dieser Zwiebelgeruch! Sogar dein Bett stinkt nach Zwiebeln. Sogar Hamriye hat sich an den Zwiebelgeruch gewöhnt, seitdem sie bei mir schläft. Ich gehe jetzt, es reicht.

Plötzlich geht das kleine Schiebefenster an der Durchreiche auf. Raşits mächtiger Schnurrbart erfüllt die Fensteröffnung:

„Oma Fatma, leer bitte den Müll aus, bevor du gehst. Morgen kommt die Müllabfuhr."

Zornig zieht sie ihren Mantel aus. Sie sieht das Schiebefenster lange an, nachdem es geräuschvoll wieder zugeknallt wurde. Sie ballt ihre Fäuste.

Der Teufel soll dich holen, jedes Mal wenn du dieses Oma Fatma sagst. Sogar den Mantel hatte ich schon an, du Schuft! Nein, aus mir wird wirklich nie was werden. Ich habe all diese Jahre nicht geschafft, mit ihm zu sprechen. Meister Naci hat recht: „Wir machen sie satt und fett, diese Wölfe, wir tragen sie auf unserem Rücken, diese Wolfsschweine." Ich muß ihn zur Rede stellen, du sollst mich nicht mehr „Oma" nennen, muß ich ihm sagen, ich bin nicht einmal so alt wie du. Jetzt ist Schluss, muß ich sagen, mehr als acht Stunden wird nicht mehr gearbeitet, ich mache nicht mehr die Arbeit für zwei, muß ich ihm sagen! Das alles muß ich ihm sagen, jawohl, alles muß ich... Du wirst aber niemals den Mund aufmachen, Fatma. Bist du allein, so wie jetzt, dann bist du mutig, doch wenn du was sagen sollst, suchst du nach dem allerbesten Versteck... Gut, was kann ich dafür, ich habe Angst. In diesem fremden Deutschland bin ich sprachlos, ich wüsste nicht wohin. Man kann sich ja nie verlassen auf diesen Raşit, was mache ich, wenn er mir sagt: „Na gut, dann gute Reise"? War es denn einfach, diese Arbeit zu finden? Aber vorher war Raşit nicht so wie jetzt, oder? Nannte er mich nicht immer „Fatma

Hanım"? Vor allem, als wir zum ersten Mal miteinander sprachen...

„Du bist also aus M. Gut, ich komme auch aus der Gegend. Du versteht ja was von dieser Arbeit Fatma Hanım, du hast doch auch im Hotel gearbeitet. Komm, sag nur zu. Du wirst in der Küche Meister Naci helfen. Laß die deutschen Gesetze sein. Wir Türken sind hier wie eine Familie. Nimm auch die Arbeitszeiten nicht so ernst. Wir arbeiten halt so lange wie nötig..."

Und dieser Meister Naci spricht von nichts anderem als „Ausbeutung... Ausbeutung...". „Dieses Arschloch von Raşit lernt an uns, wie man ausbeutet", sagt er. Was macht es schon, wenn man ein bisschen mehr arbeitet? Ist es denn in der Türkei besser als hier? Wären wir denn überhaupt hierher gekommen, wenn es uns gut ginge in unserer Heimat? Doch Meister Naci hat auch recht. Gut, er hat zwar recht, aber was soll ich machen? Wie soll ich's mit Raşit aufnehmen? Arbeiten fällt mir nicht schwer. Wenn er mich nur nicht „Oma" nennen würde! Die anderen machen's ihm nach. Kamil, die Gäste... Wenn es Meister Naci sagt, ist es nicht so schlimm, vielleicht, weil wir zusammen arbeiten, ich weiß es nicht. Aber Kamil, dieser Kellner! Und dann will so einer auch noch Student sein!

Zum zweiten Mal wäscht sie sich die Hände. Der Gestank von Müll wird bis zum Ende des Lebens an ihren Händen kleben bleiben.

Es reicht.
Ich vermisse mein Zuhause.
Ich vermisse Hamriye, die schöne Braut.
Regen! Sommerregen.
Habe ich ihn, ja ihn, vermisst?

Wieder zieht sie den Mantel an. Sie bindet das Kopftuch fest. Vor der Tür, die in den Raum führt, wo die Gäste sitzen, holt sie Luft. Sie wartet einen Augenblick. Dieses Luftholen kommt nicht von der Müdigkeit, nein, eher von einer Unruhe her. Jeden Tag dasselbe. Es ist verdammt dumm, dass dieses Restaurant keine Hintertür hat! Sie hat sich in all diesen Jahren nicht daran gewöhnen können, zwischen den Gästen hindurch zu laufen, dieser betrunkenen Masse. Den Zigarettenqualm, der zu später Stunde immer dichter wird und den Geruch von Alkohol schiebt sie mit den Händen weg, bahnt sich einen Weg, sie schützt sich. Doch einen Teil der Schuld schiebt sie auf sich selbst. Sie ärgert sich, dass sie in diesem riesigen Deutschland lebt und sich immer noch nicht an derlei gewöhnt hat. Aber diese Schnurrbartmänner, diese nach Raki stinkenden Menschen machen ihr Angst. Sie kann nichts dafür, sie hat halt Angst. Vielleicht ist es auch nicht Angst, eher Scham, als wolle sie sich verstecken. Sie macht die Tür auf, stürzt hinaus. Doch Raşits Stimme eilt ihr hinterher:

„Wiedersehen, Oma Fatma, gute Nacht."

Danach auch Kamils Stimme:

"Gute Nacht, Oma Fatma..."

Viele Male „Oma Fatma", viele Gute-Nacht-Wünsche an Oma Fatma.

Meister Nacis Stimme fehlt. Dieses „Oma", das sie von ihm nicht hört, richtet sie auf.

Der Regen macht ihr nichts aus. Aber diese Angst. Jeden Tag dasselbe. Angst unter den Menschen, Angst auf der Straße, Angst im Dunkeln... Eine einsame Fatma inmitten der Ängste, inmitten der Sorgen. Eine „Oma", die im Sommerregen schnellen Schrittes entlang der Kirche zur

Hauptstraße läuft.

    Das Licht der Hauptstraße fällt auf das unruhige Lächeln von Fatma. Während sie die Straße überquert, fängt sie an zu rennen. Und ihre Füße gehören nicht mehr ihr selbst. Sie rennt und rennt bis zum Schaufenster des großen Ladens an der Ecke. Jetzt steht sie vor diesem Schaufenster. Vor dem vertrauten Schaufenster, das ihres ist. Heute wollte sie eigentlich früher nach Hause. Doch sie kann ihn nicht einfach übergehen, auch heute muß sie mit ihm reden. Wie an jedem Tag sieht sie zuerst die beiden Kinder vorne an. Dann die Frau. Sie möchte es nicht übereilen, ihn zu sehen. Wie immer schiebt sie die Freude seines Anblicks hinaus. Als würde ihre Freude umso mehr wachsen, je später sie ihn ansieht. Ihre Augen haften an der Frau. Sie wird ihr wieder das Gleiche sagen wie immer. Beängstigt schaut sie sich um. Auf der Straße ist niemand zu sehen, bis auf die beiden eng umschlungen laufenden Jugendlichen auf der anderen Seite. Der Schirm in der Hand des Jungen ist zur Seite geneigt, sie merken nicht einmal, dass es regnet. Sie wendet sich wieder zum Schaufenster. Irgendwann wird es heißen, sie sei verrückt. Wenn sie es jetzt hören?... Spricht man denn mit Schaufensterpuppen? Am meisten ärgert sie sich über die Pose der Frau. Die Kinder sind sauber und frisch, ihre Wangen rot, gesund. Und er, nein, länger kann sie nicht warten, sie schaut ihn an, den Mann. Im dunkelblauen Anzug wirkt er vornehm und fein. Mit erhobenem Kopf schaut er irgendwie hinab zu Fatma. Dass er sie anlächelt, merkt man, wenn auch undeutlich. Als würde er heimlich lächeln. Niemand kann sein Lächeln sehen, doch Fatma sieht es. Sie weiß, dass dieses heimliche Lächeln ihr gilt. Er lacht mit den Augen, als wolle er was sagen. So lächelt auch er. Auch seine Nase ist so wie die dieses Mannes, knochig. Fatma weiß, was der Mann zu sagen hat. So oft hat sie auch für ihn gesprochen. Und diese Hände; Fatma kann sich nicht satt sehen an dieser Hand, deren Daumen in der Jackentasche steckt. Wenn sie die langen, feinen Finger sieht, kommt es ihr vor, als würde sie seine Hände, seine Finger sehen. Auch die Augen sind genau wie seine. Die andere Hand hat er vorgestreckt, als würde er jemanden zu sich rufen. Als würde er Fatma... Aber seine Frau kann Fatma nicht ausstehen. Mit ihrer hochstehenden Nase scheint sie zu sagen: „Die Welt gehört mir." Diese schrägbeinige Frau kann Fatma nicht verstehen. Ihr linkes Bein ist nach vorne gestreckt, sie hat einen Schritt gemacht, als wolle sie raus. Sie verachtet alle. Sie will hier weg, sie will auf die Straße. Diesen schönen Mann da allein stehen lassen. Und Fatma kann sich der Worte, die sie jeden Tag sagt, nicht erwehren:

„Was willst du mehr, du hast einen Mann, schön und kräftig wie einen Löwen, du hast deine zwei Kinder, zart wie Rosen. Aber geh nur und glaub nur nicht..."

Auch heute musstest du es. Auch heute hast du dich über die Frau geärgert. Aber so geht das nicht weiter. Eines Tages wird man dich sehen, wenn du mit den Schaufensterpuppen sprichst. Man wird sagen, du seist verrückt. Sind es nur die Puppen? Du sprichst jetzt mit allem Möglichen. Mit dir selbst und zu Hause mit Hamriye... Aber Hamriye ist doch keine Schaufensterpuppe, sie ist meine kleine Herzensliebe. Was macht's aus, wenn sie aus Teig ist? Sie versteht mich. Mit wem soll ich sonst über meine Sorgen sprechen? Wen habe ich noch auf der Welt? Ihn. Mit ihm? Wie soll ich denn mit ihm sprechen? Wann sehe ich ihn denn überhaupt? Und in welcher Sprache? Mit meinem schlechten Deutsch? Laß das Deutsche, lern erst Türkisch. Kannst du überhaupt vernünftig

Türkisch sprechen? Komm, zieh weiter, steh nicht so herum vor Schaufenstern mitten in der Nacht. Du bist durchnässt. Du magst es, diese Nässe, dieses Kühle, nicht wahr, du Hure! Komm, laß ihn nicht länger warten, vielleicht triffst du ihn jetzt wieder. Wenigstens siehst du sein erleuchtetes Fenster, wenn er noch nicht schläft...

In der vagen Hoffnung, ihn vielleicht doch zu treffen, beeilt sich Fatma. Sie weiß zwar, dass er um diese Zeit selten draußen ist. Aber das macht nichts. Es reicht ja Fatma schon, zu seinem Fenster zu schauen und dort Licht zu sehen, wenn es brennt. In ihr ist dann eine sonderbare Furcht, die sie liebt und fast gerne in ihrem Herzen spürt. Sie kann diese Furcht nicht abwerfen oder vergessen. Sie weiß, dass nichts geschehen wird. Sie redet sich selber ein, dass sie nichts will, dass es nichts geben wird. Schließlich weiß niemand etwas von ihren Gefühlen, schon gar nicht der, den sie liebt. Die Welt, die sie sich geschaffen hat, existiert nur ganz und allein in ihr. Die Wärme, die sie bei den Gedanken an ihn spürt, vergeht etwas. Aber es bleiben die Gedanken an ihn, es bleibt in ihrem Herzen die Welt bestehen, in der sie mit ihm lebt. Sie kann ihn nicht vergessen, nicht seine Hände, und sie stellt sich die Berührung dieser harten schwarzen Hände mit ihren feinen langen Fingern vor. Diese Wärme, dieses Brennen.

Es wundert Fatma nicht, dass niemand außer ihr an der Bushaltestelle wartet. Warum ist sie überhaupt hier? Sie wird doch sowieso nicht mit dem Bus fahren. Als ob es ein guter alter Bekannter wäre, betastet sie das Wartehäuschen überall und sieht es freundlich an. Mit ein paar Schritten geht sie wieder hinaus in den Regen. Sie liebt den Sommerregen, der mal schwach, mal stark, ununterbrochen regnet und trotzdem den Himmel nicht verfinstert. Sie blickt die Kirchturmuhr lange an und lacht. Fatma lacht immer, wenn sie die Uhr ansieht. Ihr Selbstvertrauen ist gewachsen. Als sie nach Deutschland kam, konnte sie die Ziffern nicht lesen. Dann hat sie es nach und nach, ganz alleine gelernt. Erst die 1, dann die 2 und... Sie wird den Bus nicht nehmen. Sie läuft.

Sie redet sich ein, dass sie zu Fuß schneller zu Hause ist. Schließlich hatte sie sich geschworen, nie wieder Bus zu fahren. An jenem Tag... Jener Tag... Alle Sitze waren besetzt gewesen und auf dem Gang dazwischen standen auch noch Leute. Aber der Platz neben ihr blieb leer. Der Bus war noch nicht abgefahren. Fatma hatte erwartet, dass einer der vielen Menschen, die da standen, sich neben sie setzen würde. Sie hatte nicht kapiert, warum das niemand tat. Der Bus fuhr ab.

Sie hatte gewartet.

Sie spürte eine Beklemmung, in ihr schmerzte etwas.

Der Bus fuhr längst.

Und der Platz neben ihr war immer noch leer.

Sie hatte mit geschlossenen Augen gewartet, als ob sie sich schämte.

Beim Warten war sie ganz klein geworden.

Es war oft so, dass sie klein wurde, ganz klein.

Schließlich war sie ein Insekt, ein winziger, schwarzer Käfer. In der Ecke, an dem Busfenster, war sie ein kleiner, verwundeter Käfer geworden.

Sie hatte ihr Gesicht an die Scheibe gelehnt. Es war damals auch eine Sommernacht gewesen wie heute. Auf dem Bürgersteig liefen viele junge Mädchen und Männer mit Eiswaffeln in den Händen umher. Die Mädchen trugen ärmellose, ganz kurze Kleider und Sandalen an den bloßen Füßen. Einige hatten auch die Schuhe in die Hand genommen und liefen barfuß umher, wie um die Kühle des Straßenpflasters zu fühlen. Die jungen Männer hatten die Mädchen um die Taille gefasst. Dann hatte sie versucht nach unten, auf den Boden des Busses zu blicken. Ihr wurde schwarz vor Augen. Sie fluchte, sie hasste alles in der Welt. Ihr Blick fiel auf ihre Schuhe und sie wunderte sich, als ob sie sie zum ersten Mal sah, wunderte sich über die Größe ihrer Füße. Dann sah sie ihre dicken, schwarzen Strümpfe. Und dann den abgewetzten Saum ihres blaugestreiften Kleides, der unter ihrem grünen Mantel heraushing...

Sie hatte verstanden. Niemand würde sich neben sie setzen. Auf einmal war alle Hoffnung verschwunden.

In ihr, ganz im Inneren ihre Herzens hatte sich ein schwarzes Knäuel gebildet, ein riesiges Wutknäuel. Und es wuchs und wuchs und es schmerzte und verteilte sich in ihrem ganzen Körper.

Und sie hatte ein Gewicht auf der Brust.

Das Atmen wurde ihr schwer.

Schließlich passte die Wut nicht mehr in den Käfig ihres Körpers. Eine Haltestelle später hatte sie ihren Kopf erhoben. Sich aufrecht gesetzt. Weder ihre groben Schuhe noch ihren grünen Mantel sah sie mehr. Ihr war alles egal. Irgend etwas geschah in ihr. Und sie schaute auf einmal furchtlos und unbekümmert den Umherstehenden ins Gesicht. Die Menschen aber wandten ihre Blicke ab. Nur einer von ihnen hatte Fatma ganz normal angesehen. Es war ein junger Mann in Samthosen, der wie ein Studierter aussah. Er ähnelte dem Koranrezitierer, der immer im Fastenmonat in ihr Dorf kommt. Der junge Mann im Bus hatte Fatma lange angeschaut. Dann hatte er sich auf den leeren Platz neben sie gesetzt. Erst hatte Fatma sich von diesen Blicken täuschen lassen. Nein, der Mann, der dem Koranleser ähnelte, sah sie mitleidig an. Aber Fatma wollte alles andere als Mitleid. Sie hatte Wut im Leib, eine Wut, die in Wellen in ihr aufstieg, und ihren Körper erfüllte. Der Mann war erstaunt, als sie ärgerlich aufstand. Sie hatte sich stoßend einen Weg durch die Stehenden gebahnt. Und an der nächsten Haltestelle war sie ausgestiegen. Später hatte dann ihr Bett, das trotz der Julihitze kühl war, ihre Wut und ihre Tränen aufgesaugt.

Dabei fährt Fatma doch so gerne Bus. Voll muss er sein, ein Durcheinander von Bewegungen. Und wie liebt sie es doch, wenn der Bus an die Haltestelle kommt, wenn man mit der Menschenmenge zum Einstieg hastet, das Schubsen und Stoßen, das Drängeln und Schieben mit den anderen Leuten; zusammen durch die gleiche, viel zu enge Tür einzusteigen, das Lachen, die „Entschuldigung", das „Danke" der anderen Leute vermischen sich und Fatma ist mittendrin, gehört dazu. Es ist ihr nicht wichtig, dass das Lachen nicht ihr gilt, Hauptsache ist, dass es da ist. Es reicht ihr sogar schon ein Lachen, das für niemanden bestimmt ist. Dann im Bus, wenn es Platz gibt, hingehen, sich setzen, es sich in den Ledersitzen bequem machen... Ja, wenn sich jemand neben sie setzen würde. Etwas würde in ihr aufbrechen, Schauer würden ihr über den Körper laufen. Durch das Schütteln des Busses würde dann sein Arm an den ihren stoßen und sein Knie an das ihre. Ihr ganzer Körper würde brennen: Mit jedem Schütteln würde ihr leichter, es stiegen bunte Luftballons aus ihrem Herzen zum Himmel hinauf. Nachts, nach einer solchen Reise würde Wärme nicht nur ihr Herz füllen, sondern sogar ihr Bett, in dem sie friert im Sommer wie im Winter vor Einsamkeit. Aber nach jenem Tage war die Wärme, die Freundschaft der Busse vorbei.

Fatma verlässt die Hauptstraße. Sie nimmt die Abkürzung,

die an der Bank vorbeiführt, zu ihrer Strasse. Jetzt steht sie vor dem Haus, in dem sie wohnt. Sie sieht die Haustür nicht einmal an, sie geht nicht hinein, sie geht auf die gegenüberliegende Seite. Ihre Hände sind in den Manteltaschen, sie drückt ihr nasses Kopftuch, das sie sich von den Haaren gestreift hat, wie ein kleines Taschentuch aus. Sie merkt kaum, wie die Regentropfen, die durch ihre langen Zöpfe rinnen, in ihren Nacken und weiter nach unten laufen.

Sie wirft einen kurzen Blick in das Schaufenster des Hutmachers unter dessen Vordach sie sich gestellt hat. Sie dreht dann dem Schaufenster den Rücken zu. Ihre Blicke streifen den dritten Stock ihres Hauses. Ihre Augen bleiben an dem Licht hängen, das dort brennt. Sie schaut in das Licht hinein, nicht aufgeregt, ganz ruhig ist sie, als ob sie diesen Blick, dieses Gefühl lange auskosten wollte. Sie stützt sich mit den Händen am Schaufenster ab und stellt sich auf die Zehenspitzen. Als ob sie sich strecken, abheben und in das erleuchtete Fenster hineinfliegen will. Sie ist erfüllt von Emotionen, die sie doch gar nicht verstehen oder benennen kann. Sie dreht sich wieder zum Schaufenster hin. Ein weißer Hut in der Auslage. Der Hut sieht wie ein Brautputz aus, so weiß, ganz weiß, geschmückt mit weißen Blumen aus Wachs. Nur eine der Schleifen am Rand ist hellblau.

Jetzt stehe ich wieder vor meinem Brautschleier. Was soll denn daraus werden? Und dort ist es, sein Fenster. Auch heute brennt das Licht bei ihm. Warum schläft er nicht? Hat er Kummer? Wenn man bedenkt, dass er bis nach Mitternacht nicht schläft... sei nicht verrückt Fatma, was hilft es dir, nach seinem Fenster zu schauen? Du kannst ihn ja gar nicht sehen, was nützt es also, nach seinem Fenster zu schauen? Man wird sagen, die ist verrückt! Die stellt sich um Mitternacht auf die

Straße, vor die Fenster! Aber ich blicke ja nicht nach ihm... Und wenn ich es täte, könnte ich ihn ja nicht sehen!... Kann man denn ein Fenster im dritten Stock einsehen? Ich sehe mir das Schaufenster an. Ich mag diesen Schleier. Habe ich denn nicht genau einen solchen für Hamriyanım genäht? Besonders die Blumen. Und sieht Hamriyanım nicht genau aus wie eine Braut?

Nur du... Du sagst zwar, ich sehe mir das Schaufenster an, aber, siehst du, deine Augen sind schon wieder am Fenster...

Fatma reckt sich wieder. Sie hofft, im Fenster einen Schatten, eine Bewegung zu sehen. Dieses eine erleuchtete Viereck scheint Fatma anders, wärmer zu sein als die anderen, dunklen Fenster. Sie versucht ihr eigenes Fenster unter dem Dach zu sehen. Die beiden winzigen, zum Himmel gerichteten Scheiben vergleicht sie mit zwei geschlossenen Augen, zwei schwarzen Gruben in einem Gesicht.

Los, geh nach Hause! Bist du hierher gelaufen, um dich in den Regen zu stellen? Nimm dich zusammen, der ist auch nur ein Ungläubiger. Ein Ungläubiger? Wie kommst du jetzt auf einen Ungläubigen? Er sieht ja nicht so wie die anderen Deutschen aus. Wie ihm der Bart steht! Ein dunkelblonder Bart. Auch seine Haltung, sein Benehmen, seine Art zu Reden sind anders. Jener Tag, jener Tag...

Er hatte irgend etwas gesagt, aber für Fatma waren seine Worte fremd. Es war wohl etwas Freundliches, er hatte über sein ganzes Gesicht gelacht. Aber sie hatte nur ein „Danke schön" verstanden. Er hatte seine Hand zu ihr ausgestreckt. Wie weich seine Hände doch waren. Mein Gott, schmal und lang. Das Raue ihrer Hände war zwischen diesen schmalen und langen Fingern erst richtig deutlich geworden. Was er danach gesagt hatte, hatte sie nicht mehr verstehen können, aber was konnte er schon gesagt haben? Der Dank war doch nicht nötig gewesen, Fatma hatte ja gerne geholfen. Es war ja nur ein kleines Schränkchen. Wenn sie sich nicht geschämt hätte, hätte sie es sich ganz alleine aufgeladen und nach oben getragen. Es hätte ihr gereicht, wenn er zugesehen, gereicht, wenn er gelacht, gereicht, wenn er sich gefreut hätte. Sie wusste, er konnte das nicht tragen, er war so etwas nicht gewöhnt, er war viel zu zart. Das sah man seinen Händen an, dass er in solchen Arbeiten nicht geübt war. Aber Fatma fiel so eine Arbeit nicht schwer. Als sie früher während der Weinernte zum Traubenschneiden gingen, hatte sie immer gleich zwei Tragkörbe auf den Rücken genommen. Einmal hatte sie sich sogar einen Sack voll gepresster Rosinen aufgeladen. Der Sack fasste mindestens hundert Kilo.

An jenem Tage war sie ein bisschen zu spät zur Arbeit gekommen. Da es das erste Mal gewesen war, hatten die im Restaurant sich gewundert. Raşit hatte sie mit weit aufgerissenen Augen misstrauisch angesehen. Meister Naci hatte gelacht und „Hast du verschlafen, Oma Fatma?" gesagt. Wenn sie gleich gegangen wäre, nachdem sie den Schrank getragen hatte, wäre sie nicht zu spät gekommen. Aber als sie die Unordnung gesehen hatte, konnte sie sich nicht beherrschen. Sie war schockiert. Das gertenschlanke Mädchen, das da öfter hinkam, machte offenbar gar keine Hausarbeit. Da lagen Hosen, Polster, leere Flaschen am Boden herum. Wie viele Bücher er hatte. Fatma war erstaunt. Hatte er denn all diese Bücher gelesen? Sie konnte sich nicht zurückhalten und hatte gesagt: „Ich will aufräumen, ich will ein bisschen aufräumen." Nachdem sie es ausgesprochen hatte, war ihr zu Bewusstsein gekommen, dass sie es auf Türkisch gesagt hatte. Er hatte gelacht, als ob er Türkisch könnte, als ob er sie verstanden hätte, den Kopf geschüttelt und dann gelacht, als ob er sagen wollte „Schön, wie du willst". Dann hatte er noch etwas auf Deutsch gesagt, bestimmt „Lass, mach dir keine Mühe, das ist doch nicht nötig". Aber Fatma hatte es gerne getan. Hätte sie es lassen sollen? Was sei schon dabei, wenn sie ein paar Sachen aufräumte? Fatma selber beschäftigte etwas ganz anderes. Sie hatte zum ersten Mal die Wohnung eines Mannes betreten, sie war zum ersten Mal allein bei einem Mann. Auf einmal war ihr heiß und kalt geworden, ihr Gesicht, ihr ganzer Körper brannte, und dann schauderte es sie wieder. Aber er sah doch anderen Männern gar nicht ähnlich! Fatma beruhigte sich wieder, für sie war er nur ein verwöhntes Kind. Als ob, als ob sie ihn auf den Schoß nehmen...

Was denkst du da, wie denkst du, Fatma? Gehören sich solche Gedanken für dich? Was ist los? Aber – verbirg nichts, Fatma, was soll sonst noch sein? Hättest du früher dieses Schaufenster eines Hutmachers so angesehen? Dich so in den Anblick des Brautschleiers vertieft? Sprich es aus, schäm dich nicht zu sagen, dass du dich danach sehnst, eine Braut zu werden. Was bedeutet es, dass du dich vor das Fenster da stellst und schaust und dich in Träume verlierst? Oder, oder... Nein, lieben steht mir nicht zu. Selbst wenn ich lieben würde, wäre die meine doch nur eine ausweglose Liebe. Die blinde Liebe eines Menschen, der niemanden außer sich selbst sieht, niemandem seine Liebe zeigt, sie nicht zeigen darf...

Und denk an deinen Stand, wie kannst du so jemanden lieben? Beachtet er dich denn überhaupt, mit seinem hohen Wuchs, seinen stahlblauen Augen, seiner Studiertheit? Und vor allem ist er kein Türke! Was sagt man dann über dich? Werden sie nicht sagen „Was macht die alte Oma da?" Ja, die „Oma", Raşits „Oma". Mit ihren harten, rissigen Händen, ihrer Winzigkeit und ihren nach Essen riechenden Kleidern. Wie kannst du schon lieben? Was ist der Preis dafür. Wem kannst du schon deine Liebe geben? Ihm? Will er dich denn? Was nützt es dir also, dass du nächtelang, ohne es jemanden merken zu lassen in deinem Innersten geliebt hast? Bist und bleibst du nicht die Fatma in ihrem Müll- und Zwiebelgestank?

Fatma machen solche Gedanken traurig, aber eine winzige Hoffnung, eine Sehnsucht hält sie aufrecht. Warum sollte es denn nicht sein? Wie hatte er sie angesehen, an jenem Tage? Sein nachdenkliches Gesicht, war es nicht aufgehellt? Das sanfte Lächeln auf seinen Lippen hatte einen Widerschein in seinen melancholischen Augen. Seine Hosen waren zerknittert, sein Hemdkragen zu weit für den feinen Hals. Was aß er, was trank er? Fatma hatte viel daran gedacht. Was war das mit den vielen leeren Flaschen? Fatma hatte sie alle hinter der Tür aufgereiht. Sie hatte verstanden, dass keiner für ihn sorgte. Sicher war, dieses gertenschlanke Mädchen kümmerte sich nicht darum. Wozu kam sie dann also? Was war das für eine Frau? Man versorgt doch seinen Mann!

Wenn er will, koche ich auch für ihn. Da ist ja nichts dabei. Dann bekommt er wenigstens etwas Warmes in den Magen. Ob er unser Essen mag? Für mich selber koche ich ja auch fast nichts mehr in letzter Zeit. So allein schmeckt einem das Essen ja nicht. Das bekommt man nicht hinunter. Aber zu zweit, wenn man sich gegenüber sitzt, sich unterhält und dabei isst, da schmeckt es besser. Die weißen Bohnen, die ich neulich gekocht habe, habe ich auch nicht gegessen, so allein... Dabei hatte ich einen solchen Appetit darauf. Weggeschüttet, fort. Schade um das Fleisch darin. Aber zu zweit... Aber was würde er sich überhaupt denken? Wenn ich seine Hausarbeit mache, sagt er dann nicht „Warum macht die Frau mir die Arbeit?" Ich will ja nichts dafür, mir reicht das, was ich verdiene. Ich will ja gar nichts, er soll es nur erlauben. Fatma, es reicht, geh nach Hause, was soll einer sagen, wenn er dich sieht? Hamriyanım sorgt sich gewiß auch schon und sagt „Wo bleibt diese Streunerin?" Aber sie weiß es auch, bestimmt weiß sie, dass ich liebe. Sieh mal, jetzt bist du ganz durchnässt, los...

Sie dreht sich noch einmal zum Schaufenster um, wirft einen letzten Blick auf den mit Wachsblumen geschmückten Brauthut.

Beim ersten Schritt erschaudert sie, beim Gehen spürt sie die Kälte, die Nässe. Sie freut sich, dass die Haustür offen ist, sie nimmt die Hände nicht aus den Taschen und stößt die schwere Tür mit der Schulter auf. Als ob sie ihre Hände nicht sehen will. Sie macht auch das Licht im Treppenhaus nicht an.

Die Dunkelheit lässt Fatma noch einmal zusammenzucken.

Der zweite Stock...

Und dann der dritte Stock. Mit der vertrauten Wärme.

Sie bleibt auf dem Treppenabsatz stehen. Die Dunkelheit umschließt sie schützend und lässt sie nicht mehr so frieren. Das Herz schlägt, als ob es aus dem Halse heraus wollte. Ihre Hände tasten zu der Tür, zu seiner Tür. Die nach Müll und Zwiebeln riechenden Hände liebkosen und streicheln diese Tür. Sie streicht über das Holz mit einer Sanftheit, die dem Gefühl in den Händen des Schreiners, der die Tür gemacht und das Holz bearbeitet, dem Holz Leben gegeben hat, gleich ist. Der liebevolle Blick, mit dem der Schreiner seine Tür ansah, nachdem das Holz zur Tür geworden und sie ihren Platz gefunden hat, blickt aus Fatmas Augen und, erfüllt von ihrer körperlichen Sehnsucht, umarmt er diese Tür. Der Regen hat die Haut ihres Gesichtes gekühlt, jetzt fühlt sie die Wärme ihrer Tränen umso mehr. In ihrem ganzen Leben hatte sie noch nie so aus der Tiefe, so gerne und mit Freuden geweint. Sie liebkost die Tür. Dann tasten ihre Hände nach der Klingel, über die erhabene Stelle daneben. Sie weiß, dass dort sein Name steht. Sie liebkost die Schrift, die sie nicht lesen kann, die spürbaren Lettern. Läßt etwa die Liebe sie weinen? Sie wundert sich, dass man ohne Traurigkeit im Herzen weinen kann, wundert sich über die Schönheit dieses Weinens. Sie lehnt sich fest an die Tür. Als ob sie sich mit der Tür vereinen möchte. Jetzt gehen ihre Lippen an die Klingel, die sie mit ihren Händen liebkost hat, auf die erhabene Stelle der Klingel. Sie presst die Lippen auf den Namen, den sie nicht lesen kann. Eine Wärme breitet sich über ihren ganzen Körper aus.

Die Furcht wird Wärme.

Die Furcht verbrennt ihren Körper mit ihren Schauern.

Sie küsst die Tür.

Sie küsst die Klingel.

Alles, alles küsst sie.

Sie küsst ihn.

Ihre Augen sind geschlossen. Die Spannung in ihrem Körper löst sich auf einmal. Der Schmerz und die Angst, die gerade noch da waren, werden von Ruhe und Leichtigkeit abgelöst. Dass sie sich ihre Gefühle, die sie seit Tagen auch vor sich selbst verheimlicht hatte, jetzt eingesteht, gibt ihr eine wohlige Zufriedenheit. Sie freut sich über ihren Mut, darüber, dass sie sich zu all dem so plötzlich bekennt. Dass sie es der Tür, der Treppe, der Klingel und sich selber gesagt hat.

Der Lärm der Haustür lässt Fatma auffahren. Ihre Hände strecken sich noch einmal nach der Tür aus, ihre Lippen berühren ein letztes Mal die Erhebung neben der Klingel, sie küsst und streichelt sie noch einmal hastig. Dann rennt sie nach oben. Zu Hamriyanım.

Während sie die Tür zu ihrer kleinen Mansardenwohnung aufschließt, kommen Fatma ihre Hände nicht mehr so hässlich vor. Morgen wird sie sie wieder mit Zitrone einreiben.

Sie zieht sich nur den Mantel aus. Dann wirft sie sich mit ihrem feuchten Kleid aufs Bett. Es ist ihr, als ob dieser schöne Traum zu Ende sein würde, wenn sie sich das Kleid ausziehen und sich waschen würde. Sie macht auch das Licht nicht an. Plötzlich, als ob vorher nichts gewesen wäre, hört sie die Regentropfen, die auf ihre Fensterchen tropfen. Sie hört das zum ersten Mal. Dabei hat es doch seit sie hier ist schon so häufig geregnet. Und zum ersten Mal scheinen ihr diese zum Himmel gerichteten Fenster schön. Zum ersten Mal liebt sie ihre Wohnung, ihr Zimmer. Ihr Zimmer kommt ihr groß vor. Sie reckt sich und zieht ihre Hamriyanım in ihrem Brautkleidchen vom Bettrand an sich.

Ich weiß, Hamriyanım, du warst besorgt, hast gesagt „Wo ist diese Närrin?". Aber siehst du, alles ist doch in Ordnung. Und jetzt weine ich nicht mehr. Eben habe ich noch geweint, aber glaub mir, nicht aus Kummer. Ich weiß auch nicht, warum ich geweint habe. Hör, Hamriyanım, wie der Regen tropft, es ist doch, als ob er was erzählt, nicht wahr? Die Stimme des Regens ist nicht wie die Stimme der Menschen. Der Regen erzählt dir alles was du willst. Was hast Du heute zu Hause gemacht? Die Wärme unserer Wohnung und die Wohligkeit unseres Bettes kommt auch ein bisschen von dir, Hamriyanım. Komm, lache auch du ein wenig.

Beim Reden streichelt sie das weiße Gewand Hamriyanıms, das in der Dunkelheit so schön leuchtet. Sie streichelt das Brautkleid und den Schleier, die sie selbst genäht hat, die harten Füße, die grob modellierten Hände. Sie liebt diesen trockenen harten Teig. Hamriyanım ist ihre Freundin, Weggefährtin, ihr Alles. Und als sie Hamriyanım von ihrem Arm an die Brust zieht, sieht Fatma die Sterne.

Sieh mal, Hamriyanım, siehst du die Sterne? Jetzt wundere ich mich aber. So viele Jahre sind wir hier und sehen sie zum ersten Mal. Gleichzeitig regnet es. Also gibt es die Sterne nicht nur in der Türkei. Und wie nah sie sind! Sie kommen ja fast ins Zimmer. Weißt du Hamriyanım, wann ich die Sterne zum ersten Mal gesehen habe und mit ihnen Freund geworden bin?

Ich war noch ein Kind, wir gingen damals zum Arbeiten in die Ebene. Man schlief dort, wo man arbeitete. Sie hatten mich zum ersten Mal auf die Tabakfelder gebracht. Um Mitternacht standen wir auf, der Himmel war voller Sterne. Im Morgengrauen fingen wir mit dem Tabakpflücken an. Meine Augen waren zum Himmel gerichtet, ich vergaß das Tabakpflücken. Diese Tabakblätter, die meine Hände giftgrün verfärbten, sammelten sich nicht in meiner Kiepe an. Der Besitzer des Feldes kam dann und schrie mich an. Meine Mutter wurde traurig, konnte mich aber nicht davor schützten. Am späteren Vormittag gingen wir dann in die Laube. Dort wurden die gepflückten Tabakblätter auf eine Schnur aufgereiht. In der Hitze wurde ich schläfrig, mir fielen die Augen zu. Aber abends konnte ich dann wieder nicht schlafen. Wir legten uns auf dem offenen Feld auf ein Tuch. Ich konnte nicht einschlafen. Meine feinen Gelenke schmerzten, ich konnte nicht schlafen. Die Sterne fingen meine Augen ein. Ich glaubte, einer der Sterne, die meine Blicke an sich zogen, würde zu mir herunter kommen. Wie nah sie waren, die Sterne. Es war mir, als ob ich sie anfassen könnte, wenn ich nur die Hand ausstreckte. Ich wollte aufspringen und zu den Sternen fliegen. Tausende von Kindern würden mich dort empfangen. Mit ihren feinen seidigen Händen würden sie meine schmalen, von der Schärfe des Tabaks schmerzenden Hände fassen. Sie würden mich ihre Spiele lehren. Wir würden zusammen spielen. Diesen Traum, den ich mit offenen Augen träumte, zerstörte dann meine Mutter wieder. „Mach die Augen zu, Mädchen, schlaf, morgen hältst du die Hitze sonst nicht aus." Dennoch konnte ich nicht schlafen und blickte heimlich zu den Sternen hoch, zu den weißgekleideten Kindern, die dort spielten. Den Schlaf umarmte ich zwischen den Sternen.

Sieh Hamriyanım, sieh nach oben, zum Fenster. Nicht die Regentropfen, die Sterne fallen auf unser Fenster. Ganz vorsichtig, ohne die Scheibe zu zerschlagen, dringen sie wie feuerfarbene Vögel in unser Fenster. Früher haben wir unsere Wohnung hässlich gefunden und gesagt, wir gehen gebückt unter dem Dach herum. Dabei ist sie so schön. Was ist schon, wenn man sich aus dem Fenster beugen muss, um die Straße zu sehen. Das wirklich Schöne ist ja doch am Himmel.

Die Wärme breitet sich in ihrem Körper aus wie ein Schmerz, bis in die Spitzen ihrer Brust. Sie nimmt ihre Brüste in die Hände und quetscht sie so stark sie kann. Sie sucht Zuflucht in den Schmerzen, die sie genießt. Und sie kann nicht anders, sie muss an ihn denken.

Was meinst du Hamriyanım, ob ich ihn wohl morgen sehen werde? Was mir da einfällt, ich denke schon eine Weile daran, konnte es dir nur noch nicht sagen. Ich sollte mich ein bisschen in Ordnung bringen, ich habe nichts Anständiges an den Füßen, nichts Anzuziehen, ich sollte mir was kaufen. Morgen früh gehe ich zum Markt. Dann zum Schuhladen. Ich möchte mir ein Paar hübsche, billige Schuhe kaufen. Was meinst du,

Hamriyanım? Die Schuhe hier sind doch sehr klobig, wie Männerschuhe. Ich wusste ja, dass du so etwas sagen würdest. Wie kommst du darauf, neue Schuhe zu kaufen, nicht wahr? Wozu verdiene ich denn Geld, Hamriyanım? Ab und zu muss ich mir schon selbst was kaufen. Nein, meinen Vater vergesse ich schon nicht, dem schicke ich morgen auch Geld. Seit drei Monaten hab ich es nicht geschafft, etwas zu schicken, morgen mache ich das. Bist du jetzt wieder zufrieden? Aber wenn ich ihm Geld schicke, hört er ja doch nicht mit seiner Zankerei auf; er wird weiter herumliegen und die Mutter betrüben. Also, ein Kleid will ich mir kaufen. Die alten riechen alle nach Essen. Sie sind ausgebleicht und abgetragen. Alle, sage ich, ich habe gerade zwei Kleider. Erst kaufe ich was zum Essen auf dem Markt und bringe das nach Hause. Dann gehe ich und kaufe die Schuhe und bringe die nach Hause. Dann vielleicht, vielleicht sehe ich ihn dann beim Hin- und Hergehen. Vielleicht hat er wieder etwas zum Tragen, warum nicht? Dann finde ich ihn wieder an der Haustür, wie ein Kind wartend, mit hängendem Kopf. Wie sah er doch mit seinen Kinderaugen um sich, als er neben dem Schrank dastand! Ich habe gleich gemerkt, dass er den Schrank tragen wollte, es aber nicht konnte. Lach nicht, Hamriyanım, warum magst du es nicht noch mal hören, vielleicht habe ich etwas vergessen, hör doch bitte! Wie hab ich ihm das bloß mit meinem bisschen Deutsch erklären können „ich helfen, ich tragen, ich..." Er hatte wie ein schüchternes Kind gelacht. Er hatte „Ja" gesagt, er hatte noch was gesagt, aber ich habe es nicht verstanden. Als ob ich es verstanden hätte, wenn ich Deutsch könnte. Ich habe ihm lange ins Gesicht gesehen, ich muss alles um mich herum vergessen haben. Seine kindlichen Blicke, das hübsche kleine Lächeln im Gesicht. Ich sage zierlich, er ist zwar eigentlich groß wie ein Löwe, aber dennoch zierlich. Die Art, wie er den Schrank anfasste war ungeschickt. Er ist für solche Arbeiten nicht gemacht. Ach, du hättest dabei sein müssen, Hamriyanım. Du hättest bei uns auf dem Treppenabsatz des zweiten Stocks sein müssen. Als wir den Schrank absetzten, um uns auszuruhen, war sein Gesicht dem meinem nahe gekommen. Sein Atem hat mir das Gesicht verbrannt. Ich fürchtete wahnsinnig zu werden, ein Feuer überkam mich ganz und gar. Nicht nur den Schrank, Berge hätte ich in dem Moment tragen können. Die Welt hätte ich für ihn tragen können, für ihn, Hamriyanım. Für ihn, für sein Kinderlächeln. Für sein schmales, mageres Gesicht. Wie habe ich mich gemüht, ihm kein Gewicht zu überlassen, das Hauptgewicht auf mich zu nehmen. O Hamriyanım, du verstehst mich doch, nicht wahr?

In Fatmas warmes Bett, in ihre Arme kommen auch die Sterne ihrer Kindheit geschwebt.

In Fatmas Bett kommt auch die Wärme der Hoffnung, ihn morgen zu sehen.

Er, auch er ist in Fatmas Bett.

Und Fatma umarmt die Liebe, von der niemand außer ihr weiß. Sie hat die Liebe jetzt gefunden, ganz für sich, mit der Geschicklichkeit ihrer Hand.

Mein Geliebter...

Der wievielte ist heute? Er weiß es nicht, er weiß nichts, er möchte nichts wissen. Was bedeutet für einen Menschen, der Tag und Nacht im Bett liegt, nur alle paar Tage hinausgeht, um Cognac und etwas zu essen zu holen, das Datum? Nichts begehrt er. Sogar den Cognac trinkt er nicht deshalb, weil er ihn mag, sondern einfach so, ohne Grund. Auch sein Nichtstun hat keinen besonderen Grund. Auf seine Armbanduhr zu sehen, dazu ist er zu faul - oder vielmehr ist es so etwas wie Lustlosigkeit, wie Aufgegebenhaben, wie Zu-Ende-Gehen... Als würde ihn nur ein hauchdünner Faden mit dem Leben verbinden. Und jedes Mal, wenn dieser Faden straff wird, muss er hinter dem Leben herlaufen, damit er nicht reißt. Aber dem Leben lustlos hinterher zu laufen, bedeutet ja, eine immer schwerer werdende Last tragen zu müssen. Nicht, dass er sich dem Leben nicht gerne stellen würde. Aber wie?

Er muss aufstehen, sich anziehen, hinausgehen, auf die Straße; sich unter die dummen Menschen mischen. Zum ersten Mal kommt in ihm so etwas wie Ärger auf, dass er zu alledem nicht fähig ist. Doch war es nicht immer schwierig für ihn, sich in die Masse der anderen Menschen einzureihen und ein gewöhnliches Herdentier zu sein? Ist es nicht auch zum Teil eine bewusst gewählte Flucht? Früher dachte er nicht darüber nach. Doch als Walter vor drei Tagen das Bücherregal vor die Tür stellte, fing er an, sich Gedanken zu machen.

Er greift wieder nach dem Zettel, den Walter auf dem Bücherregal hinterlassen hat. Das Papier ist völlig zerknittert. Er liest es vielleicht zum zwanzigsten Mal:

Lieber Fritz,
ich schlage dir nicht vor, Tennis spielen zu gehen, das hast du bestimmt auch schon verlernt. Ich mache mir auch keine Sorgen um dich, so leicht wirst du nicht sterben.
Aber was hast du denn?
Als wir uns zuletzt sahen, sagtest du, dass du ein Bücherregal brauchst, jetzt habe ich ein billiges aufgetrieben. Weil meine früheren Versuche immer vergeblich waren, klingele ich diesmal nicht und stelle das Regal einfach vor die Tür. Falls du noch nicht gestorben bist, wünsche ich dir viel Spaß damit.
Freundliche Grüße.
Walter

Fritz' Lippen verziehen sich zu einem spöttischen Lächeln. Dieser Sarkasmus ist typisch Walter. Fritz zerreißt den Zettel in winzige Teile. Als er den Arm hebt, um die Schnipsel in die Luft zu schleudern, merkt er, wie sehr ihn seine Kräfte verlassen haben. Doch er kann Walter nicht böse sein. Er denkt an die früheren Zeiten, als sie zusammen Tennis gespielt haben. Dann verließ Walter plötzlich die Schule, um mit einer älteren Frau ins Immobiliengeschäft einzusteigen. Auch wenn Walter immer wieder betonte: "Nein, das ist doch alles erfunden", gab es Gerüchte, dass Walter „mit dieser Frau..."

Er richtet sich auf. Es wird ihm schwarz vor Augen. Es dämmert ihm, dass er die Flucht nicht schaffen wird, heute muss eine Entscheidung getroffen, diese Sache zu einem Ende geführt werden. Auch wenn das mit seinem eigenen Ende gleichbedeutend sein sollte, spürt er, dass er manchen Dingen doch die Stirn bieten muss. Heute ist der Tag der Entscheidung.

Die letzten acht Jahre... Sieben Jahre Studium. Dann ein Jahr lang warten. Ohne zu wissen, worauf. Eine Doktorarbeit mit unbestimmtem Thema. Nie angefangen. Er kann nicht etwas schreiben, woran er nicht glaubt. Sein Vater, dieser alte Wolf, wartet sehnsüchtig darauf. Das weiß er. Das "von" seines Familiennamens genügt dem Alten nicht. Er möchte ein "von" sein, dessen Sohn den Titel "Doktor" trägt. Wie gerne hätte er ihn gehasst. Doch nicht einmal ärgern kann er sich über ihn. Er ist ihm gleichgültig, er hat kein Gefühl mehr für ihn. Das muss wohl der Grund für seine Flucht sein.

Jetzt fällt ihm Ina ein. Ina hat sein ganzes Leben durcheinandergebracht. Er weiß, dass sein Leben vor Ina mit Ordnung nichts zu tun hatte. Eher Ordnungslosigkeit. Oder eine Leere, ein Spiel. Ina war zu einer Farbe geworden, zu einem Farbfleck in dieser Leere. Vielleicht war sie deshalb bedeutend, weil sie seine erste Freundin war, die erste Frau in seinem Leben. Fritz muss lachen, wenn er daran denkt, dass er Ina als Freundin bezeichnete. Aber es ist seine eigene Schuld, manches hätte er früher bedenken sollen. Es ist nicht seine Art, und er wird sich auch nicht daran gewöhnen, mit Gefühlen herumzuschmeißen. Schon immer hat er für Leute, die sich in Schleier der Gefühle hüllen, nichts als Spott übrig gehabt. Er kann das Wort Liebe nicht verstehen und ebenso wenig, dass man Liebe als Ausgangspunkt nimmt und versucht, alles mit Liebe zu erklären. Und wie ist es mit Freundschaft? Offenbar hat man auch das nicht geschafft, oder man wollte es nicht. Was kann schon ein Mensch einem anderen geben, abgesehen von den konkreten Dingen des Lebens? Ohne Berechnung, ohne Hintergedanken? Was hat er Ina gegeben, was hat sie ihm gegeben? Liebe? Was für eine Liebe? Man wolle ja nur eins: den Liebesakt. Ja, den Liebesakt. Und dann, diesen Liebesakt hinter etwas anderem verbergen. Und schließlich versteckt man auch sich selbst hinter einem Haufen von Gefühlen. Aber eigentlich läuft ja alles auf Befriedigung hinaus.

Es ist nicht schwierig, diese Gesellschaft als eine Gesellschaft der Dummen zu bezeichnen. Niemand setzt seinen Fuß auf den Boden der Tatsachen. Die Realität wird ständig ignoriert. Dumm sind sie. Alle. Vor allem die in der Uni-Mensa. Sie lesen wie besessen Freud und Reich, ihre klugscheißerischen Reden fangen sie an mit: "die unterdrückten Begierden der Menschen, die im Unterbewusstsein..." usw., aber würde man ihnen ohne Umschweife die Frage stellen: "Willst du mit mir schlafen?" hielten sie einen für bekloppt. Wenn Klugsein heißt, so wie sie zu sein, dann ist Fritz schon längst damit einverstanden, als bekloppt zu gelten.

„Oh, ich freue mich so, dich zu sehen, Fritz!"

Du freust dich, aha!

„Ach, sie haben also Soziologie studiert. Auch Psychologie?"

Zur Hölle mit euch!

Fritz fällt es nicht leicht, unter diesen Menschen zu leben. Dass er einfach daliegt, immer nur liegen bleibt und sich nicht unter sie mischt, erklärt er auch damit. Doch haben nicht sogar seine kleinsten Bedürfnisse mit diesen Menschen zu tun? Wie lange kann er dieses Spiel noch weiterführen? Wie lange kann er den anderen Fritz in sich selbst verbergen? Ina hat einen Teil der Karten bloßgelegt. Zum ersten Mal vielleicht, wenn auch nur ein bisschen, hat er versucht, so zu sein, wie er tatsächlich ist. Nein, im Gegenteil, zum ersten Mal hat er versucht, zu verbergen, wie er eigentlich ist. Er war gezwungen dazu, er hat es nicht mehr ausgehalten. In diesen Häusern ging es nicht, er konnte es dort nicht. Und auch wenn es funktionieren würde, wäre das nicht zu bezahlen. Aber es ging ja sowieso nicht, seine Männlichkeit will dort einfach nicht erwachen. Sie machen gleich die Beine breit, legen sich hin und warten. So war es unumgänglich geworden, sein Körper hat dazu gedrängt. Das Verlangen des Körpers war stärker als sein Verstand. Wie lange musste er letztes Jahr an diese Frau mit der roten Bluse denken! Die Frau arbeitete in dem Haus an der Ecke. Er mochte es, wie sie vor der Tür stand. Sie biederte sich nicht an und sagte sofort, wie viel sie verlange. Sie hatte eine feine Bluse mit Kragen an. Kaum waren sie auf dem Zimmer, zog sie ihren Slip aus und die Bluse hoch, machte die Beine breit und sagte dreist: „Komm, worauf wartest du?" Doch Fritz war weit weg, um viele Jahre zurückgeworfen. Seine Blicke wanderten zwischen der roten Bluse und dem dunklen, nassen Fleck zwischen den Beinen. „Komm", sagte sie wieder: „worauf wartest du denn?" Die Frau wurde vor seinen Augen rot, rot wie Blut. Ein roter Fleck. Schließlich schrie sie: „Hau ab, bist du pervers oder was?" Seine Hände zitterten. Sein ganzer Körper war angespannt. Dann, plötzlich, lachte er die Frau an. Ohne zu wissen, warum. Er ging zur Tür hinaus. Die Frau schrie ihm hinterher. Die Beschimpfungen, die er auf dem Gang noch hörte, schleppte er mit nach Hause. Auf dem Rücken. Alle Frauen, die er unterwegs sah, waren rote Flecken. Er schaute sie lachend an. Er lachte undeutlich, so dass der Anblick einem Angst machte.

Zu Hause dachte er tagelang nach und fasste seinen Entschluss. In diesen Häusern würde es nie gehen. Bei ihm war eigentlich alles in Ordnung. Dass er nicht geil wurde, war nichts Körperliches. Seine Männlichkeit, die er zu Hause ganz und gar fühlte, die ihn vor Lust hin und her wälzen ließ, schrumpfte in diesen Häusern zusammen.

Wie er dann an den darauffolgenden Tagen gesucht hat!
Die Mensa...
Ina!
Damals war sie noch Marina.
Olympia, die griechische Kneipe.
Marina und ihre dummen Freunde.

Und ihre Vereine, die Arbeiter, ihre Schwestern und Brüder in ihren Vereinen...

Die blöde Schweigsamkeit von Marina.

Und wie er sie zum Essen einlädt. Das chinesische Restaurant. Dem Blödsinn, den Marina von sich gibt, zuhören zu müssen, das alles ertragen zu müssen. „Ich glaube an den Menschen..." Ach, wie schön! An welchen „Menschen"? An Menschen, die sich gegenseitig erwürgen? Ich, sogar ich... warum sogar?... , weißt du, warum ich mit dir zusammen bin?

Es tut Fritz gut, an das Vergangene zu denken, sich zu ärgern. Er atmet tief wie jemand, der Schwerstarbeit geleistet hat. Er geht im Zimmer herum. Dann setzt er sich wieder aufs Bett.

Auf dem Weg zurück hatte Marina kein Taxi gewollt. Es war spät, Mitternacht, die engen Straßen waren stockfinster. Er hatte seine Hand ausgestreckt und ihre Hand gehalten. Seine Hand war feucht und als er ihre kleine Hand berührte, hatte er sich geschämt und die Hand wieder zurückgezogen.

Seine Hände zitterten. Die Worte brachte er nur schwer und unbeholfen heraus. Sein Hals war trocken. Er spürte seine zu große Zunge im Mund.

„Möchtest du meine Wohnung sehen?"

Wieso zitterte seine Stimme, wieso konnte er seine eigene Stimme nicht wiedererkennen?

Und Marinas Schweigen, diese vernichtende Schweigsamkeit.

„Du sagst nichts?"

„Das ist zu schnell, Fritz, zu schnell. Wir sollten das Leben seinen Gang gehen lassen."

Ja, es war genauso, wie er gedacht hatte. So waren sie. Sie übertrieben alles. Sogar den kleinsten Ereignissen, die sich zwischen zwei Menschen abspielten, bei dem einen anfingen und dem anderen endeten, fügten sie das ganze Leben hinzu. Sie schafften es, allem einen Hauch von Politischem zu geben. Aber er musste in diesem Augenblick so sprechen, wie sie es wollte, wie sie es erwartete. Ach, wenn seine Hände jetzt nicht zittern würden, er wieder diese Stimme zurückgewinnen könnte, die Vertrauen einflößt. Wenn seine Worte nicht so zersplittert wären!

„Wie du möchtest, aber wir nehmen dem Leben ja nicht seinen Lauf. Im Gegenteil, das ist eine gegenseitige Leidenschaft."

Aber wieso zitterte die Stimme immer noch? Warum konnte er das, was er sagen wollte, nicht sagen?

Und plötzlich kamen Worte, an die er nie gedacht hatte, aus seinem Mund. Und er wunderte sich über den kindlichen Ton seiner Stimme.

„Wenn du bei mir bist, ist es, als ob irgendwelche Schmerzen leichter werden... Ich wohne gegenüber, im dritten Stock!"

Marina hatte den Kopf gehoben und in seine Augen geblickt. Als ob sie darin etwas suchte. Da sah Fritz Marinas hellbraune, fast honigfarbenen Augen. Und er fühlte einen feinen Schmerz in der Brust. Als sie die Treppe hinaufgingen, hatte Marina sich an ihn gedrängt.

Marinas Gelassenheit hatte ihn noch unruhiger gemacht. Der vertrauensvolle Ton ihrer Stimme hatte seine eigene Unsicherheit erst richtig offenbart. Sie hatte sich die Bücher lange angesehen. Dann hatte sie beim Anblick der Unordnung im Zimmer gelacht.

„Ich sitze gern am Boden", hatte sie gesagt und sich mit der selben Selbstverständlichkeit, die auch aus ihrer Stimme klang, auf den Fußboden gesetzt.

Fritz schaffte es nicht, die Weinflasche zu öffnen.

Marinas Gelächter.

Sein Stottern: „Der Wein ist zwar etwas süß, aber er macht keine Kopfschmerzen."

Er setzte sich dicht neben Marina, unruhig, dass sie gleich wieder weggehen könnte.

Er fasste ihre Hand und sagte mit einem Brennen in der Kehle: „Ich freue mich, dass du gekommen bist." Er brachte es nicht fertig zu sagen: „Ich nehme deine Hand, weil ich mit dir schlafen will", obgleich er es sagen wollte.

„Darf ich dich Ina nennen?", fragte Fritz.

Marina lachte:

„Die Freunde nennen mich Ina."

Und Marina wurde auch für Fritz Ina.

Dann, dann, dann...

An dieser Stelle schaudert es Fritz. Er will aufstehen. Ihm wird schwarz vor Augen, er muss sich am Bett festhalten. Er sieht zur Tür. Es ist, als ob er lauscht, auf ein Geräusch, das von der Treppe kommt oder kommen wird, wartet. Er versucht zu gehen. Seine Bewegungen sind langsam. Sein Rücken schmerzt. Er weiß nicht, welche Stunde des Tages es ist. Während er ins Wohnzimmer geht, hält er sich an der Wand fest. Als er die Ordnung im Wohnzimmer sieht, fällt ihm jene Frau wieder ein. Ein Gedanke, den er nicht ertragen kann. Seine Hand geht zum Vorhang. Als er das Fenster öffnet, kommt mit dem Licht auch die feuchte Morgenkühle herein. Die Beine tragen ihn nicht mehr. Er lässt sich fallen und setzt sich auf den Boden vor dem Fenster, dort hin, wo er zum ersten mal mit Ina zusammengelegen hatte. Seine Augen suchen die Tür. Er wünscht es sich rasend, Ina soll die Tür öffnen und hereinkommen. Und Fritz wünscht sich rasend wieder zu lieben, wie am ersten Tag auf dem Fußboden, aber nicht so erfolglos wie damals.

Sein Zittern hatte nicht aufgehört, bis es geschafft war. Sein ganzer Körper hatte gezittert. Ina hatte seinen Kuss mit großer Begierde erwidert. Dort, wo ihre honigfarbenen, mandelförmigen Augen waren, war jetzt ein Strich entstanden. Sie hatte sich treiben lassen. Sie hatte ihm die Haare gestreichelt. Hatte sie auch seine zitternden Hände gemerkt? Als sie seine Haare streichelte, wirkte sie so, als würde sie sagen: „Komm, ich bin bei dir, habe jetzt keine Angst mehr." Und dann hatte sie gesagt: „Wenn du möchtest, können wir es später machen, wir müssen uns keinen Zwang antun." Statt einer Antwort hatte er Ina noch fester umarmt. Doch mit Begierde zu umarmen hatte nun mal nicht ausgereicht. Sein Körper machte nicht mit, gehorchte nicht dem, was sein Gehirn wollte. Er war mit seinen Gedanken bei seiner Männlichkeit und die Erregung blieb aus. Als ob da in der Tiefe seines Verstands, sehr sehr tief, auf dem Grund eines Brunnens ein roter Fleck wäre. Ein blutroter Fleck. Und jenes „Hau ab!" schallte in seinem Kopf nach. „Bist du pervers, bist du pervers, bist du pervers?..." Er umarmte sie noch fester. Wie ein Kind nach einem Alptraum seine Mutter umarmt. Er schob seine Hände unter ihre Bluse. Seine zitternden Hände fanden den kleinen, festen Busen. Ina stieß einen schwachen Schrei aus, der wie ein Stöhnen klang. Zu fest hatte er sie also umarmt. Dann bekam er Angst, als Ina plötzlich aufstand. Mit einer weinerlichen und krächzenden Stimme sagte er: „Bitte geh nicht, bleib bei mir", während er ihre Beine umklammerte. Eine Weile blieb Ina regungslos stehen. Dann sagte sie mit einer mütterlich besänftigenden Stimme: „Das Licht." Nachdem sie das Licht ausgeschaltet hatte, setzte sie sich vor Fritz und lehnte ihren Rücken gegen seine Brust. Die Dunkelheit tat Fritz gut, beruhigte ihn, seine Hände zitterten nicht mehr so heftig. Doch das Brennen in seinem Hals, das Trockene blieb. Als er ihren mit feinen Haaren bedeckten Nacken küsste, roch er ihre Haut, sie duftete nach Heu. Der Geruch der Haut war beruhigend, besänftigend. Er freute sich, dass Ina jetzt mit dem Rücken zu ihm saß. Er war jetzt gelöster, da sie sich nicht ins Gesicht sahen. Seine Hände wanderten zum Reißverschluss ihrer Hose. Er hatte geglaubt, das Öffnen würde ihm keine Schwierigkeiten machen. Doch jetzt zitterten seine Hände wieder heftiger. Und dieser blutrote Fleck erschien wieder vor seinen Augen. Er versuchte, die Hose herunterzustreifen. Es gelang ihm nicht. Ina stand auf, um sich selbst auszuziehen. Auch er zog sich aus. Gehen wir ins Bett, wollte er sagen. Doch aus seinem brennenden Rachen kam nur ein krächzendes „Gehen wir!" „Wohin?", fragte Ina lachend, „ins Bett?" und setzte sich auf den Boden und zog ihn zu sich. Sie wollte nicht ins Bett gehen. Während er sich neben Ina niederließ, erfasste das Zittern seinen ganzen Körper. Wie ruhig war dagegen Ina! Sie lag unverkrampft da und hielt wie in einem schönen Traum die Augen geschlossen. Ihm selbst hingegen war, als müsste er unentwegt etwas beobachten. Seine Augen waren ständig geöffnet, auch als sie sich küssten. Er glaubte jetzt fest daran, dass er es nicht schaffen würde. Und seine Männlichkeit fing an zu schrumpfen. Ina merkte das. Sie legte ihre Hand auf seinen Nacken, zog ihn zu sich, und während sie ihm den Hals und die Ohren küsste, sagte sie: "Entspann dich, es muss ja nicht passieren, auch so ist es schön, bleib locker." Aber nein, das musste geschehen. Das war die einzige Wirklichkeit, das einzige Ziel. War dieser ganze Abend nicht darauf ausgerichtet? Er murmelte irgendwas, wie: „Die natürlichsten... Bedürfnisse... des Menschen... ohne die geschlechtliche Liebe..." So etwas Unsinniges. Es gelang ihm nicht, diesen roten Fleck wegzuwischen. Sogar in dem Moment, als er kam, ohne Ina wahrzunehmen, war er da. Trotzdem brachte das eine Entspannung mit sich. Dann zum zweiten Mal, hart, Ina spürend... Seine Befriedigung... Das Aufhören des Zitterns... Und der rote Fleck hatte wenigstens für eine Weile nachgelassen. Sein Selbstvertrauen, das er die ganze Zeit hatte gewinnen wollen. Ohne Angst in ihre Augen schauen zu können. Aber diesmal Zweifel in Inas Blick. Ein Schatten auf diesem ruhigen Blick. Als würde sie gar nichts denken, als würde sie vieles denken, als würden ihre Augen Fragen an Fritz stellen.

Sie waren beide nackt auf dem Boden. Inas Kopf war auf Fritz' rechten Arm gelehnt. Sie hatte ihre Augen auf die Decke gerichtet. So, als würden ihre Blicke sie durchbohren. Fritz hatte die Augen geschlossen. Er war ruhig, die Ruhe, die Ina vorher ausstrahlte, war auf ihn übergegangen. Hin und wieder spielte er mit ihren Brustwarzen. Hatte Ina gar nicht zugehört, als er erzählte? Wie lange er dabei gesprochen hatte mit seiner nunmehr selbstsicheren Stimme, jetzt hätte er sogar bis zum Anbruch des Tages reden können... Er hatte ja schon... Vielleicht noch einmal...

„Du hörst mir ja gar nicht zu."

Ina schwieg. Die Worte, die von Fritz mit sicherem Ton gekommen waren, hatten sich in der Dunkelheit aufgelöst.

„Wir können ja ins Bett gehen und etwas schlafen, wenn du willst."

Später irgendwann hatte Ina „nein" gesagt, in Gedanken versunken. Sie stand auf und zog sich im Dunkeln langsam an.

„Wann kommst du wieder?"

„Ich weiß es nicht."

„Bleib hier, schlafen wir bei mir", sagte Fritz und war selbst erstaunt, dass seine Stimme ihn wieder verraten hatte.

Ina schaute auf den Boden.

„Ich möchte nach Hause, ich will zu Hause schlafen..."

Als sie langsam die Tür aufmachte und hinausschlich, sagte sie „Auf Wiedersehen!"

Fritz ertappt seine Hände dabei, wie sie den Teppich streicheln. Genau da, wo er mit Ina geschlafen hat. Seine Augen sind auf die Tür gerichtet. Als würde jeden Moment jemand hereinplatzen. Er steht auf, so flink, dass er selbst darüber staunt. Vor seinen Augen wird es dunkel, es wird ihm schwindlig. Er lehnt sich an die Wand.

Ob er Ina liebt? Blödsinn, was heißt denn das, Liebe? Solch ein Quatsch ist nicht seine Sache. Er glaubt nicht daran, dass heutzutage noch das Dach der Beziehungen von Gefühlen zusammengezimmert werden kann. Im übrigen macht es keinen Sinn, diese Beziehung weiter aufrechtzuerhalten. Es ist klar, dass das alles abstirbt, es muss jetzt ein Ende haben. Ina hat alles gegeben, was sie geben konnte. Vielleicht lag der Fehler genau darin. Ja, Fritz spürt, dass der Fehler darin liegt. Er wollte einfach nicht alles. Vor allem hat er von Inas blöden Gefühlsausbrüchen genug. Wenn es nötig ist, soll sie kommen, mit ihm schlafen; alles weitere ist Unsinn. Fritz merkt, dass er es satt hat. Er hat es satt, ständig einen anderen zu spielen. Es hat ihn ermüdet, Gefühle, die er keinesfalls hat - oder vielleicht fühlt, aber nicht offenbaren will - vorzutäuschen, sie vor Ina auszubreiten. Ja, er hat so manches satt.

Vielleicht ist sich auch Ina dessen bewusst, dass es zu Ende ist. Das Zusammenstürzen einer Konstruktion, einer Konstruktion, die nicht existiert hat. Nicht wahr, seit Wochen hat sie sich nicht sehen lassen. Aber ist es richtig, ihr die Schuld für ihr Wegbleiben zu geben? Er selbst hat ja seit Wochen keinen Schritt aus der Wohnung getan. Schön, unser Herr soll zu Hause liegen, nichts mehr von der Welt wissen wollen, aber alle sollen ihn trotzdem aufsuchen, wunderbar. Das bittere, schräge Lächeln breitet sich in Fritz Gesicht aus. Doch Ina hätte sich mal zeigen können, sie besitzt einen Schlüssel.

Ja, Fritz spürt, dass Ina sich sehr verändert hat. Auch am Anfang war sie irgendwie seltsam, doch jetzt ist etwas völlig Merkwürdiges aus ihr geworden, jemand, der ständig etwas verdächtigt. Sie trägt immer ihre fragenden und suchenden Blicke mit sich herum. Weinerlich, als würde sie jeden Moment losheulen. Es ist auch an der Zeit, den Schlüssel zurück zu verlangen. Sie benutzt den sowieso nicht. Auch am Anfang wollte sie ihn nicht haben.

„Weißt du Ina, die Wohnung hat einen Zweitschlüssel."
„Was meinst du damit?"
„Wenn du willst, kannst du einen haben."
„Wieso, du gehst ja sowieso nicht raus. Und wenn du rausgehst, dann entweder zum Tennis, oder du triffst dich mit mir..."
„Egal, ich möchte, dass du den nimmst, ich glaube, ich werde mich freuen, wenn du plötzlich kommst", hatte er gesagt und seine Stimme hatte dabei gezittert.
„Fritz, ich glaube, wir beschäftigen uns mit Nebensächlichkeiten wie Schlüsseln und so was, statt reale, konkrete Forderungen des Lebens zu erfüllen. Gut, ich nehme ihn, aber ich glaube nicht, dass ich ihn benutzen werde. Nicht, weil ich der Verantwortung entfliehen möchte, ganz im Gegenteil; ich möchte mich der Verantwortung stellen, ihr die Stirn bieten. Aber die Verantwortung muss von den Forderungen des Lebens kommen, nicht von kleinen Nebensächlichkeiten, die wir selber organisieren..."
„Was bedeutet das für dich, das, was du Verantwortung nennst?", hatte Fritz gefragt und sich bemüht, nicht nervös zu werden.
Inas Stimme war jetzt höher geworden. Ihr klares Gesicht wurde rot:
„Vielleicht findest du das Beispiel blöd, aber mir fällt im Moment Metin ein. Ich habe es dir tausendmal gesagt, ich habe gesagt, dass sie ihn in die Türkei schicken werden. Alle Demokraten in der Stadt haben sich mit ihm solidarisiert. Im Verein ist er unser einziges Thema. Und du bist nie zum Verein gekommen, hast nicht einmal nach ihm gefragt. Ja, das ist auch Verantwortung, die Verantwortung, Mensch zu sein, Fritz!"

Fritz biss die Zähne zusammen. Er wusste, dass er nicht nervös werden durfte, sonst würde er verlieren. Diese Diskussion war ihm nicht wichtig, aber er wollte Ina nicht verlieren.

"Pass auf, Ina, du hast die Regeln dieser Gesellschaft, dieses System wohl nicht begriffen. Der Ausgang mancher Sachen steht viel eher fest, bevor Scheinbeschlüsse, die nur auf dem Papier existieren, gefasst werden. Und weder die Qualität noch das Ausmaß des Protests dagegen kann den Lauf der Dinge ändern. In deinem Beispiel ist es auch nicht anders. Wie hieß er noch mal? Egal, also wenn man ihn nicht zurückschicken würde, würde ich natürlich nicht vor Freude tanzen, wäre aber auch nicht dagegen. Verstehst du? Vielleicht bin ich so gleichgültig, weil ich weiß, dass euer Protest nichts ändern wird. Die Beschlüsse der Gerichte in diesem System, vielleicht nicht alle, die werden gefasst, bevor die Gerichtsverhandlungen überhaupt angefangen haben. Komm, nimm den Schlüssel und wir vergessen diesen Streit."

Es hatte ihn beruhigt, die Unentschlossenheit in Inas Gesicht zu sehen.

Was er gesagt hatte, hatte sie also zurückweichen lassen. Sie hatte den Schlüssel genommen, aber nie benutzt. Den Schlüssel in der Tasche, hatte sie immer geklingelt. Sie war immer wie ein Gast gekommen. Und er hatte, wenn er ausnahmsweise die Wohnung verließ, aus einem Instinkt heraus, dessen Grund er nicht erklären konnte, immer gehofft, sie würde kommen und auf ihn warten. Wie oft hatte er genau zu den Zeiten, wenn mit ihrem Besuch zu rechnen war, die Wohnung verlassen. Er hatte immer gehofft, zurückzukommen und Ina in der Wohnung zu treffen. Er hätte sich gefreut, wenn er sie drinnen auf ihn wartend treffen würde,

unbeschreiblich gefreut. Einmal hatte er sie getroffen, als sie gerade die Treppen herunterstieg. Warum sie nicht hineingegangen sei, hatte er wissen wollen. Inas Antwort war knapp und hatte keinen Anlass zur Diskussion gegeben;
„Du warst nicht da."
Blöd.
Klar, sie ist blöd. Sie erstickt in einem blöden Gefühlsschwall.
Er findet sich wieder vor dem Fenster. Ihm ist nicht mehr schwindlig. Er starrt die Tür nicht mehr an. Er möchte glauben, dass er nicht auf Ina wartet. Er spürt, dass sie nicht kommen wird. Nein, sie wird nicht kommen. Vor der Frische, die eine kalte Dusche jetzt seinem Körper geben würde, hat er Angst. Trotzdem zieht er sich vor dem Fenster aus. Er kann sich Ina nicht aus dem Kopf schlagen. An Ina denken, ständig an sie zu denken, auf sie zu warten, das alles wirft ihn zurück, macht ihn wütend. Der Streit mit der Vergangenheit, mit dem Gelebten und sein Zorn auf Ina richten ihn, langsam, auf.

Ihren politischen Stuss kann er nicht begreifen. Dass sie ständig von Marx reden. Neulich schwatzten sie andauernd über "Ausländer, Solidarität gegen Fremdenfeindlichkeit" und solches Zeug. Was können sie ändern, mit welcher Kraft? Werden sie das alles mit ein paar Taugenichtsen schaffen, die in dieser griechischen Kneipe hocken, die in ihrer Phantasiewelt Höhenflüge versuchen? "Ausländer", ha! Natürlich werden sie unterdrückt, so ist das Gesetz. Indem sie hierher kamen, haben sie in die Unterdrückung schon eingewilligt. Das ist die Fortführung einer Unterdrückung, die in ihrem Heimatland anders aussieht, aber den gleichen Charakter hat. Was hat der Mensch je daran geändert? Warum also sollte er es jetzt tun? War es denn je anders, früher, vor tausenden von Jahren? Der Mensch war immer ein Wolf. Jawohl, Wolf. Es war gut von ihm, was er Ina als letztes gesagt hatte: "Der Mensch war immer ein Wolf. Jawohl Wolf. Gestern wie heute."

Eigentlich war er selbst schuld an allem. Diesen ganzen Blödsinn hätte er gar nicht erst anfangen müssen, wenn er sich vor Jahren nicht für Sozialwissenschaften entschieden hätte. Was sollte denn gut daran sein, sich mit diesen Scheißmenschen, dieser Scheißgesellschaft zu beschäftigen? Wenn er doch nur die Technische Universität besucht hätte! Er könnte längst schon arbeiten. Er würde weggehen von hier. Auf jeden Fall würde er nach Amerika gehen. Es war eine große Dummheit von ihm. Und nun war ein Jahr vergangen, seitdem er die Uni absolviert hatte. Er hatte nicht einmal nach Arbeit gesucht. Warum sollte er das auch tun? Die Straßen sind voll von arbeitslosen Soziologen und Psychologen. Er tröstete sich mit dem Gedanken an seine Doktorarbeit. Diese Doktorarbeit, für die er nicht einmal ein Thema hatte. Nicht einmal danach suchte. Und Ina? Ihr Fach war noch schlimmer.

„Ina, ich verstehe nicht, wie du dich für Orientalistik entscheiden konntest. Mein Fach ist schlimm. Aber deins ist noch schlimmer. Nehmen wir an, du studierst zu Ende, was willst du machen mit deinem Arabisch und Türkisch?"

Lange hatte Ina ihn erstaunt angeschaut. Es war ihr anzusehen, dass sie mit einer solchen Frage nicht gerechnet hatte. Ihr Blick, als wären in ihren honigfarbenen Augen Tausende von Nadeln. Durch dieses Glitzern zog dann eine Wolke der Traurigkeit. Und schließlich sagte sie, als würde sie von etwas Nebensächlichem sprechen: „Wenn du das aus dieser Perspektive siehst, kannst du es nicht verstehen, Fritz."

Nein, das war wirklich zu viel. Für wen hielt sich diese

Frau? „Wenn du es aus dieser Perspektive siehst", was soll das! Wie sollte er es denn sonst sehen? Gab es denn einen anderen Maßstab in dieser Gesellschaft? Ina schwebte in der Luft, über den Wolken. An diese Ina, die alle Menschen liebt und an alle Menschen glaubt, sollen auch alle Menschen glauben, alle Menschen sollen sie lieben - vor allem ihre Brüder und Schwestern, die Arbeiter - und dann machen sie gemeinsam Revolution. Diese Deppen!

Er ertappt sich dabei wie er laut schreit: „Diese Deppen!" Er sieht sich nackt vor dem Fenster stehen. Er fängt an zu lachen. Das Lachen entspannt ihn. Er geht zur Dusche.

Beim Anziehen sieht er sein neues Bücherregal. Er erinnert sich, wie er das Bücherregal zusammen mit der Frau, die über ihm wohnt, hierher getragen hat. Ein kleines, leicht schräges, ironisches Lächeln setzt sich auf seine Lippen. Eine übertriebene Hilfsbereitschaft war das von dieser Frau. Wie sie wohl heißt? Sogar sein Zimmer hat sie aufgeräumt! Das Lächeln wird breiter. Was für eine Ehrfurcht sie hatte! Eine übertriebene Ehrfurcht, als wenn sie sich anbiedern wollte, hündisch. Von dem, was sie irgendwie gestammelt hatte - "Türke" hatte sie gesagt - verstand er, dass sie Türkin war. Ihm war klar, dass sie vom Lande kommt. Ihr Alter war unmöglich einzuschätzen. Fritz fand sie ziemlich frisch, obwohl sie alt aussah. Mit ihren kleinen schwarzen Augen hatte sie immer weggeschaut. Er hatte so was wie Mitleid mit ihr. Ach lass, soll sie doch ruhig aufräumen. Das steht diesen Leuten, das macht sie glücklich. Sogar einfache, alltägliche Dinge konnte diese Frau nicht ausdrücken. Mit ihren Fingern hatte sie eine zehn und dann eine eins gemacht. Lebte diese Frau etwa seit elf Jahren in Deutschland? Fritz versteht diese Menschen nicht, die es in elf Jahren nicht fertig bringen, die

Sprache des Landes, in dem sie leben, zu lernen. Die können sicher nicht einmal ihre eigene Sprache richtig sprechen. Jetzt versucht er schon wieder, alles durch die wissenschaftliche Brille zu sehen und einzuordnen. Er hasst seinen Beruf, der ihn zwingt, für die Dummheit und Ignoranz der Menschen wissenschaftliche Begründungen zu finden.

Fritz rennt jetzt beinahe im Zimmer herum. Allmählich wird sein Lächeln größer. Er reibt die Hände aneinander. Vielleicht...

Ja, warum denn nicht? Ja, wäre denn das nicht sogar ein Thema? Genau, und so könnte er auch diese Apathie, diese Selbstzerfleischung ablegen. Warum ist ihm das nicht schon früher eingefallen? Warum schreibt er seine Arbeit nicht über Türken, über Ausländer? Diese Frau ist eine einmalige Gelegenheit. Wie könnte die Überschrift lauten? "Anpassungsprobleme der türkischen Arbeitnehmerinnen in Deutschland". Ja, warum nicht? Aber dann müßte er sich auf die Suche nach vielen türkischen Frauen machen. Schwer, vor allem das Sprachproblem. Er hat dafür weder Zeit noch Geduld. Wie soll er mit ihnen sprechen, wie soll er sich verständigen? Er muss für seine Arbeit eine wissenschaftlichere, akademischere Überschrift aussuchen. Auf jeden Fall ein Thema, an dem er eher auf seinem Zimmer, theoretisch arbeiten kann. Der Titel könnte lauten: "Arbeiten im Ausland". Und dann, als Untertitel, so was wie: "Schwierigkeiten der türkischen Arbeitsemigrantinnen in Deutschland bei der Anpassung an die Gesellschaft". Er braucht sich so auch nicht zu beeilen, die Beziehung zu Ina zu beenden. Ina würde dabei nützlich sein. Warum sollte sie bei Sprachproblemen nicht helfen? Oder würde sie Verdacht schöpfen? Was würde sie sagen? Was würde sie denken? Aber wieso Verdacht, aus welchem Grund? Kann nicht jeder sich mit dem Thema beschäftigen, das ihm beliebt? Vielleicht freut sie sich sogar. Sie wird auf jeden Fall helfen, vor allem sprachlich. Sie muss sich eigentlich freuen, dass er ihr die Möglichkeit gibt, diese blöden Sprachen, die sie gelernt hat, endlich einsetzen zu können.

Er fönt seine Haare nicht. Das Kühle, das er auf seiner Haut, an seinem Nacken spürt, gefällt ihm. Er staunt über seine Flinkheit, als er die Treppen hinunterläuft. Als er auf der Straße der frischen Luft begegnet, erschrickt er zunächst. Aber die Menschenmenge auf der Straße beunruhigt ihn nicht mehr so wie früher. Er merkt, dass er Hunger hat. Er schaut auf seine Uhr, als wolle er sich mit der Zeit versöhnen. Er freut sich, dass er noch rechtzeitig zum Essen in die Mensa kommen wird. Mit lebhaften, festen Schritten läuft er Richtung Norden. Es ist, als hätte das ironische Lächeln sich bei ihm eingehakt und nun sind sie zwei Fritz, ohne dass sie einander verführen könnten.

Nacht und Regen...
„Der Mensch war immer ein Wolf, gestern wie heute..."
Du frierst.
Wenigstens hast du dort nicht geweint. Dieses Weinen hätte auch dort anfangen können.
Du bist umzingelt von Wölfen.
Nicht aus Angst hast du gezittert, das weißt du.
Warum kannst du dir nicht verzeihen, dass deine Stimme zitterte?
Vom Sprechen war sowieso nichts mehr zu erwarten.
Worte waren nicht einmal mehr Zeichen.
Worte fielen auf ihrem Weg auf den Boden, bevor sie das Ohr des anderen erreichten, wie verwundete Vögel.
Wer hat die Worte so getötet?
„Gestern wie heute..."
„Wolf war der Mensch, jawohl Wolf..."
Ist dieser Schrei der Todesschrei deiner Kultur?
Ist deine Kultur denn fähig zu schreien?
Und du? War das, was von dir kam, ein Schrei?
Du bist weggelaufen, in den Regen hinaus; du bist in die

Nacht und in den Regen geflüchtet.
Dein Körper ist überall klebrig.
Du schwitzt unter dem Regen.
Ist es denn einfach, rein zu werden?
Auch der Regen kann vom Blutfleck verwundeter Worte nicht reinwaschen.
Diese Worte zu vergessen...
Was hättest du sagen können?
Haben sie es gemerkt, haben sie deine kraftlose, zitternde Stimme gehört?
Warum bist du allein in die Höhle der Wölfe gegangen?
Die anderen...
Auch allein hättest du schreien können.
Du bist sogar weggelaufen und hast es erst beim Weglaufen gesagt!
Diese kraftlose, gebrochene Stimme:
„Ich glaube an den Menschen, ich vertraue dem Menschen. Der Mensch ist nicht tot, er steht aufrecht da, voller Leben..."
Und dann die Nacht und der Regen.
Ist der Mensch nicht verwundet?
Wird er nicht jeden Tag erschossen?
„Gestern wie heute..."
Schießt man nicht jeden Tag auf den Menschen?
„Der Mensch war ein Wolf, jawohl Wolf..."
Aber trotzdem steht er aufrecht da!
„Glauben..."
„Vertrauen..."
Sind diese Worte verwundet?
Tropft Blut von diesen Worten?
Der Mensch?

Wie kann er geheilt werden, wer nimmt ihn an der Hand?
Nacht und Regen.
Kann der Mensch der Einsamkeit alleine trotzen?
Genügt es, wenn der Mensch sich selbst genügt? Fritz?
Fritz, der sagt: „Der Mensch war immer ein Wolf, gestern wie heute...".
Fritz, mit dem du anfangs so etwas wie Mitleid hattest, dem gegenüber du dann nichts fühltest und mit dem du nur schliefst.
Fritz, mit dem du die Auseinandersetzung immer verschoben hast.
Fritz, der nichts ist, der nichts sein will.
Wohin kannst du jetzt gehen?
Olympia? Stefan, Inge, Ali?
Wieso kommen dir ständig die Worte "glauben" und "vertrauen" in den Sinn?
Und warum tropft Blut von diesen Worten?
Deine Kraft hast du immer für Liebe verbraucht und die Suche nach Liebe...
Du hättest an die unentrinnbare Falle der Dunkelheit und des Wolfes denken sollen.
Du musst zu ihnen gehen, zu Inge, Stefan, Ali.
Aber jetzt möchtest du nicht.
Sie werden dich nur lieben, mit Liebe aufbauen.
Sie werden dir die Wunden verbinden.
Warum bist du nicht mit ihnen gegangen?
Sag es, sag es offen, du möchtest jetzt nicht zu ihnen.
Sie werden dich lieben, dir helfen, dich aufbauen.
Wie wenn man etwas Zerbrochenes zusammenklebt und...
Jetzt geht es um einen Streit, einen Streit, den man als Verlierer verlassen hat. Und du hast den Streit allein angefan-

gen. Obwohl du wusstest, dass es falsch ist, hast du ihn allein angefangen.

Oder willst du gar nicht aufgebaut werden?
Gefällt dir das Blut, das deinen Wunden entrinnt?
Was nützen schon Krücken, nicht wahr?
Gut, aber warum bist du weggelaufen?
Warum hast du dich an der Diskussion beteiligt?
Hast du nicht gespürt, dass es so enden würde?
Du hast ja gesehen, dass sie da waren.
Du hättest schweigen können, egal was sie sagen - tatsächlich?
Die Würde, Mensch zu sein?
Haben sie nicht gelacht?
„Probleme der ausländischen Arbeiter."
Eine Diskussion über ausländische Arbeiter, ohne dass ein einziger ausländischer Arbeiter dabei war.

Ein paar Ausländer, die zu Schreibtischherren wurden, indem sie auf den Schultern der ausländischen Arbeiter emporkletterten.

Das Wort „Die Partei des..."
„Sie können sich nicht anpassen, weil..."
Der Sprecher der Christdemokraten:
„Sie können sich nicht anpassen, denn sogar ihre Krankheiten sind andere. Und..."
Der Sprecher der Sozialdemokraten ist abwesend. Der Herr Sprecher sei „krank".

Und dieser Türke? Eine Schande für die Türken. Vorsitzender der nationalistischen Vereinigung Wasweißich:

"Waffenbrüderschaft... Der erste Weltkrieg... Historische Beziehungen... Die Türken hier, meine Landsleute, kommen vom Lande.

Die haben wenig Kultur. Sie müssen sie für Kleinigkeiten entschuldigen. Aber die Türken in der Türkei sind nicht so..."
Applaus.
Mein Gott!
Und deine kraftlose Stimme.
Eigentlich wolltest du schreien.
Aber du konntest deine eigene Stimme nur mit Mühe hören.
„Gegenüber Türken wie dir bin ich ein Türkenfeind!.."

Ina greift in ihre nassen Haare, die an ihrem Nacken kleben. Sie versucht, mit wachem Auge zu sehen. So, als hätte sie tagelang geschlafen und wäre eben plötzlich aufgewacht. Sie kommt aus ihrer Zerstreuung nicht heraus. Hätte sie den Hutladen an der Ecke nicht gesehen, sie wüsste nicht, in welcher Straße sie sich befindet. Ihre Füße haben sie also zu Fritz getrieben. Sie hebt ihren Blick, zu Fritz' Fenster. Sie sieht Licht.

Sie bleibt stehen. „Du..." fährt es aus ihr heraus. Ihre Stimme klingt unvertraut. Als wäre es ein Fremder, der spricht. Sie sieht sich um. Ihr Hals tut weh, brennt. Den Geschmack von Blut im Mund kann sie nicht deuten. Dann merkt sie, dass sie ihre Zähne fest zusammengebissen hält. Sie hat das Gefühl, als würde in ihren Adern das Blut eines Terroristen fließen. In ihrem Brustkorb eine Bombe, die jeden Moment explodieren kann... Sie könnte alles umhauen, was sich ihr in den Weg stellt. Alle Muskeln ihres Körpers sind gestrafft. Ihre Wut wächst. Sie wächst, während sie auf das Fenster von Fritz schaut.

Die Haustür ist offen. Als sie sich mit den Schultern dagegen lehnt, sieht sie ihre geballten Hände. Sie tut den ersten

Schritt auf die Treppe. Im selben Moment hört sie ein Geräusch von oben. Als würde jemand auf der Treppe laufen. Es ist ihr egal. Ihre Wut beherrscht sie. Sie atmet den feuchten Geruch des Flurs tief ein. Ihre Hand streckt sich zum Lichtschalter. Sie zieht sie wieder zurück, ohne das Licht eingeschaltet zu haben. Der feuchte Geruch gefällt ihr. Wenn sie jetzt Licht machte, fürchtet sie, würde dieser Geruch, der an etwas Altes erinnert, verloren gehen. Vielleicht ist es die Dunkelheit, die so riecht.

Auf jeder Stufe bleibt sie stehen und denkt nach. Ist die Bombe, die sie in sich trägt, an Fritz adressiert? Im ersten Stock setzt sie sich auf die Treppe. Jetzt begreift sie das volle Ausmaß ihrer Niederlage. Sie ist niedergeschlagen, zerbrochen. Und ihre kleinen Hände sind geballt. Aber musste sie die Bombe hierher tragen? Sie weiß, dass es sie wieder aufbauen könnte, mit Fritz die Rechnung zu begleichen. Sie spürt, dass sie sich an den Trümmern von Fritz wieder aufrichten kann.

Sie spürt einen Schmerz in den Fingern. Als sie ihre rechte Faust lockert, hört sie ein metallenes Geräusch in der Dunkelheit des Treppenhauses. Ein Schlüssel. Es muss der von Fritz sein. Warum hatte sie den Schlüssel in der Hand? Wann hatte sie ihn in die Hand genommen? Warum hatte sie ihn so fest gehalten? Der Schlüssel glänzt wie ein kleines schwaches Licht. Soll sie ihn wieder aufheben? Oder soll er da einfach liegen bleiben? Sie ist doch nicht gekommen, um Fritz den Schlüssel zurückzugeben. So, und wozu ist sie sonst gekommen? Wollte sie ihn zur Rede stellen? Sie wollte Fritz einiges fragen. Was sie in letzter Zeit spürte, aber nicht eindeutig verstehen konnte. Stimmt das wirklich? Ina merkt, dass sie sich selbst belügt. Sie wird wütend. Falls sie tatsächlich etwas fragen, mit ihm sprechen, ihn zur Rede stellen wollte, muss sie dann unbedingt um Mitternacht und nach dieser Niederlage kommen? Versucht sie nicht vielmehr, ihre Schwäche zu verbergen? Die Schwäche, dass sie dieses Zur-Rede-Stellen, was sie in ihren normalen Treffen nicht fertig bringt, aus dem Versteck ihrer Wut heraus zu schaffen versucht?

Sie steht auf. Als sie nach dem Lichtschalter tastet, ist sie noch unentschlossen. Der Schlüssel auf dem Boden glänzt nicht mehr und sie weiß nicht, warum sie ihn jetzt aufhebt. Das Licht geht wieder aus. Sie friert. Sie muss sich entscheiden, sie kann nicht bis zum Morgengrauen hier auf den Treppen herumstehen. Soll sie zu ihnen gehen, zu Inge, Stefan und Ali? Oder nach oben? Um ihn zur Rede zu stellen?

Ihre kurzen, hellbraunen Haare sind noch klatschnass. Sie zittert. Als sie versucht, die von ihrer Mutter gestrickte Wolljacke zwischen die Haare und den Nacken zu schieben, friert sie noch mehr. Sie merkt, dass auch die Jacke klatschnass ist. Doch die Jacke, die nasse Jacke, die von ihrer Mutter gestrickte... Ihre Mutter, sie muss zu ihrer Mutter! Zum ersten Mal seit zwei Jahren. Nach den damaligen Wochenendbesuchen hin und wieder, zum ersten Mal und um diese Stunde, um Mitternacht. Sie würde staunen und etwas besorgt sein. Egal... „Du bist ja keine Fremde, nur weil du nicht mehr hier wohnst. Du bist mein dreiundzwanzigjähriges Baby. Du bist meine dreiundzwanzigjährige Schwester. Du kannst immer kommen, besonders wenn du Probleme hast... Einverstanden, Liebling? Warum bist du in letzter Zeit so nachdenklich geworden? Ina, meine Tochter..."

Jetzt steht sie wieder in diesem zügellosen Regen. Sie friert. Sie spürt den kalten Wind der hereinbrechenden Nacht in ihrem Herzen. Wie gut hat sie daran getan, nicht zu Fritz zu gehen. Ihre Freude ist grenzenlos. Diese Wut wäre eine Belohnung für Fritz. Für diesen Fritz, der alles weiß, über alles besser denken kann als alle anderen. Für diesen Fritz, der sich für den Wolf der Wölfe hält... Sie will heute auch keine Hoffnung. Im Olympia gibt es viel Hoffnung, viel Zukunft, viele Träume. Sie kann sie morgen haben, in der Mensa.

Aber ihre Mutter... Dieses Mal wird sie nicht schweigen, sie will lange reden mit ihrer Mutter. Mit ihrer Mutter, die in ihrem Herzen nichts als Liebe hat. „Mutter", wird sie sagen, „heute will ich zusammen mit dir schlafen." Sie wird sich riesig freuen. Vielleicht riecht sie wieder den Jasmingeruch der Bettwäsche, wie vor vielen Jahren. War das nicht auch ein Stück Muttergeruch? Der Seifenduft des Bettlakens... Ein verschwundener Duft...

Ihre zitternden Finger klingeln zweimal, kurz.

Dieses ungeduldige Warten.

Das Flattern ihres Herzens.

Das Streicheln der nassen Wolljacke.

Schritte und ihre plötzliche Unruhe.

Die Tür, die sich einen Spalt öffnet.

Die verschlafenen Augen der Mutter, die klare Stirn, der fragende, besorgte Blick dieser Augen.

„Ina, meine Kleine, Liebling..."

Und dieses Nach-vorne-Stürzen, zur Mutter, zum Schützenden.

Ina, die ihr Schluchzen nicht mehr beherrschen kann.

Zwei winzige Schreie, wie Stöhnen.

Inas Schluchzen, das nicht enden will.

Der warme Atem der Mutter im feuchten Nacken.

Sie zieht sich etwas zurück, schaut in die traurigen Augen der Mutter und umarmt sie wieder.

Niko ist aus Kyrenia, Zypern. Niko schläft wenig, vielleicht schläft er gar nicht. Bisher hat ihn niemand schlafen sehen. Niko spricht wenig. Er spricht griechisch, er spricht türkisch; aber in Deutschland spricht Niko nicht deutsch. Seit zwanzig Jahren lebt er hier. Man sagt, er habe kein Deutsch gelernt. Er betreibt eine Kneipe, er trinkt nicht. Wenn man ihn damit nicht in Ruhe lässt, sagt er: „Ich bin von Geburt an betrunken, Mann, warum soll ich trinken, schade um mein Geld." Niko lacht nie. Noch niemand hat sein Lachen gehört. Wenn man in seinem Gesicht voller Falten tief in die wie Perlen leuchtenden Augen schaut, kann man vielleicht das Lachen eines Kindes entdecken, verborgen hinter einer gespielten Wut. Sogar wenn er sich über seine Kunden ärgert, die er als "meine Plagegeister" bezeichnet, verraten ihn diese Augen mit dem kindlichen Lachen. Niemand nimmt Niko ernst. Bisher hat man nicht gesehen, dass er mit jemandem lange gesessen und gesprochen hätte. Manchmal sagt er mit einer gespielten Wut völlig unvermittelt: „Ich scheiße auf dieses Land; ich werde ins grüne Kyrenia gehen, eine Kneipe eröffnen. Und meine Plagegeister werden mich verfolgen. Bis nach Kyrenia." Dann sagt einer seiner Plagegeister: „Seit zwanzig Jahren willst du gehen, du kannst uns einfach nicht verlassen, du liebst dieses Land!" Niko wendet sich dann zu ihm, streckt die Hand aus wie die Straßenhelden Istanbuls, und gerade als er denn Mund aufmachen und etwas sagen will, lässt er es sein. Nur ein „hah!" ist dann von ihm zu hören. An solchen Tagen spricht er mit niemandem. Er ist verletzt. Das Bier knallt er hörbar auf den Tisch. Will jemand zahlen, sagt er nicht soundsoviel, sondern schreibt die Summe auf einen kleinen Zettel und schmeißt ihn dem Gast hin. Das ist Niko...

Nikos Kunden sind Türken, Griechen, Deutsche; Deutsche, die in ihrem eigenen Land fremd sind. Alle sind Studenten. Essen in Nikos Olympia bedeutet Schafskäse, schwarze Oliven und Brot. Fragt jemand: „Gibt es nichts anderes zu Essen?", schaut ihn Niko böse an. Falls dieser jemand auf einer Antwort beharrt, sagt er: „Geh nach Hause, koch was du willst, und iß." Die winzige Kneipe ist immer rappelvoll. Die Menschen sitzen einander praktisch auf dem Schoß.

Ali zeigt Niko sein leeres Bierglas. Er weiß nicht, das wievielte Bier er trinkt. Nicht weil er Bier etwa mögen würde, nein, er trinkt halt so. Was erzählt Inge die ganze Zeit? Ab und zu hört er den Namen Inas, versucht zu verstehen. Er ist wie im Schlaf. Er greift den neben ihm sitzenden Stefan am Arm. Stefan dreht sich zu ihm, schaut ihn an und steht plötzlich auf:

„Unser Pascha hat beschlossen zu sprechen. Wir müssen ihm zu Ehren alle aufstehen. Jetzt schweigen alle und hören zu!" lärmt er.

Zuerst versteht Ali nichts. Dann dämmert's ihm, dass er den ganzen Abend kein Wort gesagt hat. Er hat sich den ganzen Abend in Schweigen gehüllt! Über Stefans Witz kann er nicht lachen. Das Lachen der anderen am Tisch hört er wie aus der Ferne. Er wartet, bis Stefan sich hingesetzt hat. Dann fährt es unüberlegt aus ihm heraus:

„Kommt Ina noch?"

„Erwartest du, dass sie nach dir sucht?", fragt Inge. Sie ist an den Tisch gelehnt und sieht Ali in die Augen.

Ali tut so, als hätte er nicht verstanden:

„Warum soll sie denn nach mir suchen?", fragt er mit seiner Bierstimme.

Stefan fängt an zu lachen. Er lacht sich tot. Sein voller, roter Bart zittert, wenn er so lacht. Sein Lachen ist so lärmend wie sein Sprechen. Die Menschen in der Kneipe drehen die Köpfe. Sie haben sich immer noch nicht an sein Lachen gewöhnt. Als würden riesengroße Felsen von Bergen hinabstürzen, so lacht er. Ali ist jetzt schweißüberströmt. Sicher wissen alle, dass Stefan über ihn lacht.

Inge lehnt sich an Ali und legt ihre Hand auf seine Schulter. Ali zieht sich zurück. Inge merkt es, bemerkt, dass er sich verkrampft. Sie lehnt sich noch mehr an ihn. Ali fällt fast vom Stuhl. Hielte sie ihn nicht fest, würde sie ihn nicht an sich drücken, er würde vor Stefans Füße fallen. Ina sagt ihm ins Ohr:

„Ali, du bist schon lange hier. Und so lange sind wir schon zusammen. Nicht an alles, klar, aber an manches musst du dich gewöhnen. Wenn man über einen anderen Menschen positiv denkt, für diesen Menschen etwas fühlt, muss man das sagen können. Warum sprichst du nicht mit Ina? Warum? Probleme ausländischer Arbeiter sind wichtig, gut. Und deine Gefühle für Ina, sind die etwa unwichtig? Wieso versuchst du sie zu verheimlichen? Meinst du, wir sind blind? Meinst du, wir sehen nichts, verstehen nichts?"

Inges Stimme klingt für Ali wie die einer alten Frau, sehr

weit weg. Seine Bieraugen sehen seine Mutter. Er weiß nicht, was er sagen soll. Er sieht Inas klare Augen vor sich. Ihre hell leuchtende Haut. Ihre feinen roten Lippen, die ihm das Gefühl geben, als würden sie jede Sekunde zu sprechen anfangen. Ihre dichten Augenbrauen. Ihre feine klare Haut, fast könnte man hindurchsehen. Und der verträumte Blick dieser mandelförmigen Augen. Ein verträumter Blick, der Ali nicht sieht, ihn nicht wahrnimmt...

Er hört wieder Inges sanfte Stimme:

„Du musst es wissen. Aber dieses Verhalten ist dumm, Ina weiß doch nichts von deinen Gefühlen."

Ali greift die schwere, große Hand auf seiner Schulter und küsst sie zart. Seine Augen sind geschlossen. Die Hand wird zu der schwieligen Hand seiner alten Mutter. Ali hat keinen Mut, die Augen zu öffnen. Es geht ja nicht nur um Ina; Metin... wenn er an Ina denkt, hat er das Gefühl, Metin unrecht zu tun, sich nicht genug um ihn zu kümmern. Metin ist hier, in dieser Stadt, hinter Gittern, und er denkt an nichts anderes als Ina!

Als er seine Augen öffnet, sieht er das Bier, das Niko ihm hingestellt hat. Ihm wird übel. Er schaut auf das Bier wie auf einen Feind. Dann schiebt er Inge weg und steht auf.

Inges fragender Blick.

„Metin" sagt Ali leise, fast flüsternd.

Inges Schultern sacken zusammen, sie senkt den Kopf.

In Stefans Augen liegt eine Traurigkeit, die ihm nicht steht. Man merkt, dass er sich zwingt zu sprechen:

„Du weißt ja, für Metin wird alles getan. Sei nicht so pessimistisch, Ali, sie können ihn nicht abschieben. Heute sollen sogar Telegramme aus England gekommen sein. Die Solidaritätsaktion weitet sich aus."

Inge nickt bestätigend.

Doch Ali wollte sie gar nicht anklagen!

„Mir geht es nicht gut, ich gehe jetzt", sagt er.

„Soll ich mitkommen?", fragt Stefan.

„Danke, nein, ich möchte allein sein." Er schaut Inge kurz an. „Wir sehen uns morgen in der Mensa."

Stefan lächelt warm. Inge greift seinen Arm und drückt ihn sanft.

Mit dem Sommerregen draußen hat Ali nicht gerechnet. Er überlässt sich ihm. Er glaubt, der Regen würde etwas reinwaschen. Er öffnet die ersten Knöpfe seines Hemdes. Seine Schritte sind langsam. Als wollte er das Erreichen des Studentenwohnheims hinauszögern. Wieder denkt er an Ina. Stimmte es etwa, was Stefan vor kurzem sagte? Hat Ina wirklich einen Freund? Dieser bärtige Mann, den er ein paar Mal in der Mensa gesehen hat? Der daherstolzierte, als hätte er die Welt erschaffen? Was kann Ina mit einem solchen Mann teilen? Doch warum denkt er jetzt daran, etwas zu teilen? Das Zusammensein teilen? Ihm ist, als würde sich etwas in ihm zusammenziehen, etwas seine Brust sprengen. Er hat das Gefühl, als bliebe ihm der Atem weg, als bekäme er keine Luft...

„... wieso sprichst du nicht mit Ina?"

Inge. Der Gedanke an ihren üppigen Körper, an ihre sanften Blicke beruhigt Ali. Und seine Mutter erscheint vor seinen Augen.

Weiß es Ina tatsächlich nicht?

Ali spürt, dass er mit Ina sprechen muss. Während er vor dem Wohnheim seinen Schlüssel herausholt, murmelt er:

„Ich werde mit ihr sprechen."

Weiß sie es wirklich nicht?

Und Metin? Metin, der hinter den eisernen Gittern sitzt?

Er versucht, den Gedanken an Metin wegzujagen. Auf der Treppe schließt er die Augen, um sein Bild nicht mehr zu sehen. Doch jetzt ist Metin noch deutlicher. Er ist in seinen Augenlidern. Er sieht Ali an, als wolle er ihn trösten. Als wolle er sagen: „Sei nicht traurig, Ali. Ihr tut ja soviel für mich. Es beschämt mich fast, dass sich so viele Menschen um mich kümmern; sich Sorgen machen, Aktionen organisieren. Alles wird gut. Du wirst es sehen. Sei nicht traurig!" Ali schämt sich vor diesen klaren, nichts verlangenden, genügsamen Blick Metins. Er schließt die Augen noch fester.

Ina hat er fast vergessen.

Diese Stimme...
Diese warme, vertraute Stimme, die einen mit Liebe erfüllt, weich wie Wolle.
Die vertraute, warme Hand, die ihre Stirn, ihren Hals, ihre Haare streichelt.

„Ina, meine Kleine, du hast ja so lange geschlafen, warst du so übermüdet?"

Ina kann ihre Augen nicht öffnen, will es nicht. Sie will, dass diese Hand ihr Gesicht, ihre Haare, ihren Hals weiter streichelt. Die Wärme dieser Hand, die nicht aufhört, sie zu streicheln, hat sie lange vermisst. Aber dem Duft des Kaffees kann sie schließlich nicht widerstehen. Sie öffnet die Augen und sieht das leuchtende Gesicht, das warme Lächeln ihrer Mutter. Als ihre Mutter die Bettdecke wegstreift, werden ihre kleinen Brüste sichtbar, ihre feingebauten Beine. Ein verschämtes Lächeln macht sich auf ihrem Gesicht breit und ein gespielter Schrei kommt aus ihr heraus. Sie deckt sich wieder zu. Die Mutter zeigt auf ihr Gesicht, dazu eine Stimme, die jetzt mit einem gespielten harten Ton das Zimmer füllt:

„Niemand hat das Recht, die Ordnung meines Lebens zu zerstören! Schon vor zwei Stunden hätte hier gefrühstückt werden müssen. Ich zähle bis drei und du stehst auf. Eins, zwei, drei..."

So flink, dass sie selbst darüber staunt, wirft sich Ina auf ihre Mutter. Sie umarmen sich fest. „Mutter", entfährt es Ina. „Meine Kleine", flüstert die Mutter. Worte, die sie leben.

Das warme Wasser tut Ina gut. Sie zieht sich im Bad an.

Während Ina ihren Kaffee trinkt, schaut ihre Mutter sie mit fragenden Augen an. Ina kaut gedankenversunken ihr Marmeladenbrot. Trotzdem vergisst sie nicht, ihrer Mutter immer wieder ein Lächeln zu schenken. Sie bewegt sich langsam, ruhig. Sie findet eine Leere in sich, in der sie sich ausruht. Doch die Blicke ihrer Mutter sind voller Fragen. Diese besorgten Blicke wandern zwischen Ina und der Kaffeetasse in ihrer Hand. Sie wartet auf eine Antwort.

„Mutter", sagt Ina leise, die Blicke senkend, „es ist vorbei, das war nur am Abend, jetzt ist es vorbei; keine Sorge, mir geht es gut..."

Der Gesichtsausdruck ihrer Mutter verrät ihr, dass sie ihr nicht glaubt.

"Wenn etwas wäre, also wenn es etwas Wichtiges gäbe, würde ich es dann nicht meiner Schwester sagen?"

Die Mutter lehnt sich weit über den Tisch. Sie beugt sich zu Ina, wie um mehr zu sehen, mehr zu verstehen. Die hellbraunen Augen Inas, das gelegentliche Aufblitzen, das Ungeduldige, das Tränenglasige in den Augen erinnert die Mutter an etwas. Das waren die Augen des Vaters, die Augen von Thomas. Auch die Hände sind Thomas' Hände, die feinen langen Finger. Sie sieht bei Ina die Finger von Thomas, die wie Vogelflügel über die Klaviertasten glitten, flogen. Sie hört die Melodien, die das Wohnzimmer eines in weiter Ferne zurückgebliebenen Hauses füllten, sich aus dem Wohnzimmer über das ganze Haus, den Balkon, vom Balkon auf die Strasse verbreiteten. Die Melodien vergangener Zeiten. Als ob diese Melodien das Blau eines weit entfernten Meeres, alle seine Blautöne, herbeitrügen und auf den Frühstückstisch legten.

Ina sieht die Trauer im Gesicht ihrer Mutter.

„Glaubst du mir etwa nicht, Schwester? Ich hatte wirklich nichts, habe halt nur ein bisschen geweint, und dann wurde mir leichter, das ist alles..."

Ihre Mutter wirkt so, als würde sie nichts hören. Sie ist sehr weit weg und ihre Blicke gehen durch Ina hindurch.

„Erzähl mir, wenn du es möchtest, Schwester", sagt sie. Dann fährt sie mit einer völlig veränderten Stimme fort: „Mir fällt was auf. Thomas, dein Vater. Ich merke zum ersten Mal, dass deine Augen seinen ähneln."

Ein Schatten der Traurigkeit wirft sich auf Inas Gesicht. Erinnerungen tragen sie fort, sehr weit weg. Sie ist an einem Strand. Sie sieht ein kleines Mädchen; ein sehr großer Mann hält es an der Hand. Die andere Hand des Mädchens ist in der Hand der Mutter. Das Kind sieht gespannt, aber auch mit etwas Angst das Meer an. Das unendliche Blau ist erstaunlich. Dazu ein Jodgeruch, dass einem die Nase wehtut. Ein Geruch, den sie ihr ganzes Leben lang nicht vergessen wird. Und dann, wie der große Mann stehen bleibt, sich zu dem Kind bückt und sagt: „Hier, das ist die Ägäis. Draußen auf dem Meer gibt es viele Inseln. Wie schön, nicht wahr, das Blau des Meeres. Nachts kommen Engel vom Himmel herab und färben das Meer blau." Und wie er dann laut lacht und das Kind umarmt. Wie er dem Kind lange in die Augen schaut. Und wie das Kind das eigene Gesicht in den Augen des Mannes sieht. Und wie es staunt, über das Meer, die Engel und darüber, dass sie in die Augen des Mannes hineinpasst. Und dass ein Klavier gespielt wird, dass der Vater sich über die Tasten des Klaviers beugt und dass sich das kleine Mädchen im Takt der immer schwungvolleren Musik dreht und dreht. Das ist es, was in ihrer Erinnerung vom Vater übriggeblieben ist. Sonst nichts. Ina kann sich anstrengen wie sie will, sonst ist da nichts zu finden, nichts herauszuholen. Und dass eines Tages die Augen der Mutter sehr rot sind und dass sie mit einer gebrochenen Stimme sagt: „Unser Vater wird nicht mehr kommen, er kann nicht mehr kommen, er ist in sehr weite Ferne gegangen, aber er denkt immer an uns und er liebt uns auch wenn er sehr weit weg von uns ist." Dass Ina nach vielen Jahren lernt, was der Tod ist, was Krebs ist. Das verschlossene Zimmer ihres Vaters. Dass manchmal die beiden Schwestern im Zimmer den Staub wischen. Bücher, Bücher, unendlich viele Bücher. Manuskripte des Vaters, die die Athener Universität nach Jahren gefunden hat, zurückschickt. Und das Buch, das daraus wird.

„Ina, Schwester, hörst du mich?"

Was sagt ihre Mutter? Die Schwester ist in einem Nebel verhüllt. Die Stimme, die sie hört, kommt von weit her.

„Ich war in Gedanken, Schwester, was sagtest du eben?"

„Bleib ein paar Tage hier, Töchterchen, so wie früher. Dann kannst du wieder nach Hause, na?"

Ina hat Angst. Angst davor, sich an diese Wärme, diese Liebe zu gewöhnen. Angst davor, den mühselig begonnenen Versuch aufzugeben, auf eigenen Füßen zu stehen. Sie kann weder auf die Verantwortung noch auf die Freiheit verzichten, die ihr das Wohnen in ihrem eigenen winzigen Zimmerchen gibt. „Ich komme wieder, Mama, ich werde öfter kommen. Aber verlange von mir nicht, dass ich bleibe. Ich bin kein Kind mehr", sagt sie und kann nicht verhindern, dass ihre Stimme dabei zittert. Und sie sieht in den Augen ihrer Mutter, dass sie das nicht glaubt.

Ihr Blick fällt auf die Uhr des Radios in der Küche. Sie kümmert sich nicht darum, dass sie ihren Kaffee nicht ausgetrunken hat. Beim Aufstehen stößt sie gegen den Tisch.

„Wiedersehen, Schwester, bis bald."

Ihre Mutter beeilt sich, sie einzuholen.

„Na, was ist, Schwester, kommst du mit?"

Die Mutter tut verärgert:

„Meinst du denn, ich sei zu alt, kann ich denn nicht mitkommen?"

Ina küsst die Schwester und küsst und küsst.

Die Tür wird geschlossen und dann wieder geöffnet und die Blicke der Mutter begleiten sie, bis sie an der Straßenecke verschwindet.

Das erste, was Fatma sieht, als sie die Augen öffnet, ist die Sonne, die durchs Dachfenster hereingekommen ist und sich auf dem Teppich niedergelassen hat. Sie möchte nicht aus dem Bett raus. Sie schaut Hamriyanım an, die neben ihr liegt. Sie nimmt Hamriyanım und zieht sie zu sich. Sie küsst ihr hartes, durch so vieles Anfassen schmutzig gewordenes, seine Farbe allmählich zu einem dreckigen braun wechselndes Gesicht. Während sie laut lacht, droht sie Hamriyanım mit dem Finger und versucht einen harten Ton:

Warum lachen wir so wie verrückt, Hamriyanım? Nun, wir waren ja die ganze Zeit vernünftig, und was ist dabei rausgekommen? Nein, ich sage es, das Ganze wird kein gutes Ende nehmen. Wir sind ja völlig unverschämt jetzt und auch schäbig. Schau, wir haben uns mit unserem Kleid ins Bett gelegt und haben nicht einmal die Strümpfe ausgezogen. Unser Lachen klingt wild für uns, nicht wahr, Hamriyanım? Und wie soll es auch nicht, seit Jahren haben wir nicht richtig gelacht. Darum staunen wir jetzt so. Was soll denn dieses Lachen, fragen wir uns selbst. Aber schau, schau dir die Sonne an, sie lacht auch. Wie wir. Sie ist bei uns zu Gast, hat es sich in der Mitte des Zimmers gemütlich gemacht, als wäre es ihr eigenes Zuhause...

Sie legt Hamriyanım sanft auf das Bett, eilt zu den Fenstern und öffnet sie. Eine kühle Luft füllt das Zimmer. Und auch dieser Duft der Erde, wie ein schleichender Schmerz. Dieser Duft, den sie beim Tabakpflücken, beim Baumwollpflücken, beim Traubenpflücken vernahm. Es macht sie traurig, dass sie all diese Jahre diesen Duft nicht eingeatmet, die Sterne nicht gesehen und die Sonne im Zimmer nicht zu Gast gehabt hat.

Zuerst zieht sie ihre dicken schwarzen Strümpfe aus. Dann ihr Kleid, das nach Essen riecht. Sie bindet ihre Haare los. Sie ärgert sich, dass ihr Unterkleid schmutzig ist. Angstvoll sieht sie ihren Körper an. Sie kommt sich etwas mager vor. Als sie gerade in die Dusche gehen will, dreht sie sich zur Seite, zum Spiegel hin. Sie betrachtet lange ihr dickes Gesicht, umrahmt von üppigen schwarzen Haaren. Sie ärgert sich, dass sie keinen großen Spiegel hat, dass sie sich nur bis zu den Schultern sehen kann. Sie holt den Stuhl. Nun steht sie auf dem Stuhl. Sie kann ihr Gesicht nicht sehen. Sie sieht ihren Busen und ihren Bauch bis unterhalb des Nabels. Sie schaut von den hängenden Brüsten weg. Oder kommt es ihr nur so vor? Noch auf dem Stuhl, dreht sie sich zum Bett.

Die Brüste der feinen, schicken Frauen auf dem Markt, stehen sie denn von allein so fest, Hamriyanım? Was sie nicht alles tun, um sich schön zu machen! Wir holen uns heute auch diese Busendinger. Wie sagt man, wie heißt das wohl auf deutsch? Egal, erst waschen wir uns, werden sauber und schön.

Das warme Wasser steigert ihre Freude. Sie reibt sich ein. Den eingeseiften Lappen drückt sie so fest, dass ihr der Busen, der Hals und der Bauch weh tun. Heute wird weder an Wasser gespart noch an Seife. Sie seift ihre Haare ein, dass es schäumt. Die üppigen, langen Haare, die sie nach vorne fallen lässt, reichen ihr bis zum Nabel. Sie nimmt die Haare in die Hand, sie genießt diese schäumend-glitschige Pracht, die ganz in die Hand zu pressen ihr nur mit Mühe gelingt. Mit den nassen, noch immer mit Schaum bedeckten Haaren rennt sie zu Hamriyanım.

Schau, Hamriyanım, schau her, die Haare reichen mir bis zum Nabel. Die Haare dieses krummbeinigen Mädchens, das unten ein und aus geht, können sich wirklich nicht messen mit unseren Haaren. Ihre Haare sind wie Haare von Jungen. Eine Frau muss lange Haare haben. Und üppig müssen sie sein.

Sie rennt wieder unter die Dusche und wäscht die Seife ab.

Ich habe heute mein seidenes Unterhemd angezogen. Diese langen Höschen sind ja ganz unbequem. Heute kaufen wir uns auch Höschen. Schau, wie sich unsere Brüste an das Kleid schmiegen. Wir müssen unbedingt auch Busendinger kaufen. Und diese Schuhe? Wir wollen sie gar nicht erst anziehen, nicht wahr? Unsere Haare sind noch nass. Wir setzen uns hier in die Sonne. Wir kaufen heute auch einen Mantel, Hamriyanım. Mit nur einem Mantel geht es nicht, es stinkt so nach Essen, dieses alte Ding. Zuerst gehen wir zur Bank. Wir schicken auch etwas Geld in die Heimat. Ja, wir mögen den Übersetzer in dieser Bank nicht, aber wir müssen da hingehen. Der hat auch unseren falschen Namen erfahren, wer weiß woher. „Willkommen, Oma Fatma, brauchst du Geld, Oma Fatma, Oma, Oma, Oma..." Selber Opa, du verdammter Mistkerl! Und so was schämt sich nicht, auf der Schule gewesen zu sein. Die haben gemeint, der war auf der Schule, der ist was; und haben ihn da hingesetzt in dieser Bank. Nur hat er kein Herz. Aber was können wir tun, wir müssen hin,

Hamriyanım. Wir schicken Geld nach Hause. Die wissen ja, dass wir keine Briefe schreiben können. Aber das Geld wollen wir nicht zu spät schicken, nicht wahr? Wenn wir zweihundert Mark schicken, können sie damit zwei Monate auskommen. Für die Zigaretten unseres Vaters reicht das zwar nicht aus, aber sie sollen damit auskommen. Ginge es nach ihm, müssten wir ja immer noch in der Heimat herumlungern.

„Deutschland", habe ich mal versucht zu sagen, da schrie er gleich: „Willst du eine Nutte werden in Deutschland?" Mutter hat geschwiegen, wie immer. Nachts, als alle schliefen, schlich sie sich zu mir und sagte mit ängstlicher Stimme: "Töchterchen, die Frauen, die dahin fahren, sollen von den Ungläubigen gleich geküßt werden, wenn sie aus dem Zug aussteigen." Ich hatte ja auch große Angst damals. Oh, diese heimlichen Besuche beim Amt. Und dann plötzlich İstanbul. Wenn die Schwester Ayten im Zug mich nicht an der Hand genommen hätte, ich wäre nie hierher gekommen. Hat die liebe Frau mich nicht auch hier an der Hand genommen? Ich muss mal hingehen, sie besuchen. Schon lange konnte ich das nicht mehr, ja, so ist das, Hamriyanım, und was dann folgte, weißt du ja. Wir haben ja keine Geheimnisse voreinander.

Oh, Hamriyanım, wenn du von meinem Urlaub wüsstest! Glaubst du, es gibt einen anderen Grund, warum ich in all den Jahren nur zweimal hingefahren bin? Glaubst du denn, ich würde nicht am liebsten jedes Jahr hinfahren? Glaubst du, ich würde meine Mutter, meinen Vater, Zekiye und mein Dorf nicht vermissen? Besonders als ich zum ersten Mal da war. Hör mir zu, Hamriyanım, hör mir bitte noch einmal zu, wen haben wir sonst, um unser Herz auszuschütten? Wie groß meine Angst vor meinem Vater war! Ich wäre auch nicht gefahren, wenn nicht Zekiyes Hochzeit gewesen wäre. Zekiye hat sich riesig gefreut über die Bettwäsche. Aber Bettwäsche reicht ja nicht aus. Siehst du, sie konnte sich nicht vertragen mit ihrem Mann, sie kam zurück nach Hause. Sie hätten sich vertragen, aber diese Armut! Mein Vater hat mich nicht angeschaut. Sogar die Hand hat er mir nur widerwillig gegeben. Trotzdem habe ich meine Pflicht erfüllt. Ich habe ihm die Hand geküsst. Den Anzug, den ich für ihn gebracht hatte, legte ich vor ihn hin, auch die Zigaretten und das Feuerzeug. Sein Gesicht erhellte sich, er hielt den Anzug, als würde er ihn streicheln. „Na, ich hoffe, er passt auch", sagte er. Genau so. Dann hat er gehustet und sich eine neue Zigarette angezündet. Er ist sehr alt geworden, mein Vater. Er kann nicht mehr aufs Feld. Während der Tabakzeit sitzt er auf der Veranda und ordnet die Tabakblätter, die Mutter und Zekiye pflücken. Es war nicht gut, dass Zekiye zurückgekommen ist. Wie hatten sie sich gefreut, dass ein Mensch weniger mit am Tisch saß. Jetzt geht sie mit Mutter aufs Feld. Es ist nicht einfach, auf dem Land ist es schwer, eine geschiedene Frau zu sein. Als Zekiyes Hochzeit war, begriff ich auch etwas, aber es war zu spät. Schon gleich nachdem ich im Dorf angekommen war, führte mich Mutter auf den Hof, nahm mich am Arm und sprach: „Fatma, mein schwarzes Mädchen, du warst zwar an der Reihe, aber auch Zekiye wird bald zu alt dafür. Ich habe den Dorfvorsteher ausrechnen lassen: Zekiye ist genau vierundzwanzig Jahre alt. Deswegen haben wir der Heirat zugestimmt, deswegen. Sei nicht neidisch, mein Mädchen, jedem steht das Schicksal auf die Stirn geschrieben". Da verstand ich, Hamriyanım. Ab einem gewissen Alter kann man nicht mehr zu einem Mann.

So, lass uns jetzt gehen Hamriyanım. Unsere Haare sind zwar noch nicht ganz trocken, aber das macht nichts. Wir binden sie schön, dann das Kopftuch drüber und es ist bestens.

Sieh mal her, unser Kleid schaut unter unserem Mantel hervor. Wir ziehen es die ganze Zeit an, ohne etwas zu sehen. Ziehen diesen Mantel an. Pfui uns, pfui und noch mal pfui! Ziehen wir das Kleid nach oben. So, jetzt ist es gut. Oben sieht es jetzt etwas zerknittert aus, aber das macht nichts, es hängt nun nicht mehr unter dem Mantel. Oder sollen wir unseren Mantel zu Hause lassen, Hamriyanım? Wollen wir nur mit dem Kleid raus? Wir wollen es natürlich, aber wir sollten nicht ganz ausflippen. Vielleicht können wir die Knöpfe offenlassen. Ist es die Sonne, die uns auf solche Gedanken bringt?

Beim Hinausgehen winkt sie Hamriyanım zu. Im Treppenhaus des dritten Stocks glaubt sie, ihr Herz würde explodieren, herausspringen. Ihre Blicke sind auf der Tür geheftet, da wo sein Name steht. Wenn sie wenigstens seinen Namen kennen würde. Zum ersten Mal tut es ihr so leid, dass sie nicht lesen kann. Sie sieht sich um. Die Unruhe in ihr wächst, auch die Angst. Aber ist das nicht etwas, was sie haben möchte, diese Unruhe und Angst und dieses Herzflattern? Sie hält sich am Geländer fest. Während sie nach unten schreitet, hat sie das Gefühl, ihre Füße würden etwas Unerwünschtes tun. Ihre Freude, ihr Glück verebben. Aber als sie hinaus auf die Straße geht und die Sonne umarmt, lacht sie wieder.

Auf der Bank ärgert es sie, dass man sie warten lässt.

Der Dolmetscher kommt aus einem Hinterzimmer.

„Bitte sehr, Oma Fatma, brauchst du Geld?" Seine Lippen sind ständig in Bewegung; als würden tausende „Oma Fatma's" durch diese Lippen hinausströmen.

Hätte Fatma nicht gewusst, was er fragt, hätte sie ihn nicht verstanden. Die Art, wie dieser Mann spricht, geht ihr auf die Nerven. Er redet so, als würden sich seine Lippen keinen Spalt öffnen. Die Worte schiebt er in seinem Mund hin und her. Während er spricht, sammelt sich Speichel an seinen Mundwinkeln.

„Ich möchte Geld nach Hause schicken."

Fatma weiß, dass sie die Adresse nicht zu nennen braucht. Sie weiß, dass dieses Schwein alles auswendig gelernt hat. Auf den Zettel, den ihr der Mann aushändigt, macht sie drei Kreuze. Sie beißt die Zähne zusammen, während sie die Zeichen macht. Aber sie fühlt auch gleichzeitig etwas wie Glück, der Stift in der Hand fühlt sich warm an.

„Ich brauche auch Geld."

Der Mann nimmt noch einen kleinen Zettel.

„Wie viel?"

„Dreihundert Mark", sagt sie und schämt sich, ohne einen Grund dafür zu haben. Sie senkt den Kopf.

Der Mann macht große Augen:

„Was machst du mit dreihundert Mark?"

Fatma gibt keine Antwort. Auch unter den zweiten Zettel macht sie die Kreuze. Als sie den Kopf hebt, bemerkt sie die Blicke des Mannes auf ihren nassen Haaren, die aus ihrem Kopftuch herausschauen. Einen der Zettel steckt sie in die Tasche, mit dem anderen geht sie zur Kasse.

Gleich, nachdem sie ihre Wohnung betreten hat, wirft sie die Plastiktüten aufs Bett vor Hamriyanım.

Schau, Hamriyanım, schau was ich dir mitgebracht habe.

Es macht ihr nichts, dass vom ganzen Geld nur fünfzehn Mark übriggeblieben sind. Mit großer Sorgfalt öffnet sie die Päckchen, eins nach dem anderen, vor Hamriyanım. Sie zeigt ihr alles. Dann zieht sie sich aus.

Ist das Busending zu klein, Hamriyanım? Das macht nichts, jetzt hängen unsere Brüste nicht mehr. Und unsere

Unterhose passt genau, und die Farbe ist schön, nicht wahr? Rosa!

Sie streichelt das straffe rosa Höschen. Dann zieht sie mit Schwung das rote Kleid an. Es kommt ihr etwas kurz vor. Sie bückt sich und versucht, ihre Knie zu sehen. Der Rock bedeckt gerade die Knie. Sie hat etwas Angst, als sie die braunen Schuhe mit hohen Absätzen anzieht. Sie macht ein paar vorsichtige Schritte. Sie fällt fast auf den Boden und hält sich am Bett fest. Dann läuft sie ein paar Mal die Wand entlang, sich an ihr stützend. Sie zieht auch den beigefarbenen Mantel an, den sie aus der großen Tüte nimmt.

Siehst du, Hamriyanım, wie schön wir geworden sind? Wir sind jetzt eine dieser schicken Frauen, die wir einkaufen sehen, nicht wahr? Ich laufe jetzt noch einmal, schau mir gut zu. Ach, wie schön wir laufen können, wie ein Reh. Und was ist dabei, wenn wir uns an der Wand abstützen? Haben wir bisher jemals Schuhe mit Absätzen getragen? Wir werden uns mit der Zeit daran gewöhnen. Sie drücken zwar ein bisschen, aber sie werden schon noch breiter. Wir hätten doch nicht riesige Schuhe kaufen können, wie Kindersärge, jetzt ziehen wir mal den Mantel aus und laufen im Kleid. Na, kann man uns überhaupt unterscheiden von den Damen in der Stadt? Jetzt sollen sie noch einmal „Oma" zu mir sagen! Ach, werden sie trotzdem sagen, diese Schamlosen. Wir werfen auch dieses Kopftuch endlich weg, Hamriyanım. Ach, du hättest mich sehen sollen, als ich das alles kaufte. Wie viele Male musste ich an dem Tisch mit den Busendingern vorbeigehen, bis ich mich traute, weißt du? Als die Verkäuferin zu mir kam, wusste ich nicht, was ich sagen soll, ich habe plötzlich wie eine Verrückte gelacht. Was hätte ich gesagt, Hamriyanım, wenn sie mich etwas gefragt hätte? Ich griff eins heraus und rannte zur Kasse. Und die Unterhose? Damit war es das gleiche. Ach, wenn wir einen Spiegel hätten!

Sie steigt wieder auf den Stuhl. Sie möchte ihre neuen Kleider sehen. Das Rot ihres Kleides erfüllt den kleinen Spiegel. Als sie sich bückt, um ihre Haare zu sehen, erblickt sie plötzlich den Ansatz des Busens. Verschämt lächelt sie die Frau mit dem roten Kleid im Spiegel an. Sie dreht sich auf dem Stuhl, sie möchte ihr Kleid von der Seite und von hinten sehen. Sie steht da wie eine unerfahrene Seiltänzerin auf dem Seil. Sie verliert ihr Gleichgewicht und stürzt mit großem Krach auf den Boden. Langgestreckt liegt sie auf dem Boden. Sie möchte so liegen bleiben, nicht mehr aufstehen. Sie hat Angst vor ihrem eigenen Lachen, vor dem Klang ihres Lachens. Sie lacht immer heftiger. Den Schmerz in ihrem Fuß spürt sie gar nicht. Sie lacht und lacht, leise, unterdrückt und dann sehr hell. Und sie weiß nicht, warum ihr die Tränen kommen. Sie lacht ja, trotz der Schmerzen lacht sie.

Beim Aufstehen spürt sie noch einmal, wie ihr die Knie wehtun. Sie wirft sich aufs Bett neben Hamriyanım. Die Stimme, die zwischen Weinen und Lachen hin- und hergerissen war, wird im Bett zu einem einzigen Weinen. Sie weint und weint. Sie weint sich satt. Sie verliert sich im Weinen. Ihre Tränen fallen auf das Brautkleid von Hamriyanım.

Warum weinen wir so, Hamriyanım? Wir sind nicht traurig, aber wir weinen. Weint man denn, weil man die paar Handlängen vom Stuhl abgestürzt ist? Komm, lassen wir dieses Weinen. Wie eine Heulsuse! Heute ist uns ja nicht zum Weinen, sondern zum Lachen zumute, nicht wahr? Jetzt gibt es IHN, wir müssen uns darüber freuen. Es macht nichts, dass er es nicht weiß: wir lieben ihn, das ist wichtig. Wer weiß, vielleicht weiß er es auch? Er hat es vielleicht gemerkt, nicht wahr,

Hamriyanım?
    Sie umarmt Hamriyanım noch fester, sie küsst ihr das harte, hässliche Gesicht. Sie wird um Jahre zurückgeworfen, in die Tage, als sie Hamriyanım eine Form gegeben, Leben eingehaucht hat. Und dann sehr weit weg. Oma Sultan saß vor dem Feuer. Ihr spitzes Kinn war noch länger geworden. Ihre Lippen, die ihre Zahnlosigkeit verbargen, waren noch kleiner geworden. Das Lichtspiel des Feuers erhellte nur eine Gesichtshälfte. Es war so, als gäbe es die dunkle Seite des Gesichts gar nicht. Ihre Stimme war ein Gemisch von Atem und Pfeifen. Draußen heulte der Wind langer Winternächte. Die Frauen und Kinder des Dorfes reckten die Hälse, wie um auch die dunkle Seite ihres Gesichts zu sehen, und hörten ihr ehrfurchtsvoll schweigend zu. Fatma kann sich nicht erinnern, wie alt sie damals war. Vielleicht fünf, vielleicht zehn, vielleicht fünfzehn... „Hamriyanım", so hatte damals Oma Sultan das Märchen angefangen.

Vor langen Zeiten, als das Sieb in der Streu lag, das Kamel der Ausrufer und der Floh Barbier war, als ich die Wiege meiner Großmutter lustig schaukelte, als das Heu vor dem Hund und das Fleisch vor dem Pferd lag, als der Kadi in den Bergen und die Täter im Palast saßen, als der Gerechte in Not und die Hand des Ungerechten im Honig war, gab es ganz weit weg, hinter dem Berge Kaf, ein Land. Es ist ja ein Märchen, die Leute in diesem Land waren ganz besonders arm, ihr König dagegen unermesslich reich. Man sagt ja, dass Reichtum und Schönheit nicht zusammen kommen, aber wenn Gott gibt, dann gibt er richtig. Und er hatte diesem seinem Knecht, dem König, alles gegeben. Also der König war ein sehr schöner Held. Wenn er auf seinem braunen Pferd saß, konnte man die Augen nicht von ihm abwenden. Nur war dieser König ungemein grausam, wen er zu hängen befahl, der war gehenkt, wen er zu köpfen befahl, der war geköpft. Wer zu ihm zur Audienz kam, musste dies mit vierzig Vorschriften tun. Aber wir wollen nicht zuviel reden, wo waren wir stehen geblieben...

Eines Tages beschloss dieser König zu heiraten. Er war ja König, keiner von den Habenichtsen, die Heirat eines Königs muss natürlich etwas Besonderes sein. Er ließ also in alle vier Richtungen seines Landes Ausrufer schicken. Die Ausrufer verteilten sich in Märkten und Basaren, in Dörfern und Städten. Die Trommler schlugen auf die Trommeln, die Ausrufer fingen an zu schreien: „Ihr Leute, sagt nicht, wir haben nichts gehört, hört gut zu, es sind die heiligen Worte unseres erhabenen Königs. Unser König hat beschlossen zu heiraten. Er sucht ein Mädchen. Aber die Schönheit des Mädchens muss tausend Goldstücke, ihre Sprachgewandtheit muss auch tausend Goldstücke, ihre Geduld aber unbedingt zehntausend Goldstücke wert sein. Welche weibliche Person nun ihrer Schönheit tausend, ihrer Beredsamkeit tausend, ihrer Geduld aber unbedingt zehntausend Goldstücke Wert beimisst, soll mit Mutter und Vater zusammen in den Palast unseres erhabenen Königs kommen. Der erhabene König wird die Damen prüfen. Welche der Damen die Prüfung nicht besteht, wird zusammen mit ihren Eltern geköpft werden. Sagt nicht, wir haben nichts gehört!"

Da war niemand, der nicht gewusst hätte, wie gutaussehend und reich der König war. Wie viele Mädchen im Lande auch waren, bei allen fing das Herz an anders zu schlagen. Wer will schließlich nicht einen großen König heiraten. Andererseits gab es auch niemanden, der nicht wusste, wie grausam der König war. Am Ende der Sache stand der Kopf auf dem Spiel. Aber das Leben ist schließlich süß. Dennoch konnten die jungen Mädchen nicht umhin, ständig an den König zu denken. Sie fragten Mutter und Vater: „Mutter, ich bin doch schön, nicht wahr? Mutter ich bin doch geduldig, nicht wahr?" Die Eltern verstanden dann gleich, was ihre Töchter sagen wollten und tadelten sie: „Mädchen, bleib wo du bist, steht es dir etwa an, einen erhabenen König zu heiraten?"

Nun wohnten in dem Lande ein armes Mädchen und ihr Vater. Der Vater war Holzverkäufer. Er ging in die Berge, um Holz zu schlagen. Wenn er das Holz, das er geschlagen hatte, auf dem Markt verkaufen konnte, brachte er Brot nach Hause. Wenn er es nicht verkaufen konnte, mussten Vater und Tochter an jenem Tage Wasser trinken. Auch dieses Mädchen und ihr Vater hatten die Ausrufer gehört. Nun war das Mädchen eine große Schönheit. Ihre langen Haare schlugen ihr gegen die Fersen. Ihre Augen leuchteten wie schwarze Diamanten. Sie war eine dunkle Schönheit, die in der Welt ihresgleichen suchte. Dabei war sie ja nicht nur schön, sie wusste auch ihre Worte überaus gut zu setzen. Wenn sie sprach, meinte man, Nachtigallen schlagen zu hören. Auch ihre Geduld war unübertroffen. An den Tagen, an denen ihr Vater kein Brot nach Hause bringen konnte, empfing sie ihn mit ihrer Nachtigallenstimme an der Tür: „Ach mein lieber Vater, sei nicht traurig, dass du kein Brot nach Hause bringen konntest, da kann man ja nichts machen, wir trinken Wasser, lass dich nicht bedrücken."

Eines Tages sagte sie, als ihr Vater nach Hause kam: „Vater, bring mich zum König." Sie wollte nicht nur heiraten, sie wollte den Vater aus dieser Armut befreien. Der Vater wusste zuerst nicht, was er sagen sollte. „Aber Tochter", sagte er, „es gibt niemanden, der die Grausamkeit des Königs nicht kennt. Wie sollte ich es aushalten, wenn dir etwas geschieht?"

Nun, wir wollen nicht lange herumreden. Das Mädchen überredete den Vater mit seiner Geschicklichkeit. Morgens früh machten sie sich auf den Weg. Nach ihrer Ankunft wurden sie vor einige weißbärtige Alte gebracht. Die Alten stellten Fragen. Die Antworten, die das Mädchen gab, befriedigten sie so sehr, dass sie sagten: „Dieses Mädchen hat die

Vorprüfung bestanden." Der Schatzmeister zählte die Goldstücke sofort, füllte sie in einen Geldsack und händigte ihn dem Vater aus. Der Mann nahm von seiner Tochter Abschied und sagte: „Meine Tochter, möge Gott dir helfen." Dann ging er sorgenvoll in sein Dorf zurück.

Der König ließ eine bescheidene Hochzeit ausrichten. Alle waren erstaunt darüber. Sie sagten: „Steht denn einem so großen König eine solche Armenhochzeit an?" Aber er war ja der König, man durfte nicht fragen. Man tat, was er wollte.

Nach der Hochzeit zog das Paar mit einem Brautzug zu einer Villa in den Bergen, abseits von allen Karawanenstraßen, wo noch nicht einmal Vögel flogen. Sowie sie die Villa betraten, nahm der König dem Mädchen den Schleier ab. Da sah er, dass die Schönheit des Mädchens nicht tausend sondern zehntausend Goldstücke wert gewesen war. Er freute sich, zeigte es aber nicht.

Am Morgen sagte der König zu seiner Frau: „Diese Villa ist dein Haus, ich weiß nicht, wann ich wiederkommen werde." Dann stieg er auf sein braunes Pferd und ritt mit seinen Reitern, die vor der Tür auf ihn warteten, fort.

Die junge Frau blieb, einen Tag nach der Hochzeit, ganz allein zurück. Sie ging im Hause umher und sah, dass niemand außer ihr da war. Sie ging vor die Tür und stellte fest, dass das Haus eine Bergvilla war, wenn sie starb, würde niemand etwas merken. Aber im Hause gab es genug zu essen. So lebte die junge Frau in der Villa. Es vergingen Tage, Wochen, niemand kam, niemand ging. Eines Tages merkte sie, dass sie schwanger war. Monate vergingen, ihr Leib wurde groß. Sie machte ein Messer zurecht, um dem Kind, das sie gebären würde, die Nabelschnur abzuschneiden und eine Schnur, um sie abzubinden. Sie machte dem Kind die Wiege bereit. Sie bereitete auch das Bett vor. Sie gebar ihr Kind ganz allein, nabelte es ab und verband den Nabel. Dann reinigte und wickelte sie es.

Tage vergingen, eines Tages schlug man gegen die Tür, es waren Vorboten gekommen, die sagten: „Unser König kommt, er kommt mit seinen Reitern. Die junge Frau gab den Leuten ihren Botenlohn. Sie zog sich an, schmückte sich, nahm ihr Kind in den Arm und ging an die Tür. Als der König eintrat, hielt sie ihm sein Kind entgegen. Der König sagte: „Wie Gott es gewollt hat. Der ist richtig für den Backofen, in den Backofen mit ihm!" Und gab das Kind dem Wesir, der neben ihm stand.

Jene Nacht blieb der König wieder bei seiner Frau. Am Morgen bestieg er wieder sein braunes Pferd und ritt weg. Die Frau blieb wieder ganz allein. In den Bergen, wo kein Vogel flog, keine Karawane vorbeizog. Was sollte sie tun, sie fing wieder ihre tägliche Arbeit an. Dann verging eine lange Zeit, ich will sagen ein Jahr, ihr könnt sagen tausend Jahre. Eines Tages schlug es wieder an die Tür. Sie öffnete und stand dem alten Wesir des Königs gegenüber. Er sagte. „Meine Tochter, der König hat ein Mädchen nach seinem Herzen gefunden und heiratet. Dich lässt er auch rufen. Wir sind gekommen um dich hinzubringen."

Die Frau sagte „gut", sonst gar nichts. Sie machte sich fertig, sie stiegen in den Palastwagen ein. Sie kamen im Palast an. Die Frau sah, dass eine sagenhafte Hochzeit vorbereitet war. Die Kessel kochten, die Diener rannten herum, Trommeln wurden geschlagen, Hammel, Lämmer und Kamele wurden geschlachtet. Aus aller Welt waren Gäste gekommen. Sogar der Elfenkönig war da.

In diesem Augenblick betrat der König den Platz der

Hochzeit. Im Arm hielt er einen wunderschönen Jungen: „Ich habe dich hergeholt, damit du bei der Hochzeit dienen sollst." Er hielt ihr das Kind hin. „Bring das Kind in den Palast, dann geh in die Küche und hilf den Dienern dort." Die Frau sagte wieder nichts. Wir wissen ja, ihre Geduld war die Geduld des erhabenen Hiob. Sie nahm das Kind und stieg die goldenen Stufen des Palastes empor. Wie sie eintrat, sah sie, dass auf einem Tisch ein Brautkleid, bestickt mit Brillanten, auf sie wartete. Sklavinnen standen dienstbereit und warteten auf sie. Nun kam auch der alte Wesir ihr nach und sagte: „Unser erhabener König hat eine Doppelhochzeit bereitet. Das Kind auf deinem Arm ist dein eigener Sohn. Zusammen mit seiner Beschneidung wird eure wirkliche Hochzeit erneuert. Unser König hat dich bis heute geprüft. Gott möge euch auf einem Kissen alt werden lassen, meine Tochter."

War das Kind der Frau nicht seltsamerweise gleich ans Herz gewachsen? Sie drückte es fest an sich. Dann stieg sie die goldenen Stufen des Palastes hinunter. Der König wartete an der untersten Stufe auf sie. Er streckte seine Hände nach ihr aus und sagte: „Diese Hochzeit ist unsere Hochzeit. Sie soll vierzig Tage und vierzig Nächte dauern." Alle drei umarmten einander. Der König sagte: „Ich habe deine Geduld geprüft. Deine Geduld ist wirklich die Geduld des erhabenen Hiob."

Aber der König war neugierig, zu erfahren, wie seine Frau in der Villa ganz alleine gelebt hatte. Er nahm seine Frau und die Weisen des Palastes mit sich und begab sich zu jener einsamen Villa, wo keine Vögel mehr flogen und keine Karawane vorbeizog. Als sie im Hause herumgingen, fanden sie eine Statue hinter der Küchentür. Sie war ganz dunkel geworden. Er fragte seine Frau: „Was ist das?" Die Frau sagte: „Ich habe einen Teig geknetet, und aus diesem Teig habe ich einen

Menschen geformt. Den habe ich auf das Sitzkissen hinter der Küchentür gesetzt. Jeden Tag habe ich meinen Kummer mit ihm besprochen. Ich habe ihn Hamriyanım genannt. Ich habe mich mit ihm beraten: „Machen wir das so oder so, Hamriyanım. Ich habe meine Sorgen bei ihm abgeladen." Der König wandte sich seinen Weisen zu und fragte: „Was ist das?" Sie sagten: „Hamriyanım hat die Sorgen und den Kummer dieser Frau auf sich genommen. Wenn sie nicht auf den Gedanken gekommen wäre, Hamriyanım zu machen, hätte die Frau das nicht überlebt. Einer der Gelehrten nahm einem der anwesenden Soldaten den Säbel ab und schlug auf Hamriyanım. Mit dem Schlag fing an, Blut und Eiter aus Hamriyanım zu fließen. Die Großen sagten: „Siehst du, mein König?"

Seit diesem Tage bereute der König alles, was er getan hatte. Er war besonders gut zu seiner Frau. Er nahm auch seinen Schwiegervater zu sich und zeigte ihm große Ehrerbietung. Sie bekamen noch weitere, strahlend schöne Kinder. Sie sollen noch heute in jenem Land leben.

Es ist ja ein Märchen: Drei Äpfel fielen vom Himmel, einer schöner als der andere, ganz rot. Sie haben die Äpfel geschält. Das Innere für den Erzähler. Die Schalen für die Zuhörer.

Die Mensa ist noch nicht so voll und laut, wie sie es jeden Tag irgendwann wird. Noch gibt es mehr freie Stühle als besetzte und man kann sich noch gut verständigen. Die Essensausgabe hat noch nicht begonnen. Sogar in der Schlange für Essenskarten stehen erst wenige. Im zweiten Stock dagegen, wo Kaffee und Alkohol verkauft wird, ist es bereits ziemlich voll.

Ali ist draußen im Garten; er hat sich einfach ins Gras gelegt. Vor dem Eingang verteilen ein paar Studenten Handzettel. Ali, der wirkt, als würde er sich für nichts interessieren, ist innerlich unruhig; er wartet auf etwas. Ihn stört die Masse der Menschen, er hat Angst, Ina nicht zu sehen, selbst wenn sie da ist. Ihn friert. Das kommt auch von der Einsamkeit und davon, dass er wenig geschlafen hat. Ein heißer Tee täte gut; er steht auf. An diese Teebeutel hat er sich noch immer nicht gewöhnt, an diese Dinger, die man einfach ins heiße Wasser eintaucht und das dann mit dem Tee nichts gemein hat als die Farbe. Trotzdem will er jetzt etwas Warmes trinken. „Heißes Wasser kann in der Fremde helfen" denkt er, während er die Treppen hinaufsteigt.

Als er mit seinem Tee in der Hand nach einem Sitzplatz

sucht, sieht er ihn. Auch er bemerkt Ali. Zuerst erinnert sich Ali nicht, woher er ihn kennt, aber nach kurzem Nachdenken fällt es ihm ein. Sein Herz klopft stärker. Alles, was mit Ina zu tun hat, macht ihn nervös. Ihre Blicke treffen sich. Fritz schaut weg. In seinem Mundwinkel zeigt sich ein höhnisches Lächeln. Ali bereut, ihn gegrüßt zu haben. Er setzt sich an einen Tisch in der Mitte - mit dem Rücken zu Fritz.

Beim ersten Schluck vom bitteren Tee merkt Ali, dass er den Zucker vergessen hat. Er hat aber keine Lust, aufzustehen und beobachtet zu werden. Er wird den Tee ohne Zucker trinken. Unruhe und Zweifel quälen ihn und lassen nicht locker. Ist das der Freund von Ina? Ist er es wirklich? Warum nicht? Auch ins Olympia sind sie gemeinsam gekommen.

Fritz hat Ali erkannt. Seinen Namen kennt er nicht, aber er weiß, dass er Türke ist. Er will seinen Namen auch gar nicht wissen. „Ein Türke halt", denkt er. Auch von den anderen kennt er die Namen nicht, von diesem Rotbärtigen und dem dicken Mädchen. Sie interessieren ihn ganz und gar nicht. Aber heute muss er auf solche Details aufpassen. Er muss mit Ina auf jeden Fall allein sprechen. Sonst ist alles, was er sich vorgenommen hat, futsch!

Er erschrickt, als er Ina vor dem Tisch stehen sieht, so, als würde sie schon lange dort stehen und ihn anschauen.

„Als du dich nicht gemeldet hast, habe ich gedacht, vielleicht..."

Er ärgert sich über sich selbst. Was gibt es denn so zu staunen, so zu stammeln? Hat er sie denn nicht erwartet? Da steht sie ihm gegenüber mit dem Kaffee in der Hand. Er macht es sich wieder gemütlich, eine erzwungene Gemütlichkeit. Er stützt seinen Kopf mit den Händen.

„Unser Pascha hat sich bestimmt verlaufen", sagt Ina,

während sie sich ihm gegenüber setzt. In ihrer Stimme ein Ton von „Dir zeige ich es!" Sie lehnt sich auf ihrem Stuhl zurück. Sie tut so, als würde sie Fritz zum ersten Mal sehen. Aus dieser Nähe. Als wäre Fritz früher, viel früher ein Punkt in der Ferne gewesen; jetzt nähert sich Ina diesem Punkt, und der Punkt wird größer und bekommt klare Umrisse. Sie möchte ihn unvoreingenommen sehen. Als wolle sie etwas denken, was sie bisher nicht gedacht hat, nicht habe denken können. Wie das Suchen nach einer Antwort auf die Frage: „Was habe ich an ihm gefunden? Was finde ich heute an ihm?" Als müsse sie diese Frage jetzt, in diesem Moment beantworten, jetzt oder nie. Sonst wird es für manches zu spät sein, manches wird für immer verloren gehen. Heute muss sie Fritz sehr klar sehen, sie muss ihn gründlich anschauen.

Hier, die Augen, in denen sie immer was finden wollte. Die erschlaffte blasse Haut, wie bei Menschen, die lange Zeit in geschlossenen Räumen verbracht haben. Hier, der Bart, den man dahin geklebt hat, um das Bild eines Propheten in diesem langen, blassen Gesicht zu vervollkommnen. Heute lachen seine Augen. Er hat sich über den Tisch gebeugt, als wolle er seine Worte besonders gut hörbar machen:

„Ich möchte etwas anfangen. Ich habe es mir überlegt. So geht es nicht weiter. Ich muss was tun. Es gibt Wichtiges, wovon ich dir erzählen möchte. Wir müssen unbedingt sprechen."

Er sagt jedes Wort mit einer besonderen Betonung. Und, als wolle er sehen, wie seine Worte an ihrem Ziel ankommen, spricht er langsam. Er wählt jedes Wort mit Bedacht.

Ina weiß noch nicht, was sie sagen soll. Sie ärgert sich, dass sie so unvorbereitet ist. Wo bleibt ihre Wut, ihr Wille zur Auseinandersetzung? Oder besteht etwa Fritz´ Stärke in seiner

Schwäche? Kann das sein?

Inas Schweigen zwingt Fritz weiter zu sprechen. Jetzt spricht er mit gesenktem Kopf. Er hat seine Finger ineinander geklammert. Als würde er mit einer Hand die andere streicheln. Seine Augen sind nicht zu sehen. Sein Bart schwimmt fast auf seinem Kaffee.

„In mir ist eine Leere. Ich habe mit dir nur diese Leere teilen können. Das war unfair. Aber ich werde wieder anfangen; wenn ich mit etwas Neuem anfange, kann das auch für uns ein neuer Anfang sein. Ich weiß, über manches haben wir nie gesprochen, nie sprechen können. Wir haben die Fehler gesehen, aber nicht besprochen. Bestimmt war auch einiges richtig in unserer Beziehung, aber auch darüber haben wir nicht gesprochen. Wenn du möchtest, sprechen wir auch jetzt nicht, ich meine, über die Vergangenheit... Denn über diese falsch gelebte Vergangenheit zu sprechen, würde bedeuten, viele Wunden wieder offen zu legen. Es geht ja darum, dass wir uns darüber bewusst werden, nicht wahr? Aber es war nicht nur ich, der nicht gesprochen hat. Auch du hast es vorgezogen, zu schweigen. Nicht nur ich bin weggelaufen. Ich spreche sehr abstrakt, du hast recht. Aber weißt du warum? Wir verstehen vieles, worüber wir beide gedacht, aber nicht gesprochen haben. Ich glaube es zumindest. Wenn du möchtest, sprechen wir gar nicht über die Vergangenheit, nur über das Neue, darüber, was wir jetzt leben wollen, was meinst du?"

Ina weiß nicht, was sie sagen soll. Und sie staunt über ihr langes Warten, über ihre Geduld. Fritz' Stimme kommt aus weiter Ferne, wie aus einem Labyrinth; eine Stimme, die tiefer klingt als sie ist, beeindruckend. Wenn man über die Vergangenheit nicht spricht und nicht an sie denkt, heißt das dann nicht, dass man vor ihr davonläuft? Was ist es anderes, als eine bestimmte Zeitspanne mit geschlossenen Augen zu durchlaufen? Fritz will das Licht der Vergangenheit löschen. Wie kann sie ihm das klarmachen? Fritz, der jetzt ein der Bibel entsprungenes Antlitz ist. Ein Antlitz, in dem man diesen typischen bibelartigen passiven Widerstand lesen kann, der auch etwas Berechnendes hat. Da, er schaut mit fragenden Augen. In diesen fragenden, wartenden Augen ist auch ein niedergeschlagenes Sichausliefern, das um Entschuldigung bittet.

„Ich weiß es nicht, Fritz", kommt nur aus ihr heraus. „Ich habe meine Zweifel. Ich hab' das Gefühl, dass wir die Welt aus völlig anderen Fenstern sehen."

Die Stimme von Fritz kommt dieses Mal von etwas näher:

„Egal, aus welchem Fenster und wie wir sie sehen: die Welt ist doch die gleiche. Und was können wir schon ändern? Alles ist sehr gut arrangiert. Und wir sind vollkommen machtlos. Ich glaube nicht, dass sich irgendetwas ändern lässt. Verstehe mich nicht falsch. Wenn ich sage, sehr gut arrangiert, meine ich nur, dass das Arrangement sehr gut gelungen ist; ich bin der Letzte, der meinen könnte, alles sei gut und richtig so."

Ina hält das Schweigen bald nicht mehr aus. Sie wird immer nervöser. Sie bückt sich nach vorn und fängt an zu sprechen, während ihre Hände in der Luft herumfliegen:

„Ich dagegen bin der Meinung, dass sich mit dem Fenster, durch das man sieht, und wenn wir das Sehen als eine Art zu leben begreifen, durch dieses Sehen sich vieles ändert, ändern kann. Und..."

Plötzlich hält sie inne. Sie sieht Fritz, der ihr noch immer gegenüber sitzt, nicht mehr; er ist jetzt sehr weit weg, ein kleiner Punkt irgendwo in der Ferne. Sie möchte etwas sagen, und sie weiß sehr genau, was sie sagen will. Aber sie kann nicht. Statt zu sprechen, wird sie rot. Für einen anderen schämt sie sich.

Den Verlauf der Diskussion findet Fritz beunruhigend. Was er eben gesagt hat, findet er jetzt unpassend. Er ist fast dabei, das Selbstvertrauen zu verlieren, das noch eben in seiner Stimme mitschwang. Warum musste er das alles sagen, vieles hätte er auch ganz anders ausdrücken können. In dieser Phase musste es darum gehen, ihr nicht Schuld zuzuweisen, sondern sie zu gewinnen. Sogar Professor Müller hat am Telefon vom „Anfangen" gesprochen: „Der Anfang ist das Wichtigste, Sie werden schon sehen, wenn sie angefangen haben, wird sich alles Weitere ergeben. Ich hoffe, dass sich auch Ihr Vater freuen wird." Statt dessen kommt jetzt diese Diskussion, die niemals ein Ende finden wird. Er denkt nicht wie Ina, basta! Doch jetzt hat es keinen Sinn, darüber zu streiten. Timing ist das Wichtigste. Er hat sogar vergessen, was Ina zuletzt gesagt hat. Er muss etwas sagen, um sie zu gewinnen.

„Weißt du, Ina, der Grund, warum wir darüber zu keinem klaren Schluss kommen, ist, glaube ich, dass wir zu allgemein sprechen. Wenn es um konkrete Dinge geht, mögen es auch Details sein, werden wir uns auf jeden Fall verstehen, du wirst schon sehen. Die Details darf man nicht vernachlässigen. Zusammen bilden sie ein Ganzes."

Seine Rede gefällt ihm nicht. Das sind Banalitäten. Er muss einiges hinzufügen:

„Dieser Widerspruch ist Teil der Natur des Menschen. Stell dir vor, was für eine Katastrophe es wäre, wenn alle Menschen das gleiche denken würden."

Mit diesem Nachsatz ist Fritz zufrieden. Was er gesagt hat,

hat obendrein einen Hauch von Wissenschaftlichkeit.

Ina ist erstaunt. All das hat sie nicht erwartet. Sie findet es noch einmal schade, dass sie so unvorbereitet ist. Was redet dieser Fritz alles? Sie staunt darüber, dass und wie er das sagt. Warum hat sie ständig zwei unterschiedliche Fritz' im Kopf, warum sieht sie ihn als zwei verschiedene Menschen? Und warum sucht sie nach dem Guten in diesen beiden Menschen, trotz ihrer Wut, die sie noch eben gehabt hat? Ist es das, worauf sie sich seit Tagen vorbereitet hat? Sie sieht keinen Sinn in den Worten „Stärke" und „Schwäche", die sich ihr ständig aufdrängen wollen. Den Mann, der nur in seinem Zimmer herumsitzt, auf etwas wartet, alles besser weiß als alle anderen, den Mann mit diesem krummen Lächeln, kann sie in dem Menschen, der ihr gegenübersitzt, nicht entdecken. Ihr jetziges Gegenüber scheint aus all der Schwäche eine Stärke, aus all dem Schlechten etwas Gutes gemacht zu haben. Wie ein Magier.

„Aber", sagt Ina, „welche Details, welche konkreten Dinge meinst du? In der letzten Zeit haben wir nicht einmal Kaffee zusammen getrunken."

Fritz lacht laut auf. Er nimmt die Kaffeetasse in die Hand und hebt sie hoch, während er weiterlacht. Auch Ina streckt die Hand zur Kaffeetasse aus, in eine Leere starrend nimmt sie die Tasse und hebt sie hoch. Kling! stoßen die beiden Kaffeetassen zusammen. „Auf neue Anfänge!", sagt Fritz. „Zum Wohl!", sagt Ina nur wie ferngelenkt und staunt über das Passive in ihrer Stimme.

Ina versteckt sich hinter ihrem Schweigen. Sie schaut Fritz nicht an, sie schafft es nicht, sie will es nicht. Aber ihr kommt es vor, als wollte sie irgendetwas. Sie stöbert in ihren Taschen herum und staunt, dass sie jetzt eine Zigarette will. Sie kann ihr Lachen nur mit Mühe unterdrücken. Dann haften ihre Blicke an seinen Händen und beim Anblick dieser Hände, die sich zu streicheln scheinen, möchte sie um so mehr lachen. Für Ina sind diese Hände keine Hände mehr, sondern zwei Lebewesen, unabhängig voneinander. Und der eine streichelt unentwegt den anderen. Während sie diesem Streicheln zusieht, merkt sie, dass sich eine Hand auf ihre Schulter legt. Sie dreht sich nicht um, stattdessen schaut sie Fritz in die Augen, als würde sie in seinen Augen lesen wollen, wer hinter ihr steht. Der Ausdruck in seinem Gesicht ändert sich, dieses ironische Lachen setzt sich wieder in die Mundwinkel.

Sie sieht Stefan, als sie den Kopf wendet. Das Traurige in ihren Blicken, vermischt mit Wut, löst sich auf.

„Setz dich doch Stefan, was stehst du da rum?", sagt sie lachend.

„Wir wollen ja nicht stören!", sagt Stefan mit Blick auf Fritz.

Ina spürt den ironischen und wütenden Unterton in diesem „wir wollen". Dann sieht sie Ali, der sich hinter Stefan verborgen hält. Ali bringt ihr diese schlimme Nacht, die mit Tränen endete, und Metin mit. Das Gefühl, dass sie Metin alleingelassen und vergessen haben, wird in ihr immer deutlicher. Doch sie beherrscht sich schnell.

„Tag Ali!", sagt sie übertrieben und über diese übertriebene Stimme selbst staunend. „Komm doch, setz dich, oder kennt ihr euch noch nicht?"

Stefan platzt mit seiner lärmenden Stimme dazwischen und übernimmt die Antwort:

„Aber natürlich kennen wir uns."

Kennt Stefan etwa nicht den Grund dafür, dass Ina immer wieder verschwindet? Er mag diesen Mann nicht. Nicht einmal Ina zuliebe kann er ihn mögen. Er kann Ina nicht verstehen und immer, wenn er versucht, mit ihr darüber zu sprechen, sagt sie: „Lass das bitte Stefan, ich will darüber nicht reden!" Auch Inges Bemühungen sind umsonst gewesen. Und was ist mit Ali, der ihm nun mit gesenktem Kopf gegenüber sitzt? Er hat sich wieder mit seiner orientalischen Traurigkeit zugedeckt.

Ali ist wütend auf Stefan. Warum zum Teufel hat er ihn an diesen Tisch geschleppt! Stefan ginge ja noch, aber in Anwesenheit dieses Mannes kann man mit Ina unmöglich sprechen. Was hat er nicht alles in seinem Kopf zusammengereimt! Er würde Ina alleine sitzend finden. Irgendwann während des Gesprächs würde er sagen, hier, ich habe dieses Gedicht irgendwo gelesen. Ein unbekannter türkischer Dichter hat das geschrieben, würde er sagen. Er würde auf keinen Fall sagen, dass er selbst es geschrieben hat. Würde es zuerst auf türkisch vorlesen und dann seine vielleicht zum Teil gelungene Übersetzung, an der er die ganze Nacht gearbeitet hat. Der Zettel in seiner Tasche ist völlig zerknittert. Stefan unterbricht das Schweigen:

„Wie war die Diskussion, Ina? Hat es sich gelohnt, dass du da hingegangen bist?"

Inas Hand, die sie zur Kaffeetasse ausstrecken wollte, bleibt in der Luft hängen. Dann macht sie eine Handbewegung, als wolle sie sagen: „Lass, vergiss es!" Sie schaut Stefan lange in die Augen, mit Blicken, die ihn anflehen: „Lass mich Stefan, bitte, vergiss dieses Thema!" Sie schaut Ali an, dann Fritz; lange sucht sie auch in seinen Augen etwas. Das ironische Lachen, das von Fritz' Mundwinkel herunterhängt, tut weh. Sie ärgert sich über Alis traurige Blicke. Der Lärm, der den Raum füllt, lastet jetzt auf ihren

Schultern. Sie empfindet die Menschen, die sich aneinander reibend, gegeneinander stoßend und scherzend mit ihren Tabletts in der Hand vorbeihuschen, als fremd. Sie ärgert sich über sich selbst, über diese sichtbare Schwachheit. Auf einmal findet sie es sinnlos, dass vier Menschen, von denen jeder etwas anderes im Kopf hat, zusammensitzen. Jetzt gesellt sich ihre schwache Stimme zu ihren schwachen Blicken:

„Ihr habt wohl keinen Hunger. Wollen wir was essen?"

Ina weiß, dass das eine Flucht ist. Aber ist nicht das ganze Leben nichts anderes als eine Flucht?

„Ja, lasst uns was zu Essen holen", sagt Stefan lustlos.

Ali würde jetzt alles mitmachen, egal wo man ihn hinschleppt. Seine Hand steckt in der Tasche seines Hemdes. Seine Gedanken wandern zwischen dem Gedicht in der Tasche und Metin, der sich in seiner Zelle in seinen Schmerz und seine Einsamkeit vertieft hat. Bisher hat er es weder geschafft, das Gedicht vorzulesen, noch von Metin zu sprechen. Auch er steht auf.

Fritz stoppt Ina zwischen den Tischen. Er nimmt ihre kleine Hand in seine verschwitzten und kalten Hände. Während er flüsternd spricht, schaut er ihr in die Augen:

„Ich war noch nicht fertig, aber jetzt muss ich gehen. Wollen wir heute Abend zusammen essen gehen? In dieses chinesische Restaurant, wo wir beim ersten Mal hingegangen sind? Ich habe dir noch einiges zu sagen. Ich muss mit dir allein sprechen, Ina..."

Ina sieht sich um wie auf der Suche nach einer Rettung. Doch sie ist allein in dieser Menge, allein unter Menschen, die vorbeigehen und an sie stoßen. Ali und Stefan sind nicht zu sehen. Sie müssen in der Essensschlange sein. Sie weiß nicht, was sie sagen soll.

„Ich weiß es nicht... Gut..." kann sie dann mit gebrochener Stimme nur sagen.

„Heute Abend um acht, auf dem Wittenbergplatz", sagt Fritz lachend. Er schmiegt sich an Ina, als wolle er sie umarmen. Dann legt er seinen Finger auf Inas Lippen, es ist wie ein Streicheln. Ina erschrickt. Die verschwitzte Kälte des Fingers lässt sie frieren. Mit diesem ironischen Lächeln dreht sich Fritz um und mit einem schwungvollen Gang mischt er sich unter die Menge.

Ina bleibt wie ein verlorenes Kind mit einem Brennen im Hals in dieser Menge stehen. Sie hat einen Geschmack von warmem, ekligem Blut im Mund. Als ersten sieht sie Stefan, der vor ihr steht. Dann die traurigen schwarzen Augen von Ali.

Stefan sieht ihr die Verletzung an. Er merkt, dass sie jede Sekunde anfangen kann zu weinen. Er hakt sich bei ihr ein. Er bringt sie zu dem Stuhl, wo vorhin Fritz gesessen hat.

„Setz dich, ich hole dein Essen."

Dass sie nun allein sind, macht Ali Mut:

"Ich habe so einen Hunger... Schönes Wetter heute, Ina..."

Ali ärgert sich über sich selbst. Er schließt die Augen. Wie schön wäre es, wenn er einen Zauberstab hätte, mit dem er sich berühren und einfach fortzaubern könnte. Nicht mehr vorhanden sein!

Ina kann es nicht glauben, dass er wirklich so was gesagt hat. Dann lacht sie los. Sie hört aus diesen nichtssagenden Worten, aus dem Tonfall, wie sie gesagt wurden, mehr heraus, als dass das Wetter heute schön wäre. Mit dem Lachen über diese kindischen Worte wird der Blutgeschmack in ihrem Mund schwächer.

Als sie auf ihr winziges Zimmer hinaufgeht, trägt sie die ganze Last und den ganzen Schmutz der Stadt auf den Schultern. Sogar die Sonne dieses Sommertages, die lästig über ihrem Kopf thront, erscheint ihr sinnlos. Sie wirft sich bäuchlings auf das Sofa, das ihr als Bett dient. Sie ärgert sich, dass sie auf die Uhr schaut. Hat sie sich unterwegs nicht entschlossen? Sie wird nicht hingehen, warum sollte sie denn? Was hat sie von dieser krankhaften Beziehung zu erwarten? Fritz ist der alte Fritz. Was ändert es, wenn er versucht, sich anders zu zeigen, oder sie nötigt, ihn anders zu sehen? Oder kann es sein, dass sie übertreibt? Nicht hinzugehen wird auch nichts zum Besseren wenden. Warum denkt sie aber überhaupt daran, dass sich etwas zum Besseren wenden soll? Was gibt es da zu bessern? Liebe? Ina erschrickt. An dieses Wort möchte sie nicht einmal denken, sie hat Angst vor dem Wort. Sie möchte dieses Wort, das man überall hin und her rollt, beschmutzt, zertritt und verwundet, wenigstens in ihrem Herzen rein und voller Bedeutung halten. Oder braucht sie Fritz etwa körperlich? Aber... Wo hat sie das gelesen... „Sex ohne Liebe ist möglich, aber nicht Liebe ohne Sex." Ist es wirklich so? Besteht ihre Beziehung nur aus Sex? Aber warum kann sie dieses Mitleid nicht loswerden? Hat sie wirklich Mitleid mit ihm?

Ina spürt, dass sie hingehen wird. So, als wäre das ein Entschluss, den man schon vor langer Zeit gefasst hat. Sie ärgert sich. Sie reibt mit der Hand hart über ihr Gesicht. Als wolle sie sich wehtun, aus einem Schlaf erwachen. Und Metin... In den Verein kommen immer mehr Menschen. Er ist zu einer Art Zentrum geworden für die Aktion für Metin. Es ist nicht nur der Verein, alle wollen etwas tun. Alle Demokraten kämpfen, auf legalem Wege. Die Aktion weitet sich in ganz Deutschland, ja in ganz Europa aus. Es wird Schreckliches erzählt. „Die Art und Weise und das Timing, wie die gerichtlichen Instanzen die Gesetze anwenden, entsprechen der Haltung der konservativen Regierung in Bonn", sagt man. Falls das stimmt, dass also die Gerechtigkeit vernichtet wird, wo sie verteilt werden sollte, ist das schrecklich.

Und Ali? Es war süß, wie er errötete. Wie ein kleines Kind! Es war wie das Wiedererleben einer Erinnerung, die schon weit zurückliegt und vergessen wurde. Zunächst hatte weder sie etwas verstanden, noch Stefan; sie hatten ihn ahnungslos angestarrt: Was sagt denn dieser Bursche? „Das Gedicht ist von einem unbekannten türkischen Dichter..." Das Lachen Stefans hat Ali gekränkt, Ina hat seinen Schmerz gespürt. „Sag doch offen, du kommst fast um vor Schweigen, sag ihr doch ins Gesicht, dass du sie liebst!" Danach das riesige Lachen Stefans, wobei sein Bart zitterte. In Alis Augen waren Funken der Wut. Er konnte es nicht verbergen, er war ein verwundetes Tier, jederzeit bereit, den Angreifer anzuspringen.

Ina war seltsamerweise nicht erstaunt. Sie hatte das Gefühl, als hätte sie es gewusst, dies erwartet. Sie hätte Alis

Hand nehmen wollen, diese Hand fest drücken und ihm, wie wenn sie ein Kind trösten würde, sagen: „Komm, du brauchst nicht mehr zu weinen, siehst du, es tut nicht mehr weh." Sie konnte sich nur mit Mühe zurückhalten, das alles nicht zu tun. Aber, war es vielleicht falsch, was sie im gleichen Gefühl, mit dem gleichen Ton in der Stimme, sagte? Könnte ihm das vielleicht Hoffnungen machen? „Ach lass ihn doch Stefan, er ist immer so, komm, lass uns türkisch sprechen, damit er zu sich kommt."

Und dann dieses Gedicht, das Ali „irgendwo" gefunden hat. Wie er sich schämte, als er „ein unbekannter türkischer Dichter" sagte. Zwei zerknitterte Zettel. Das Zittern seiner Stimme, als er es auf Türkisch vorlas und dann sagte: „Ich schreibe es mal ordentlich auf und dann gebe ich es dir."

War das Gedicht tatsächlich von jemand anderem? Ali liest also Gedichte und schreibt vielleicht sogar welche. Auf ihren Vorschlag, über Poesie zu sprechen, hatte er gesagt: „Würde ich sehr gerne, Ina." Aber er schämt sich. In einer Zeit zu leben, in der man sich dafür schämen muss, dass man Gedichte liest, Gedichte schreibt und über Gedichte spricht, tut Ina weh. Sie versucht, den Grund zu finden, warum er dieses Gedicht mag. Dieses Gedicht scheint etwas zu sagen, was er selbst auch sagen würde, aber nicht kann. Vor allem die ersten beiden Zeilen klingen wie der Ausdruck einer Sehnsucht:

Und doch konnte sie geteilt werden
Jetzt ist sie nicht mehr Einsamkeit

Ja, es gibt etwas, was Ali nicht sagen kann. Stefan meint, er liebe sie. Ina merkt, dass ihre Erschöpfung zunimmt. Aber wovor hat sie Angst? Warum soll Ali eine Last sein? Oder ist es wirklich die falsche Zeit dafür?

Ohne zu wissen, warum, steht sie auf. Während sie in der Mitte des Zimmers steht, begreift sie, warum sie sich aufgerafft hat. Falls sie hingehen will, muss sie jetzt hinaus. Jetzt steht sie vor dem Kleiderschrank. Sie streckt die Hand aus nach dem einzigen, blauen Rock unter all diesen Hosen. Dann zieht sie die Hand plötzlich zurück. Nein, sie wird ihn eben nicht anziehen. „Weißt du was, Ina, dieser Rock steht dir wunderbar. Mit Rock bist du viel weiblicher. Die Hose..." Sie läßt die alte, zerfledderte Hose an, die sie gerade trägt und rennt so auf die Straße hinaus. Nicht einmal die Tür schließt sie beim Hinausgehen.

Fritz kommt hinter der Zeitungsbude hervor. Er tut so, als wisse er nicht, dass Ina auf ihn warten musste.

Die gedrungene Statur des chinesischen Kellners - lustig. Der Kellner weist ihnen mit einer Ernsthaftigkeit, die man von seiner kindlichen Größe nicht erwartet hätte, einen Tisch zu. Ina ärgert sich, dass Fritz stehen bleibt, bis sie Platz genommen hat. Seine Höflichkeit gegenüber den Frauen in der Öffentlichkeit und sein umgekehrtes Verhalten, wenn sie allein sind; sie erklärt dies mit dem Erbe seines Großvaters, eines Generals und seines Vaters, eines Majors. Ihr gefällt auch nicht, dass er sich neben sie setzt, nicht ihr gegenüber.

Bis die gebratene Ente kommt, reden sie kein Wort. Fritz beginnt erst zu sprechen, während er ihr die feingeschnittenen Fleischstücke auf den Teller legt, wie ein Kellner. Wie um die Wirkung seiner Worte zu sehen, beugt er sich immer wieder nach vorn und sieht ihr ins Gesicht.

„Ich musste anfangen zu arbeiten, mich zusammenreißen und arbeiten..."

Ina ist ungeduldig. Sie senkt den Blick auf ihren Teller und fragt:

„Hast du etwa einen Job gefunden?"
Wie immer findet sie ihre Eile ärgerlich. Hätte sie nicht warten können? Als wäre es für sie so wichtig, ob Fritz arbeitet oder nicht.
„Nein, keinen Job. Du wirst jetzt staunen, ich möchte meine Doktorarbeit schreiben."
Er hält inne; möchte wissen, was Ina denkt. Es folgt ein gespanntes Warten. Als hätte er ihr eine Frage gestellt; als hätte er gefragt: „Was denkst du darüber?" Ina schweigt. Anscheinend hat sie ihre anfängliche Ungeduld abgelegt. Sie macht die kleinen Fleischstücke in ihrem Teller noch kleiner, sie spielt mit ihrer Gabel mit dem Entenfleisch.
Fritz wird das Schweigen zu lang. Er möchte wissen, was sie denkt:
„Rate mal, was das Thema ist!"
Ina spricht, ohne den Kopf zu heben. Ihre Wangen sind errötet:
„Ich verstehe dich nicht. Nein, ich verstehe dich nicht! Jetzt gehst du den gleichen Weg wie all die Studenten, von denen du bei jeder Gelegenheit sagst, dass du sie nicht ausstehen kannst, dass sie alle zur Hölle fahren sollen."
Mit einer solch harten Antwort hat Fritz nicht gerechnet. Er beugt sich vor und versucht Ina ins Gesicht zu schauen. Sein ironisches Lächeln wirkt jetzt erzwungen, fehl am Platz:
„Was erwartest du von mir, Ina? Soll ich ein arbeitsloser Psychologe, ein arbeitsloser Soziologe bleiben, der sieben Jahre gerackert, das Studium mit Mühe beendet und dann ein Jahr lang faul im Bett gelegen hat? Es geht nicht um Karriere. Scheiß auf die Karriere. Natürlich hasse ich diese Aktentaschenarschlöcher. Aber ich muss eine Arbeit finden."
Mit zusammengekniffenen Augen schaut er nach vorn, als

versuche er weit, weit von ihm entfernt etwas zu finden. Er holt tief Atem und spricht weiter:

„Sogar eine Arbeit, die ich nicht mag, muss ich bis zum letzten Punkt durchführen, bis zum Äußersten... Ich muss es diesen Deppen zeigen. Das ist die Spielregel... Kann ich mich verständlich machen?"

„Wer sind diese Deppen, Fritz? Wer?"

„Als würdest du sie leiden können, diese Karrierehengste... Und nicht nur sie, es gibt unzählige Dumme in der Welt..."

„Dass ich sie nicht leiden kann, hat mit Dummheit oder Klugheit nichts zu tun..."

Ina spürt einen kalten Hauch auf dem Rücken. Fritz' Worte vom „letzten Punkt", vom „Äußersten" machen ihr Angst.

„Du hast noch nichts gesagt, also, rate mal, was das Thema ist."

Ina versteht nicht. Was hat er gesagt, was will er wissen? Sie hat jetzt mit Fragen zu kämpfen, die sie sich selber stellt. Was hat sie hier zu suchen, in diesem chinesischen Restaurant? Hier, wo man von „letzten Punkten" spricht, vom „Äußersten"?

„Weiß ich nicht", kann sie nur sagen.

„Ich möchte eine Arbeit über Türken, über türkische Frauen schreiben."

Fritz spürt, dass er an einem heiklen Punkt des Gesprächs angelangt ist und wartet.

Inas Blicke und ihre Haltung ändern sich nicht im Geringsten. Sie freut sich über diese eigene Indifferenz. Wie viele Fragen würde sie jetzt eigentlich stellen wollen! Türkische Frauen? Warum? Warum plötzlich das? Wie? Sie hebt den Kopf und schaut Fritz in die Augen. Warum lacht er?

Oder, lacht sie etwa auch? Aber warum kann sie nichts denken und nicht sagen, was sie seit Tagen gedacht und geplant hat? Warum hat sie wieder diese Passivität angenommen? Ihr ist, als seien ihr die Gedanken im Gehirn vereist. Sie kann nicht einmal ihre Hand zurückziehen, die zwischen seinen Händen verloren ist.

Nach dem Essen werden zwei Reisschnäpse serviert.

Als sie die winzigen Porzellanbecher heben, sagt Fritz: „Auf alles, was wir anfangen werden", in einem Ton, als würde er eine Frage stellen.

Inas Hand, die den Becher hält, erstarrt. Sie schafft es nicht, der Frage „Wie können wir von einem neuen Anfang sprechen, während alles alte Angefangene noch im Dunkeln ist?" einen Ton zu geben. Der Schnaps schmeckt bitter, brennt ihr im Rachen. Sie glaubt zu schwitzen, glaubt, ihre Kleider seien nass vor Schweiß. Ihre Wangen erröten. Zum ersten Mal in ihrem Leben fleht sie ihn an:

„Gehen wir, bitte, gehen wir, ich kann nicht mehr!"

Fritz bestellt ein Taxi. Er stellt sich taub gegen alle Einwände von Ina. Sie kann Fritz, der dem italienischen Taxifahrer mit befehlender Stimme seine eigene Adresse sagt, nicht antworten: „Nein, ich will nach Hause!" Sie steigt die Treppen mit geschlossenen Augen hinauf, sich an Fritz lehnend. Am Schlüssel, der nach dem Schlüsselloch tastet, erkennt Ina, dass Fritz' Hände zittern. Sie staunt, dass der Schlüssel beim Öffnen der Tür soviel Lärm macht.

Fritz umarmt Ina, während er versucht, mit dem Rücken die Tür zuzuschieben. Zum ersten Mal empfindet er Angst vor Inas Körper, von dem er kein Zucken, keine Bewegung, keine Wärme empfängt. Er klammert sich noch fester an diesen beängstigenden Körper. Er schleppt Inas erstarrten Körper zum Bett.

Und die zwei nackten Körper überwinden die Fremdheit.

Ina staunt darüber, wie sie Fritz umarmt, sie staunt über das Verlangen in ihren Armen, die sich hinter dem Rücken von Fritz aneinanderklammern und seinen Körper an ihren drücken. Sie möchte an nichts denken. Sie zieht Fritz zu sich. Sie freut sich sogar, dass sie sich in einer dunklen Leere verliert. Sie vergisst alles. Die Nervosität, die Enge, alles entschwindet. Fritz ist leichter und vertrauter als alle Probleme. Die warme Schwere von Fritz' Körper macht die bittere Last, die sie seit Tagen auf ihrem Herzen trägt, leichter. Diese Wärme bedeckt manches, so wie sie auch ihren Körper bedeckt. Sie nimmt seinen Bart, der sie jedes Mal, wenn er ihre Lippen berührt, in leichte Erregung versetzt und zieht seinen Kopf zu sich. Sie berührt mit ihrem Auge die bartlose Stelle unter den Augen von Fritz und öffnet und schließt ihre Augenlider.

Fritz zuckt zusammen, in ihm regt sich was. Er presst an die Lippen, deren Wärme er spürt, die eigenen. Die Zuckungen des warmen, frischen Körpers unter ihm lassen ihn alles vergessen. Und sie fangen noch einmal an.

„Unersättlicher", sagt Ina und staunt über das anstachelnde Verlangen in ihrer Stimme.

Fritz, dessen Hände umso mehr nach unten rutschen, je schneller seine Bewegungen werden und den warmen, jungen Po an sich ziehen und pressen, sagt, mit einem scherzhaften Beleidigtsein, schnaufend: „Ja, so muss es sein, wenn du dich wochenlang nicht meldest..."

Ina liegt auf dem Rücken. Sie scheint Fritz, der neben ihr liegt, vergessen zu haben. Sie möchte an etwas glauben. Doch sie möchte sich auch nicht blind auf etwas verlassen. Sie staunt darüber, dass ihr immer wieder das Wort Solidarität einfällt. Sie schiebt seine Hand, die mit ihren Brustwarzen spielt, weg. Während sie sagt: „Sei jetzt brav, ich bin müde", schmiegt sie sich noch mehr an ihn. Sie sieht jetzt keinen Sinn mehr darin, ihn immer im unvorteilhaften Licht zu sehen. Warum versucht sie immer, seine Fehler zu entdecken? Sollte sie ihm nicht ihre Hand geben und versuchen, ihm zu helfen? Wenigstens würde sie dann mit ihm den Sinn teilen, für den er sich entschieden hat, sich entscheiden konnte. Aber kann man einen abstrakten Sinn aus dem Leben, das ständig weiterfließt, herausfinden? Und wäre es tatsächlich eine Lösung, das Falsche, also sowohl die vergangenen, als auch die künftigen Fehler, durchzustreichen und einfach weiter zu gehen? Kann man diese so übergehen? Aber sie kann vor den Veränderungen von Fritz auch nicht die Augen schließen. Diese Arbeit, die er beschlossen hat: Könnte das nicht ein Zeichen mancher Veränderung sein? Und dann, dass er in die Mensa gekommen ist... Wie schön wäre es, wenn er auch zum Essen geblieben wäre, wenn sie zusammen gegessen hätten. Doch Stefan hat sich auch nicht gerade freundlich verhalten. Ja, Fritz wird immer abgewiesen, jeder versucht, seine negativen Seiten zu sehen. Aber tut sie selbst nicht das Gleiche? Doch ein Mensch kann ja nicht vollständig aus Negativem bestehen! Und sie können ja nicht wissen, wie es um Fritz steht. Woher sollen sie denn seine Kindheit kennen, seinen Großvater, den General und seinen Vater, den Major und wissen, dass er ein „von" ist? Wie kann sie denn vergessen, was ihr Fritz an jenen ersten Tagen, als sie sich gerade kennen gelernt hatten, bruchstückhaft erzählte? „Weißt du, Ina, ich kann mich nur schemenhaft an meine Mutter erinnern, wie durch einen Nebel. Vielleicht erinnere ich mich sogar gar nicht an sie, ich mache mir ein Mutterbild. Ich könnte weder sagen, dass ich etwas vermisse, noch dass ich wütend bin, noch dass ich liebe. Eine Leere. Es gibt auch keine Fotos, alles verbrannt. Auf den Schoß meines Vaters habe ich nie, nie... Zur Hölle mit ihnen..." Dass er seine Zähne fest zusammenbiss und dass sein Körper verkrampfte, seine sämtlichen Muskeln verkrampften? Und dass er sich quälte, bis es vorbei war? Hatte sie nicht schon damals so viel von ihm verstanden? Dieses Zittern beim ersten Mal, die Selbstgespräche im Schlaf, wie kann sie das vergessen? Diesen heiseren Schrei... „Rot, blutrot, dieser Mann... Auch jetzt, rot. Mutter. Dieser Fleck, rot!" Aber spielt sie jetzt mit ihrer Hilfsbereitschaft - oder ist das Mitleid? -, ist das nicht gerade dieses Jesusspiel, das sie hasst? Schläft er etwa? Als sie den Kopf zur Seite dreht, sieht sie seine Augen, die sie anschauen. Fritz lacht:

„Denkst du etwa daran, mich umzubringen?"

„Wie kommst du auf solche Gedanken!"

„Pass auf, Ina, falls ich morgen noch leben sollte, werden wir zusammen etwas tun."

Jetzt lacht sie auch.

„Du wirst für mich dolmetschen, gut?"

„Gut", sagt Ina, während sie lacht. Sie findet ihn geradezu erstaunlich. Sogar seine Witze klingen wie Rätsel, ungewohnt. Sie schmiegt sich noch mehr an ihn heran. Jetzt berühren ihre Lippen seine Schulter. Sie fällt in den Schlaf wie man in eine Leere hineinfällt.

Fritz fühlt sich vom Schlaf noch weit entfernt. Er kann nicht wegschauen von Ina, die auf seinem linken Arm ruht. Seine rechte Hand streckt sich an ihre helle, leuchtende Stirn. Er wirft ihr die kurzen Haare aus der Stirn. Dann heften sich seine Blicke an die kleinen, festen Brüste. Seine Hand wandert auf dem Busen. Die angespannte Hand bewegt sich nach oben.

Sie schiebt sich zwischen die Haare. Ohne die Haut zu berühren schwebt sie über der Nase und die schmalen Lippen wieder nach unten. Über dem feinen, langen Hals strafft sie sich noch mehr. Mit der zunehmenden Spannung in den Fingern spannt sich auch sein Körper. Als wäre eine kräftige Hand über seinem eigenen Hals. Er ist jetzt schweißgebadet. Die Finger, die den feinen Hals aus der Ferne umklammert haben, schnellen mit Inas leichter Bewegung wieder nach oben. Oben, in der Luft, schließt sich die Hand. Und in der leeren Luft wird etwas zusammengedrückt, was nie existiert hat, bis zur Erschöpfung zusammengedrückt. Der schwitzende und zitternde Fritz, Fritz, dessen Stirn voller Falten liegt, erwacht aus einem tiefen Schlaf. Und da sieht er seine verkrampfte Hand in der Luft. Er betrachtet diese vom Zusammendrücken eingeschlafene Hand, als gehöre sie einem Fremden. Warum seine Hand in der Luft und warum sie so fest geballt ist, weiß er nicht, will er nicht wissen. Er flüchtet in die Dunkelheit unter der Decke. Aber auch so kann er nicht lange liegen bleiben. Er merkt, dass ihm das Einschlafen nicht gelingen wird. Er richtet sich auf und setzt sich an die Bettkante. Er beneidet Ina um ihren Schlaf und ihren ruhigen Atem. Seine Blicke wandern wieder zu den kleinen, festen Brüsten. Dann bedeckt er eilig die Brüste mit der Decke und staunt über seine eigene Hast. Hat er etwas verstecken wollen? Vor wem? Er weiß es nicht.

Er geht ins Wohnzimmer. Nackt. Er freut sich, als er eine halbvolle Cognacflasche findet. Einfach so, nackt wie er ist, setzt er sich auf den Boden und lehnt sich an die Wand.

Der Cognac tut gut. Zum zweiten Mal presst er die Flasche an den Mund. Die Falten in seinem Gesicht werden weicher. Er darf nicht mehr alles zum Anlass zur Sorge machen. Es läuft ja bestens. Er hat Ina wieder gewonnen. Und es war ein voller, intensiver Tag. Nun bereut er, dass er seit Wochen und Monaten nur im Bett herumgelegen hat. Doch für nichts ist es zu spät. Morgen wird alles neu beginnen! Zuerst gehen sie zu dieser Frau. Was wird sie wohl denken? Wie wird sie reagieren? Die Sentimentalität dieser Orientalen darf er nicht unterschätzen. Soll er die Frau hierher einladen? Nein, am besten bleibt man oben sitzen. Es geht ja darum, ihre Wohnung, ihr Leben zu sehen. Und was macht er, wenn die Frau „Nein" sagt, „Ich will solche Sachen nicht"? Geld... Welches Geld wohl? Das chinesische Restaurant, das Taxi und so weiter haben auch dem letzten Hunderter den Garaus gemacht. Auch auf neue Bücher sollte er jetzt am besten verzichten. Das Geldproblem muss er unbedingt lösen. Es sind noch zwei Wochen, bis der Alte wieder Geld schickt.

Wie wäre es, wenn er morgen anrufen würde? Und wenn diese Frau antwortete? Diese Frau, die immer fragt: „Wollen Sie Ihren Vater sprechen?", die zu siezen Fritz immer auferlegt wurde? Diese Frau, die in ihrem roten Nachthemd, ihrem roten Slip stöhnt! Schon wieder rot! Dieses Rot in der furchterregenden Dunkelheit!

Ali weiß nicht, wie viele schlaflose Nächte er inzwischen verbracht hat. Auch seine Gefühle kann er nicht mehr benennen. Alles ist durcheinander. Sein Herz wird diese Anspannung wohl nicht mehr lange aushalten können. Alles was mit Metin zusammenhängt, bedeutet für ihn eine ständige Unruhe, eine Ungewissheit, ein Schmerz, ein Warten, von dem niemand weiß, wann es enden wird. Der Orhan in der Türkei bedeutet Herzklopfen, Bedrücktheit, beinahe Schuld. Und Ina? Ein warmer Schwall von Gefühlen, die noch gar nicht wirklich sind, die auf ihn warten. Gefühle, irgendwo in der Zukunft.

Es quält ihn, dass er Metin nicht besucht, nicht einmal angerufen hat. Auch beim Anwalt ist er nicht gewesen. Eigentlich hätte es ausgereicht, wenn er zum Verein gegangen wäre; das hätte er unbedingt tun müssen. Als er Metin vor Monaten getroffen hat, ging es ihm schlecht. Sein Gesicht war völlig blass. Was er sagte, deutete eher darauf hin, dass er über vieles nicht sprach. Und er selbst hatte nur gestammelt. Wie ein schlechter Schauspieler, dem es nicht gelang, die Figur des Bruders zu spielen, hatte nur geschafft zu sagen: „Du wirst sehen, es wird alles wieder gut, die können dich nicht in die

Türkei abschieben." Dazu kam, dass der Beamte, der dabei stand und aufpasste, sie ständig ermahnt hatte. So waren sie gezwungen, sich in ihrem türkischgefärbten Deutsch über Belangloses zu unterhalten. Es war dann eher so, als hätte ihn Metin getröstet. Und er hatte ein bisschen die Augen von Orhan. Die Augen aller Eingesperrten sind einander ähnlich. Als sie vom Tisch im Besucherraum aufstanden, hatte Metin den Beamten angesehen. Und dann wieder Ali. Er lachte undeutlich; ein bitteres Lachen war das, wie Gift. In seinen Augen war keine Wut, als er den Beamten ansah. Er wusste, dass er nur ein winziger Teil eines riesigen Apparats war. Eine unbedeutender Hinauszögerer, der auch nur umständlich Befehle ausführt.

Ali schaut auf den Zettel in seiner Hand. Er glaubt, auf dem Zettel Ina zu sehen und Orhan und Metin. Als hätten sie es sich einfach gemütlich gemacht in dem Gedicht, zwischen den Versen. Als würde er Ina in seinen Händen halten. Das Papier brennt in seiner Hand, verbrennt seine Finger. Aber irgendwie freut er sich doch, dass endlich ausgesprochen wurde, was er seit Monaten sagen wollte aber nicht konnte. Wenn auch halb und unvollständig, wenn auch mit Hilfe der polternden Taktlosigkeit Stefans, hatte er durchblicken lassen, was er für Ina fühlt. Und als es gesagt war, ist nichts kaputtgegangen, nichts zerbrochen. Noch ist nicht wirklich etwas geschehen, ihre Beziehung hat sich weder zum Positiven noch zum Negativen hin entwickelt. Doch er spürt, dass alles Bisherige nicht umsonst gewesen sein kann.

Die deutsche Übersetzung des Gedichts liest er noch einmal. Nein, der deutsche Text ist nicht so intensiv wie der türkische. Er schiebt das Papier auf dem kleinen Tisch zur Seite und nimmt den türkischen Text in die Hand. Vielleicht zum hundertsten Mal fängt er an zu lesen:

Und doch konnte sie geteilt werden
Jetzt ist sie nicht mehr Einsamkeit

Oder war das Geteilte
Nur der gemeinsam beschrittene Weg
Und sind es nur Tagträume, die uns trösten?

Fragen führen mich
Zur Bedeutung einer Blume
Und wieder Fragen
Von jeder Dunkelheit in neues Licht

Der Apfel eines Baums, der ohne Fragen ist,
Ist er genießbar, trotz seiner Unreife?

Nicht im Himmel suche ich den Sinn
Ich stehe an der Schwelle zur Welt
Kaum finde ich ihn, entschwindet er wieder
Was bleibt, ist eine neue Frage
Vielleicht das Salz in unserem Schweiß
Jeder Tropfen glänzt in der Sonne

Du darfst nicht schweigen, mein blutendes Herz
Deine Wärme allein wird nie genügen
Doch denk an das Licht, das dich erwartet,
an das du glaubst
Denk an die Briefe aus deinem Land
Denk an deine Wärme
Hergetragen von Weitem
Sich zu Feuer entzündend

Man muss auch einen Titel finden für dieses Gedicht. Sein Blick fällt wieder auf den deutschen Text. Doch wozu braucht er diesen? Er hat das Gedicht sowieso nur für Ina geschrieben. Während er schrieb, während er die Verse immer wieder hin und her schob, hatte er immer versucht, sich vorzustellen, was Ina beim Lesen denken würde. Was würde sie sagen? Würde sie verstehen, dass sie gemeint war? Nun ist es passiert. Wenn auch mit Hilfe Stefans. Das Gefühl, eine schwere Last, die man lange auf dem Rücken getragen hat, abgelegt zu haben. Und was war mit dem Mann neben ihr? Wenn nichts zwischen den beiden wäre... Was haben sie wohl besprochen, als sie zurückgeblieben sind? Und wie dann Ina allein dastand in dieser ganzen Menschenmenge, wie angewurzelt. Und dann ist auch sie plötzlich gegangen. Auch im Verein hat sie sich nicht blicken lassen. Wie viele Menschen da versammelt waren, unbekannte, von jeder Nation! Jeden trieb dieselbe Sorge um: Metin...

„Denk an die Briefe aus deinem Land": Dieser Vers geht ihm nicht aus dem Kopf. Er sieht Orhan mit seinem sanften Blick, der einen an Samt denken lässt, hinter Gittern. Orhans Blicke scheinen Ali zu beschuldigen. Sie scheinen ihm zu sagen: „Du hast es rechtzeitig geschafft, auszureisen, du Glückspilz!" Doch würde er schreiben, wenn er ihn beschuldigen wollte? Aus der Schublade nimmt er einen Briefumschlag heraus, der vom vielen Anfassen abgegriffen und zerknittert ist. Der Stempel KONTROLLIERT zeigt schon, dass der Umschlag eine andere Funktion hat, als einen Brief von einem Ort zum anderen zu bringen. Der Stempel ist auch ein Zeichen, für einen notwendigen Kampf, für Blutflecken, für Folter. Und dann die alltäglichen, banalen Dinge, die Orhan erzählt. Wollte er etwa zwischen den Zeilen etwas anderes sagen? War es etwa dann doch ein Hauch von Beschuldigung, wenn er schrieb: „Ich hoffe, da draußen geht es dir gut"? Und was sollte das Ausrufezeichen am Ende des Satzes „uns geht es gut!" sagen? Und was meinte wirklich: „Ich glaube daran, dass du studieren und vieles schaffen wirst"?

Doch was hatte Ali tun können? Als er ausreiste, waren die Soldaten noch in ihren Kasernen. Es wäre aber auch falsch zu behaupten, er hätte mit so etwas nicht gerechnet. Der Putsch war im Kommen. „Ich glaube, dass du vieles schaffen wirst." Was kann er denn schaffen? Was wird es nützen, was sie versuchen, hier mit einer Handvoll Menschen zu tun? Hier, wenn auch irgendwie fortschrittlich angehaucht, hat er schon angefangen, Liebesgedichte zu schreiben. Er hat sich verliebt. Was hat er heute im Verein gemacht - außer Schweigen? Alles lastet auf Inges Schultern. Ohne sie hätte niemand gewusst, was getan werden soll. Und dann: die Arbeit im Verein wird immer unbefriedigender. Wie banal war die Diskussion im vorigen Jahr über die Frage: marxistischer oder sozialdemokratischer Verein! Und wie sie dann verdutzt dastanden, als der Weber Ziya fragte: „Welcher Name wird uns mehr nützen? Was wird dann die Mark kosten in türkischer Lira?"

Auch heute ist Ina nicht gekommen. Er hat in der ganzen Menschenmenge ständig nach ihr gesucht. Er hat nach ihr Ausschau gehalten und dabei versucht, die Scham zu verbergen, weil er mehr an sie als an Metin dachte. Doch Inge hat es verstanden. Sie hat entschuldigend und lächelnd gesagt: „Morgen wird sie auf jeden Fall kommen." Ali hat nicht weiter nachgefragt. Er hat sich auch nicht über sie ärgern können. Ohnehin ist sie ständig hin und her gelaufen, hat die ganze

Zeit die Zuständigen im „Komitee für Freiheit für Metin", den Anwalt und die Zeitungen angerufen. Sie lächelte ständig, auch wenn es zuweilen aussah, als würde sie sich dazu zwingen.

Morgen muß er auf jeden Fall Ina finden.

Zornig zieht er an der Schnur der Tischlampe.

Im Bett meint er, die dunklen, samtenen Augen Orhans zu sehen.

Er schließt fest die Augen.

Er versucht, an Ina zu denken.

Die Augen von Metin und Orhan schieben sich vor Inas Gesicht.

Zum ersten Mal in seinem Leben schämt sich Ali seiner Tränen nicht.

Es fehlt nicht viel, und das an die Tür geheftete Papier wird auf den Boden fallen. Es hat sich gebogen und ist vergilbt. Sie bemühen sich, es zu lesen. Fritz versucht, das nach innen gerollte Blatt glatt zu streichen. Er flüstert, Silbe für Silbe, in Inas Ohr: „Fa-ti-ma!" Und weiter: „Nicht vergessen, heute werden wir nur einen Termin vereinbaren, dann gehen wir irgendwo Kaffee trinken." Auch Ina liest halblaut: „Fatma Korkmaz", stolz, mit solcher Leichtigkeit türkisch sprechen zu können.

Auf die Lippen von Fritz hat sich wieder dieses ironische Lächeln gesetzt. Als Ina an die Tür klopft, macht er einen Schritt zurück. Seine Hand fährt an den Bart und streichelt ihn. Dann ziehen sich seine Augenbrauen zusammen und er macht ein ernstes, nachdenkliches Gesicht.

Ina versucht das in ihr aufwallende Gefühl zu benennen. Glück, will sie sagen, Freude will sie sagen. Das muss es doch sein. Man fängt ja etwas an. Und was hier anfängt, wird auch geteilt. Vielleicht lag es an ihr, dass sie Fritz immer negativ gesehen hat. Vielleicht hat sie manches an ihm nicht sehen wollen. Sie freut sich. *„Und doch konnte sie geteilt werden / Jetzt ist sie nicht mehr Einsamkeit"*. Warum mußte Ali gerade jetzt damit kommen? Aber wie will man den richtigen Zeitpunkt für das Aussprechen von Gefühlen bestimmen. Und was soll das jetzt, dass diese Verse ihr immer wieder einfallen? Doch das ist kein Gedicht, in dem es nur um Liebe geht. Beim Lesen oder Erinnern dieses Gedichtes ist ihr zumute, als würde sie die vielen Sehnsüchte, Schmerzen und Gefühle des Menschen gleichzeitig wahrnehmen. Oder hat sie vielleicht schon vorher insgeheim von Alis Gefühlen gewusst? Hat es Ali als Hoffnungszeichen auffassen können, als sie sagte: „Lass uns sprechen, Ali"? Wieso soll das denn Hoffnung machen? Haben sie nicht schon immer miteinander gesprochen? Doch sie sprechen ja immer über das Gleiche; über politische Diskussionen gehen ihre Gespräche nie hinaus. Und Metin... Ina schließt die Augen, versucht, Metin aus ihren Gedanken wegzujagen. Sie versucht, weder an Inge zu denken, die ständig für Metin unterwegs ist, noch an Stefan. Sie kann sie heute Abend anrufen. Jetzt ist Fritz da. Und der Weg, den sie hier mit Fritz anfängt, muss noch eine Prüfung bestehen. Es kann ja sein, dass die alten Wunden geheilt werden, ohne eine Narbe zu hinterlassen.

Zum zweiten Mal klopft Ina an die Tür. Von innen hört man eilige Schritte. Dann nichts mehr. Dann wieder Schritte. Als sich die Tür öffnet, schaut Ina von Fritz weg. „Entschuldigen Sie, dass wir Sie stören", sagt sie mit ihrem deutschgefärbten Türkisch. Fatma errötet. Doch dann macht sie auch schon einen Schritt zurück und lässt ihre Gäste eintreten.

Die Gesichtsmuskeln von Fritz verspannen sich, als er Fatmas rotes Kleid sieht. Sein Lächeln erstarrt. Er bleibt allein vor der Tür stehen, und dann, als sei es ihm erst jetzt eingefallen, dass er eintreten soll, geht er hinein.

Fatma reibt ständig an ihren Händen.

„Ja, ich bin Türkin", sagt sie.

„Sie kennen sich ja", sagt Ina.

„Wir sind Nachbarn", kann Fatma nur sagen.

„Ich bin doch nicht krank!"

„Nein, nicht diese Art von Doktor. Er wird darüber schreiben."

„Ich weiß nicht... Sonntags arbeite ich nicht."

„Also Sonntag Vormittag?"

„Ja, kommen Sie, Sie sind hier willkommen", sagt Fatma freudig.

An der Tür fängt die Unterhaltung wieder an:

„Das ist Fritz."

„Fritz. Fritz..." buchstabiert Fatma.

„Ich bin Ina."

Während Fatma „Ina" sagt, schaut sie Fritz an.

Man reicht sich die Hände.

Die Augen von Fritz werden matt, seine Hände zittern, seine Blicke verlieren sich in einer roten Welt.

So, setz dich hier mal auf den Stuhl, Hamriyanım. Wir wollen jetzt das Bett neu beziehen. Was heißt denn schon Arbeit in unserer Wohnung? Im Handumdrehen sind wir damit fertig, keine Angst. Zuerst legen wir diese Bettlaken ins Wasser, damit der Schmutz sich löst. Und wenn wir dann auch noch gekehrt haben, setzen wir uns hin und frühstücken zusammen. Wir wollen uns nicht beeilen, Mittagessen haben wir ja abgeschafft und jetzt haben wir nur das Frühstück, wo wir zusammen sein können. Mir ist jetzt nach einem Ei. Heute wollen wir ein Ei kochen, Hamriyanım.

Gut, das wir diesen Besen mitgebracht haben, Hamriyanım. Ist zwar schon ziemlich zerfranst, sieht aus wie ein Rattenschwanz, doch er tut's noch. Wie hat sich der Zollbeamte kaputtgelacht! Hat seine Mütze abgenommen, sich am Kopf gekratzt, wie Menschen, die Läuse in den Haaren haben, und zynisch grinsend „antik, antik" gesagt. Antik oder nicht, egal, tut ja seinen Dienst, nur darum geht es doch, nicht wahr, Hamriyanım?

Ach, diese Schuhe! Wir laufen zu Hause mit Schuhen herum, das gibt's nicht. Aber wir müssen uns an sie gewöhnen, nicht wahr, Hamriyanım, wie können wir sie sonst draußen tragen? Wir müssen uns gründlich daran gewöhnen, wir müssen lernen, auf Absätzen zu laufen, damit wir draußen auf der Straße nicht stürzen. Aber so kann man doch nicht arbeiten! Nun, ziehen wir sie halt kurz aus, nach der Arbeit ziehen wir sie sofort wieder an. Sieh her, auch unser Kleid haben wir angezogen! Nein, wir wollen es ausziehen, Hamriyanım, wer macht denn mit einem seidenen Kleid Hausarbeit? Siehst du, rot steht dir auch gut. Doch das Brautkleid, das du trägst, ist noch schöner.

Heute Abend können wir das Bett richtig genießen, nicht wahr, Hamriyanım? Wir mögen es, in frisch bezogenen Betten zu schlafen, die nach Seife riechen. Wir können uns aber auch mit nichts zufrieden geben! Als hätten wir in der Türkei solche Betten, solche Bettbezüge gehabt! Du kennst das alles nicht, Hamriyanım. Wir haben die Laken immer im Fluss gewaschen mit unserer Mutter. Die Decken rochen nach Dreck, nach Schweiß. Wir wussten nicht einmal, welche Farbe der Stoff hatte, den wir wuschen. Was spreche ich von Decken, wir deckten uns mit gröbsten Lumpen zu. Doch trotzdem waren das schöne Tage, Zekiye und ich, wir umarmten uns, wenn wir schliefen. Wie jetzt wir beide. Wir zwickten uns, überall. Dann wurde ich böse, „schlaf jetzt endlich" sagte ich zu Zekiye. Aber ich tat ja nur böse. Was soll ich's verbergen, auch mir gefiel es.

Wir machen auch unseren Tee, Hamriyanım. Wir sind ja komisch neuerdings! Vorher sind wir ja nie so nackt herumgelaufen zu Hause! Nun, diese Brote legen wir neben den Herd, damit sie knusprig werden. Auch das Ei ist bald fertig. Und dann setzen wir uns hin und essen das alles mit Appetit auf. Nach dem Frühstück schauen wir kurz bei Ayten Abla vorbei, Hamriyanım. Ich habe sie zu sehr vernachlässigt. Wir besuchen sie nur, wenn wir sie brauchen. Sieht sie mich an der Tür, fragt sie jedesmal: „Na, Fatma, soll ein Brief geschrieben werden?" Sie weiß halt, dass wir nur nach ihr schauen, wenn wir sie brauchen. Dieses Mal werden wir sie nicht bitten, einen Brief oder sonst was zu schreiben. Wir werden unsere neuen Kleider anziehen und wie die Stadtdamen sie besuchen gehen, wir wollen etwas unter die Menschen gehen.

So, jetzt kommst du auf den Tisch und sitzt mir gegenüber. Das Brot ist auch schön knusprig, warm. Und wie dieser Tee duftet! Was ist das Hamrıyanım? Wer kann das sein, wer kommt denn zu uns? Siehst du, man hat uns splitternackt erwischt, wie eine Schlampe! Los, bleib nicht wie angewurzelt sitzen! Wo haben wir unser Kleid hingetan? Beeil dich, die Schuhe!

Lach nicht, lach nicht, Hamrıyanım! Hättest du es nicht selber gesehen, nicht selber gehört, hättest du mir nicht geglaubt; du hast es aber gesehen, die standen an meiner Tür. Ich wusste es, ich wusste, dass etwas passieren würde. Aber du hast nicht gehört, was wir an der Tür gesprochen haben, Hamrıyanım. Ich öffne die Tür und was sehe ich: dieses krummbeinige Mädchen! Wollte sie etwa einen Stock weiter nach unten, habe ich mich da gefragt, und hat sich geirrt und bei mir geklingelt? Wenn du wüsstest, wie da der Zorn in mir aufkam! Und dann lacht sie so nett, als wüsste sie von nichts. Lässt du dich täuschen von diesem Lachen, kannst du glauben, sie sei ein Engel. Und dann, als sich meine Augen an die Dunkelheit im Treppenhaus gewöhnt haben, was sehe ich: Er ist auch da, steht gleich hinter dem Mädchen. Meine Beine haben gezittert. Ich wusste nicht, was ich tun sollte. Mein Rücken, mein Gesicht, mein ganzer Körper fing Feuer. Ich habe nicht richtig in seine Augen sehen können! Ach, meine Dummheit! Hier steht er an deiner Tür, was soll dieses Kopfsenken, Blickesenken? Ich kann aber nichts dafür, ich kann ihm nicht in die Augen schauen. Nein, nicht dass ich gar nicht hinschauen kann, ein bisschen schaue ich schon, aber ich habe dann solche Angst, dass man was verstehen könnte. Und wie sanft seine Blicke sind! Manchmal schaut er so, als würde er lächeln. Lacht er uns an? Wen denn sonst, Hamriyanım, natürlich uns. Gut, aber wieso hat er dieses Mädchen mitgeschleppt? Wir sind vielleicht schamlos, Hamriyanım! Wie hätten wir denn verstanden, was er will, wenn das Mädchen nicht türkisch gesprochen hätte? Und, nehmen wir an, er kommt alleine - werden wir einfach einen fremden Mann hier in die Wohnung lassen? Er ist ein anständiger, ehrlicher Mann, deswegen kommt er mit dem Mädchen zusammen. Ach, wie gut wäre es, wenn wir sein Gesicht, seine Augen mal richtig anschauen könnten! Meine Blicke waren die ganze Zeit an der feinen Spitze meiner neuen Schuhe. Ich habe es gesehen, Hamriyanım: meine Fußgelenke haben gezittert. Mir wurde schwindlig.

Zuerst habe ich es nicht verstanden. Was sagt denn dieses Mädchen? Und dann musste ich fast lachen. Sie spricht türkisch. So wie wir, so wie ich spreche, so spricht sie auch. Manche Worte sagt sie etwas seltsam, aber sie spricht türkisch. Das Mädchen erzählt, spricht türkisch, aber wie soll ich es denn verstehen, Hamriyanım? Wenn auch heimlich, versuche ich immer, ihn zu sehen. Wie er mit seinem Bart spielt, sein bleiches Gesicht, sein Lächeln ab und zu. Nein, nein, wenn auch nur verstohlen, muss ich sein Gesicht angeschaut haben, wie hätte ich das alles sonst sehen können? Doch warum schaute er ständig mein Kleid an, meinen Körper, ist es etwa... "Dieser Herr möchte eine Doktorarbeit über türkische Frauen machen, die in Deutschland arbeiten." Also so etwas wie ein Doktor. Das hat man doch gesehen! Wir haben es schon die ganze Zeit vermutet, nicht wahr, Hamriyanım, dass er ein wichtiger Mensch ist. Seine Wohnung ist zwar ungepflegt, aber diese vielen Bücher! Es war also nicht umsonst, dass sein Licht bis in den Morgen hinein brannte. Er liest also diese großen Bücher, ja, es ist nicht so leicht, Doktor zu sein. Ach, du mein Kleiner, ach, könnte ich deine Leiden auf mich nehmen! Deswegen ist es also, dass er so blass ist, weil er so viel arbeitet...

Aber was sollte das heißen, Hamriyanım, über türkische Frauen? Untersucht er nur Türkinnen? "Über das Thema, worüber er arbeitet, möchte er ein paar Mal mit Ihnen sprechen. Natürlich, wenn Sie zustimmen." Er möchte mit uns sprechen. Soll er doch, nicht wahr, Hamriyanım? Aber diese Sache mit "Türken, Doktor, Arbeit" und so verstehe ich nicht so ganz. Wird er uns untersuchen, Hamriyanım? Fast hätte ich gelacht. Wir haben aber nichts dagegen, nicht wahr? Er ist also ein hilfsbereiter Mensch, soll er doch tun, soll er uns doch untersuchen, was ist denn dabei? Wir sind aber nicht krank. Und dann, du hast es auch gehört, Hamriyanım, was das Mädchen erzählt hat. Egal was, er wird uns nichts Böses tun. Auch dieses krummbeinige Mädchen wird dabei sein. Aber wenn er untersuchen wird, wozu das Mädchen, nicht wahr? Gut, aber wie werden wir verstehen, was er sagt? Wir denken aber auch nur an Schweinereien, wir wollen nur, dass der Mann allein kommt, nicht wahr? Er wolle mit uns darüber sprechen, wie die Türken leben und so. Wie hat er sich gefreut, als ich "Gut!" sagte, seine Augen leuchteten auf. Ich habe es sehr gut gesehen, Hamriyanım, er hat sich gefreut, er möchte also unbedingt mit uns sprechen.

Am Sonntag haben wir sowieso viel Zeit, sollen sie also kommen.

Er hat auch einen schönen Namen, nicht wahr, Hamrıyanım? Fritz, Fritz, Fritz... Wie schön, es auszusprechen. Und diese Krummbeinige? Einen solchen Namen habe ich noch nie gehört. Ina! Soll das ein Name sein? Wir kennen die deutschen Namen nicht, aber es klingt nicht angenehm, nicht wahr? Wir haben sie ja richtig zu unserem Feind erklärt, Hamrıyanım. Was hat denn das Mädchen getan? Vielleicht ist sie gar nicht seine Freundin oder so was. Vielleicht ist sie eine Verwandte.

Ich habe die Augen geschlossen, als Fritz meine Hand berührte. Ach, Hamrıyanım! Er hatte kalte Hände! Kann man denn frieren bei dem Wetter? Vielleicht hat er zu wenig Blut, vielleicht hat er sich zu sehr vernachlässigt. Habe ich auch dem Mädchen die Hand geschüttelt, Hamrıyanım?

Schau uns mal an, Hamrıyanım. Wir haben das Band unseres Kleides nicht festgebunden. Wir haben es einfach über uns gestülpt, wie einen Sack. Wie sollten wir es auch festbinden; wir gerieten völlig in Panik, als es klingelte. Aber es ist gut, dass wir kein Kopftuch aufhatten. Er soll nicht denken, dass wir keine Ahnung hätten.

Unser Tee ist ja inzwischen eiskalt geworden. Nein, nein, ich kann bestimmt nichts mehr essen. Lassen wir alles so stehen. Warum schaust du so traurig drein, Hamrıyanım? Was hast du? Schau, alles ist so, wie wir es wollten. Fritz wird zu uns kommen, er wird mit uns sprechen, was willst du mehr? Wie schnell hast du vergessen, dass wir mitternachts im Regen standen, in der Hoffnung, ihn vielleicht ein bisschen zu sehen! Was könnte er uns denn Böses antun? Ach, Hamrıyanım, du bist immer so ein Nörgler! Wollen wir nun Ayten Abla besuchen? Wie spät mag es wohl sein? Komm, leg dich jetzt ins Bett, Hamriyanım. Wo haben wir nur das Band unseres Kleids hingetan?

Ina hatte gedacht, sie würden den Kaffee in der Mensa trinken. Sie ist erstaunt, als sie in ein Kellerlokal an der Hauptstraße gezerrt wird, wo man den Kaffee im Stehen trinkt. Sie lehnt sich an einen der hohen Tische. Ihre Wangen sind rot. Fritz geht nach hinten, um Kaffee zu holen.

Sie kann ihre Gedanken nicht sortieren. Im Moment schwirrt ihr so vieles im Kopf herum. Und jetzt auch noch Fatma. Das Gefühl der Bedrücktheit nimmt zu; das Gefühl, für andere traurig zu sein, sich für andere zu schämen. Besonders in letzter Zeit lässt ihr dies keine Ruhe. Das Leben, das zu verändern sie sich immer zutraute, lastet nun wie ein schwerer Fels auf ihr. In welcher Weise könnte sich denn Fatmas Leben ändern? Was könnten sie dieser Frau geben? Ist das, was sie nun begonnen hatten, wirklich eine „Hilfe" für sie, wie Fritz behauptete?

Fritz' Gesicht trägt die Züge eines launischen Kindes. Er stellt die Kaffeetassen auf den Tisch, vorsichtig, um nichts zu verschütten.

„Die Frau ist interessant, nicht wahr?", fragt er mit einer Stimme, das zu dem launischen Kindergesicht passt.

Als er keine Antwort von Ina bekommt, fährt er fort:

„Vor allem ihre Augen, sehr interessant, nicht wahr? Die Diskrepanz zwischen ihren Augen und ihrem sonstigen Aussehen! Wie alt mag sie wohl sein? Wenn du in ihre Augen schaust, ist es schwierig, das zu erraten. Ihre Blicke ändern sich rasch. Mal siehst du die Augen eines kleinen Kindes, hungernd nach Leben, mal siehst du die Augen einer Oma. Hast du dieses Grasbündel in ihrem Zimmer gesehen, soll wohl ein Besen sein. Wie können die sich an diese Gesellschaft anpassen, Ina? Sie kommen aus einer feudalen Gesellschaft. Sogar ihre Gefühle..."

In Erwartung einer Antwort sieht er Ina an.

„Weiß ich nicht", sagt Ina, gedankenversunken. „Ich habe Angst. Ich habe so ein Gefühl, als würden wir die Frau verletzen."

„Was sprichst du von verletzen?" Seine Lippen verziehen sich. Seine Augenbrauen ziehen sich zusammen. Er versucht zu wirken, wie Menschen, die etwas sehr Wichtiges zu tun haben. „Hast du nicht gesehen, wie sie sich gefreut hat? Es wird wohl auch für sie etwas Neues, Anregendes sein. Und dann: wir werden ja nur mit ihr sprechen. Ist es nicht interessant, dass sie dachte, ich sei Arzt, als wir „Doktor" sagten? Das muss ich mir notieren. Das heißt, Inalein, diese Arbeit hat schon längst angefangen!"

„Du hast von Freude gesprochen, Fritz. Die Frau strahlte ein Gefühl aus, als hätte sie etwas für sich gefunden, sich glückselig hingegeben an das, was sie gefunden hat. Wir werden der Frau nichts geben! Im Gegenteil, wir werden ihr was nehmen. Ich weiß es nicht, ich habe Angst, Fritz."

„Hab keine Angst", sagt Fritz und hält mit der Geste eines alten Mannes Inas Hand. Seine Stimme klingt auf einmal tiefer. „Meine Arbeit wird auch für diese Menschen von

Vorteil sein, das darf man nicht vergessen."

„Auch für sie von Vorteil sein... Aber..."

Fritz hat diese Worte vielleicht vornehmlich zu sich selbst gesagt. Natürlich wird das eher ihnen nützen als ihm selbst. Nun, er wird gleich in die Bibliothek gehen und nachschauen. Wie viele Studien sind bis jetzt hierüber erstellt worden? Er weiß es nicht, aber er nimmt an, dass es nicht besonders viele sind. Ihm fällt wieder ein, was er heute noch alles zu tun hat. Ina ist zu viel für diesen Tag. Ein Tag ohne Ina verspricht ihm Ruhe. Sie sind ja die ganze Nacht zusammen gewesen, reicht das nicht aus? Und am Sonntag, um die Frau zu besuchen, wird Ina...

„Du hörst mir nicht zu, Fritz."

„Ach so, nein, ich dachte an die Bücher, die ich von der Bibliothek holen muss."

„Du hast gesagt, das sei für sie von Vorteil. Du hast aber eben gemeint, sie könnten sich nicht an diese Gesellschaft anpassen, weil sie aus feudalen Verhältnissen kommen. Was ist das dann für eine Hilfe, Fritz?"

Fritz wird unruhig, er schaut zur Tür, beobachtet das Kommen und Gehen.

„War es falsch, was ich gesagt habe, Ina?"

„Du kennst sie doch gar nicht. Wie kannst du so sicher sein über Menschen, die du nicht oder sehr wenig kennst?"

Fritz' Lippen straffen sich. In sein Gesicht ist das Bild der Niederlage gezeichnet. Er versucht zu sprechen, ohne in Inas Augen mit ihren tausend Fragen zu sehen:

„Ich mache nur einen Anfang, Ina. Ich werde natürlich versuchen, diese Menschen zu verstehen, ich werde sie natürlich besser kennen lernen. Und, wer sagt, dass diese unausgereiften Ideen von mir in die Arbeit hineinfließen werden?

Warten wir's ab."

„Schön, aber es ist nicht damit getan, nur mit Fatma zu sprechen. Mit wem wirst du sonst sprechen?"

„Bücher. Bücher werden mir helfen. Vielleicht finde ich noch ein paar Leute."

Ina, die andere, befriedigende, glaubhafte Antworten erwartet hatte, ist enttäuscht. Sie will nicht diesen wegschauenden Fritz, der ihren Fragen nur ausweicht, sie möchte einen Fritz sehen, der sich wie auf einen Schlag verändert hat und ihre Zweifel wegfegt. Sie spürt, dass es böse enden wird, wenn er so, ohne jeden Glauben weitermacht.

„Bücher! Du stehst nicht wirklich drin im Leben, Fritz. Du suchst deinen Weg außerhalb des Lebens! Du kannst diese Menschen nicht durch Bücher kennen lernen. Schau, es gibt dieser Tage ein Problem: Metin. Seit Tagen kann ich mich nicht an Aktionen beteiligen, ich kann nicht in den Verein gehen, meine Freunde sehen. Alles wegen dir; es tut mir leid, dass ich das sage, verstehe mich nicht falsch, das ist keine Anschuldigung. Ja, deinetwegen. Ich versuche, dich in das Leben hineinzuziehen. Doch was passiert? Ich falle aus dem Leben heraus! Bei Metin geht es um Leben und Tod und es gibt tausende von Metins in diesem Land. Warum ist das Leben, warum sind die Probleme dieser Menschen so unwichtig für dich?"

Ihr bleiben die Worte im Hals stecken. Sie versucht, die Blicke von Fritz zu fangen, die fest auf den Boden gerichtet sind. Doch Fritz scheint nicht zu hören, was sie sagt. Ina kann nicht mehr an sich halten:

„Wieso konntest du nicht sagen: „Komm Ina, wir beteiligen uns auch an den Aktionen für Metin!", wieso konntest du das nicht? Wenn ich dich in dieser großen Menschenmenge sehen könnte - nur einmal! Doch was machst du? Du ärgerst dich über alles, du ärgerst dich über die ganze Welt, du verdammst die Welt! Aber du tust nichts gegen das, worüber du dich ärgerst, was du verdammst. Bitte verstehe mich, Fritz! Sogar meinen alten Freunden gegenüber hast du nicht das geringste Interesse gezeigt. Auch nur ein paar Minuten mit ihnen zu verbringen langweilt dich. Nicht nur langweilen, du kannst sie nicht ausstehen! Da ist es nur natürlich, dass sie auch dich ausgrenzen. Du stehst außerhalb des Lebens, Fritz. Verstehe mich, bitte verstehe mich! Glaube nicht, ich wollte unserer Beziehung ein Ende machen. Im Gegenteil, ich möchte dir glauben, dir vertrauen, ich zwinge mich dazu. Ich weiß es nicht, vielleicht träume ich vom Unmöglichen..."

Sie erwartet keine Antwort mehr von Fritz und ärgert sich über ihre Tränen. Auf keinen Fall hatte sie weinen wollen. Hinter nichts wollte sie sich verstecken, und schon gar nicht hinter dem Bild einer Heulsuse! Beschämend ist das. Der Gedanke, dass die Menschen im Café sie weinen sehen könnten, ist nicht auszuhalten. Schon wieder ist alles, was sie über Fritz denkt, durcheinandergeraten. Sie hatte glauben wollen, neu anfangen - und plötzlich hat sie all das ausgeschüttet, was sie seit Monaten über ihn denkt. Und das noch unter Tränen! Musste das alles hier passieren?

„Und doch konnte sie geteilt werden / Jetzt ist sie nicht mehr Einsamkeit"... Teilen, schön und gut, aber spielt es denn keine Rolle, was man miteinander teilt und wie? Jetzt ist sie beruhigt darüber, dass sie eben nicht vorgeschlagen hat, Ali um Hilfe zu bitten. Ali würde Fritz nichts nützen. Aber warum denkt sie jetzt an den Begriff „nützen"? Ja, warum denn nicht? Doch Ali war da, bevor dieses Thema mit der Doktorarbeit aufkam. Und überhaupt: Kann sie übergehen, was sie mit Ali,

mit Inge, Stefan und den Leuten im Verein teilt? Hat Ali weniger Probleme? Er ist auch ein Metin. Seine Energie und seine Lebensfreude, die er als Neuankömmling hatte, sind Lethargie und Pessimismus gewichen. Damals war Ali jemand, der bereit war, immer und überall anzupacken. Als könne sich die Welt jederzeit ändern und so werden, wie er sie haben will. Was ist aus dieser Zeit geblieben? Ein schweigsamer Ali, der sich in Zweifeln ergeht, umhüllt von Problemen, die ihn immer mehr belagern. Der einzige Mensch in der Gruppe, der offen Selbstkritik üben kann, ist Inge. Unermüdlich sagt sie: „Wir dürfen nicht hochstapeln, Leute; wir dürfen nicht vergessen, dass die Menschen, mit denen wir zu tun haben, nicht dumm sind." Und jetzt erinnert sie sich an Ali, zusammen mit den ersten Versen seines Gedichts. Ali, der versucht, durch Schweigen zu sprechen.

„Dein Kaffee wird kalt, Ina."

„Ich werde ihn nicht trinken, gehen wir."

Sie stehen vor dem Café. Ina schaut Fritz in die Augen, während sie mit ihm spricht. Als wolle sie sagen: „Es ist noch nicht zu spät, Fritz, bitte verstehe mich!"

„Sag was Fritz, bitte! Überzeuge mich! Ich möchte dich finden, aber so, wie du wirklich bist!"

Fritz ist niedergeschlagen. Er will Ina nicht hören, will sie nicht sehen - doch auf einmal umarmt er sie. Er spürt, dass das nicht zur Beruhigung Inas geschieht, sondern zu seiner eigenen. Er rettet sich wieder ins Sprechen. Gebrochen und stammelnd sagt er:

„Wann kommst du? Ich muss heute nämlich in die Bibliothek..."

„Ich weiß nicht, ich bin müde, fühle mich nicht gut", sagt Ina mit heiserer Stimme.

„Wie wär's mit Samstag", sagt Fritz, „und am nächsten Morgen gehen wir zu der Frau."

Erschöpft senkt Ina den Kopf. Mit einer Hastigkeit, die auch ihn selbst erstaunt, beugt er sich nach vorn und küsst Ina.

Innerlich zersplittert, und die Splitter an allen Stellen des Körpers spürend, läuft Ina ziellos davon. Plötzlich findet sie sich an der Mensa wieder. Einer von Inas Splittern sucht Ali.

Er hebt die Filetspitze des Schafes, das er auf den Arbeitstisch gelegt hat, mit dem Fleischmesser an, dann schneidet er das Stück heraus. Er trennt alle Knochen vom Fleisch. Nachdem er die Hinterkeulen für den Spieß beiseite gelegt hat, schneidet er den Rest in kleine Stücke. Und dann fängt er an, mit dem großen, krummen, schweren Messer, das er selbst „Wiegemesser" nennt, das Fleisch zu hacken. Im Restaurant wird keine Fleischhackmaschine benutzt. Fleisch, das mit dem Messer gehackt wird, schmeckt angeblich anders, heißt es.

Das Fleisch, das seit fünf Tagen im Kühlraum abgehangen ist und geruht hat, wird unter dem schweren Messer kleiner. Meister Naci wischt sich den Schweiß von der Stirn. Nachdem er das Fleisch gehackt hat, muss er noch den Döner aufwickeln. Die Durchreiche zum Restaurant vor ihm steht offen. Er sieht Raşit, der, die Hände auf dem Hintern, auf- und abläuft.

„Mensch, schlurf doch nicht so rum, sonst pack ich und verarbeite dich. Du hast sowieso zu wenig Fleisch eingekauft."

„Mein Fleisch ist zu hart für dein Messer, Meister", sagt Raşit kichernd.

„Ach, sei ruhig! Dein dreckiges Fleisch kann man ja sowieso nicht essen. Wär' schade um meine Mühe", sagt Meister Naci da nur noch zu sich selber...

Er nimmt wieder das Handtuch. An einem Sommertag Fleisch zu zerkleinern, fällt ihm schwer. Der Schweiß fließt wie Wasser in dieser Hitze. Bald werden die ersten Gäste zum Abendessen kommen. Das riesige Messer schwingt jetzt schneller nach rechts und links, nach oben und unten.

„Das ist geheime Liebe, das ist geheimer Kummer..."

Das Messer wird langsamer und schließlich ruht es. Meister Nacis fülliger Körper dreht sich langsam zur Seite. Staunend schaut er Fatma an, die, auf einem Bierkasten sitzend, sich im Takt ihres Liedes hin- und herwiegt, während sie Zwiebeln schält. Fatma hat es noch nicht gemerkt, dass das Messer ruht, dass sein Geräusch aufgehört hat. Sie wiegt sich weiterhin nach beiden Seiten. Sie wirft die zuletzt geschälte Zwiebel nicht zu den anderen. Sie ist ganz woanders. Das Lächeln Meister Nacis wird breiter, bleibt aber tonlos. Als wolle er sich hüten, sie zu verletzen. Er weiß, dass Fatma gleich aufspringen würde, sollte er lachen oder etwas sagen. Fatma lässt die geschälte Zwiebel nicht aus der Hand:

„Das ist geheime Liebe, das ist geheimer Kummer..."

Seit Jahren hört er sie zum ersten Mal singen. Es klingt eigentlich nicht wie ein Lied. Takte fehlen, alles fehlt. Man muss entweder lachen, wenn man das hört, oder weinen. Fatma singt anders, fremdartig. Für Meister Naci klingt es wie ein Klagelied. Oma Fatma singt also auch, sie kann auch singen. Jetzt kann er nicht länger schweigen:

„Doch, doch, du hast was, Oma Fatma."

Erst nach einer langen Weile horcht Fatma auf. Die Zwiebel fällt ihr aus der Hand. Mit einem Ruck sieht sie auf.

Sie zittert. Sie setzt sich wieder hin und sucht das kleine Messer, das beim Aufstehen auf den Boden gefallen ist. Sie schafft es nicht, Meister Naci anzusehen.

Meister Naci schaut Fatma, die jetzt mit nach vorne gebeugtem Kopf dasitzt, lange an. Dann kommt ein „Ach!" aus ihm heraus. Und dann: „Ach dieses Leben." Auf das zerkleinerte Fleisch fallen ein paar Tropfen Schweiß. Er bückt sich und schaut durch die Durchreiche hinaus. Seine Augen sind zusammengekniffen, als wolle er in die Ferne sehen, in die weiteste Ferne.

Adana.

Wie sie seinen Vater blutüberströmt tot nach Hause brachten.

Wie seine Mutter ihn anflehte: „Geh mein Junge, geh weg, wenigstens du sollst dein Leben nicht lassen... Genug von dieser Blutfeindschaft!"

Wie er nachts, wie auf der Flucht, in den Lastwagen einstieg.

Istanbul.

Wie er im Kebaprestaurant, in dem er arbeitete, auf Stühlen schlief.

Dann Semra.

Wie er zum ersten Mal die Wärme einer Frau, den weiblichen Körper kennen lernte.

Eine Einzimmerhütte im Hof.

Jeden Tag vierzehn, fünfzehn Stunden arbeiten.

Semras immer länger werdendes Gesicht, ihre unaufhörlichen Klagen.

Wie sie immer wieder fragte: „Ist das Leben?" Wie er um Mitternacht nach Hause kam.

Die Tür steht offen. Und die Notiz:

Entschuldige mich, Naci.

Semra.

Wie er tagelang, monatelang Semra suchte.

Frauen, die von hinten aussahen wie sie.

Die erstaunten Blicke der Frauen, die sich auf seinen Ruf: „Semra, Semra!" hin umdrehen.

Hunger und Elend und Arbeitslosigkeit, und am schlimmsten, das Fehlen von Semra.

Die Nachricht vom Tod seiner Mutter.

Wie er aus Angst nicht zur Beerdigung fuhr.

Wie er sich dann selbst hasste.

Dass Istanbul zu etwas Erdrückendem wurde.

Besonders, nachdem er Semra gesehen hatte.

Der Mann, bei dem sie sich eingehakt hatte.

Wie oft er auf sie gelauert hat, um sie zu töten.

Wie oft er mit der Pistole in der Hand vor ihrem Fenster wartete.

Die Stimme von Semra, die diesen Mann umarmt. Der Klang des Glücks in dieser Stimme.

Die Pistole, die von der Brücke ins Meer geworfen wird.

Das Geräusch, das die Pistole beim Aufschlagen auf das Wasser verursacht.

Die dreihundert Lira für den Bezirksbeamten.

Gesundheitskontrolle.

Und seine Abreise nach Deutschland an einem Tag, an dem Soldaten und Panzer die Straßen besetzten.

Raşit, der meinte: „Landsmann, fang erst einmal mit Lohn an, später können wir auch an eine Beteiligung denken."

Meister Naci fühlt sich wie man sich fühlt, wenn man aus einem Traum erwacht. Seine Brust ist zum Platzen voll. Er lässt den angestauten Atem raus:

„Ach Mann, ach..."

Mit seinem dicken Schnurrbart und den Fuchsaugen füllt das Gesicht Raşits die Durchreiche:
„Ist der Döner fertig, Meister?"
„Hör auf, es ist noch zu früh."
Raşits nichtssagende Stimme, jederzeit bereit zu jeder Konvention:
„Ich habe ja nur gefragt. Heute bist du aber nicht gut gelaunt, mein lieber Meister."
Meister Naci schließt die Durchreiche zu. Er dreht sich zu Fatma um, die die Zwiebelschalen aufkehrt. Scheinbar zu sich selbst sprechend, sagt er:
„Genug. Genug. Es ist Zeit, mich auf den Weg zu machen." Sein trauriges Lächeln ist nicht das Lächeln, das er sonst immer hat.
Fatma versteht nicht:
„Was denn für ein Weg, Meister?"
Meister Naci gibt keine Antwort. Er weiß nichts zu sagen. Er bereitet das Dönerfleisch vor, das er um den Spieß gewickelt hat.
Fatma begreift nicht. Meister Naci gewinnt für sie eine neue Existenz, indem er ankündigt, gehen zu wollen. Ihre Stimme zittert:
„Willst du hier nicht mehr arbeiten, Meister?", fragt sie und kommt auf Meister Naci zu.
Meister Naci bringt den Dönerspieß an. Dann legt er seine Hand auf Fatmas Schulter, die ihren Kopf gehoben hat, um in seine Augen zu sehen. Er schaut in die kleinen schwarzen Augen, die in letzter Zeit immer mehr in sich versinken und dabei versuchen, mehr vom Leben aufzunehmen. Die Frau, die seit Jahren neben ihm arbeitet, sich all diese Jahre hindurch nicht bemerkbar machte, nie was von sich hören ließ...

In letzter Zeit ist Fatma zu Fleisch und Blut geworden. Bis vor ein paar Tagen noch wurden zwar die Zwiebeln geschält, es wurde abgewaschen, aber diese Arbeit wurde von den Händen eines unsichtbaren Menschen getan. Doch nun: diese Frau, die man seit ein paar Tagen sieht, die „Ich bin da, ich lebe" sagt. Jetzt tut es ihm leid, nicht daran gedacht zu haben, dass er diese Frau hier allein zurücklassen wird, wenn er kündigt:

„In ein paar Tagen ist Monatsende. Ich habe es satt. Wenn es so weitergeht, werden wir mit diesem Mann eines Tages in die Haare geraten. Aber mach dir keine Gedanken, solange wir Lastenträger sind, wird es immer genug zu tragen geben in dieser Welt. Ich werde in die Fabrik gehen, in eine große Fabrik. Wenn es viele Menschen sind, macht es nichts aus, dass die Last schwer ist."

Fatma bleibt einfach stehen. Es macht sie traurig, dass dieser Mann, den sie mit seinem großgewachsenen Körper wie einen Vater sieht, obwohl er noch längst nicht das Alter dafür hat, in ein paar Tagen kündigen wird. Zweifel befällt sie. Was soll sie hier ganz alleine tun? Raşit wird ihr einfach die Haut abziehen, wenn Meister Naci nicht mehr da ist.

„Aber warum... aber was sollen wir machen... gibt es in großen Fabriken auch Arbeit für Frauen?" bringt sie nur stammelnd heraus.

Meister Naci lacht:

„Mach dir keine Sorgen. Wenn ich erst mal da bin, werde ich mich auch nach einer Arbeit für dich umschauen. Dann kannst du auch kündigen. Aber nicht jetzt. Und du brauchst keine Angst vor Raşit zu haben. Ich schaue ab und zu nach dir..."

Die väterliche Stimme von Meister Naci lässt in Fatmas Herz eine beruhigende Wärme einfließen.

„Gut", bringt sie nur heraus, „wie du willst."

Meister Naci lacht laut auf. Mit seiner kräftigen Stimme spricht er die Worte des Liedes, das Fatma eben gesungen hat, so, als würde er ein Gedicht aufsagen:

„Das ist geheime Liebe, das ist geheimer Kummer, zu niemandem kann ich davon reden..."

Fatma errötet. Sie macht sich an den Abwasch.

Fritz erkennt den Mann nicht, der ihn von der anderen Straßenseite her grüßt. Wer weiß, wer das ist, er nimmt es nicht weiter wichtig. Er senkt den Kopf und geht weiter. Man muss nur diejenigen kennen, die man auch kennen will. Der Gedanke gefällt ihm. Das ironische Lächeln an seinen Mundwinkeln breitet sich aus. Er hat das Gefühl, aus der Niedergeschlagenheit herauszukommen, in die er hineingeraten ist, als er sich von Ina verabschiedet hat. Dort, in diesem Café, unter so vielen Leuten, hat er mit einer solchen Attacke nicht gerechnet. Doch was sie sagte, konnte ihr unmöglich spontan eingefallen sein. Sie hat sich also Gedanken gemacht, denkt über ihre Beziehung nach. Er hat aber gut daran getan, zu schweigen. Es hat keinen Sinn, mit ihr zu brechen. Ina hat ja auch gesagt, dass sie sich nicht von ihm trennen will.

Auf dem großen Platz der Stadt bleibt er stehen. Da sind sie; sie sitzen um den Brunnen herum. Fritz nähert sich. Einer trägt eine Mütze aus den dreißiger Jahren. Der mit dem kahlgeschorenen Kopf liest eine türkische Zeitung mit vielen Fotos darin. Fritz lehnt sich an den Zigarettenautomaten hinter dem Brunnen. Er findet es vorteilhaft, diese Menschen, wenn auch nur ein wenig, zu beobachten.

Sogar ihr Aussehen unterscheidet sich stark von den Menschen hier. Er hat keinen Zweifel daran, dass diese Menschen winzig kleine, orientalische Inselchen auf der europäischen Landkarte sind. Bitte, wie sie schreiend sprechen! Der außen Sitzende verschlingt mit seinen Blicken die Hüften der Frau, die an ihm vorbeigeht. Interessant. Es ist tatsächlich interessant, dass der Mann mit solch einer Gier schaut. Verstecken sich etwa ihre Frauen, mit ihren dicken Mänteln und ihren Kopftüchern auch vor den eigenen Männern? „Die deutsche Wirtschaft habe die gebraucht und man habe sie gerufen und sie hätten zum Aufschwung der deutschen Wirtschaft beigetragen" und so weiter und so fort, nein nein nein, halb so wild! Hätte man sie denn nicht ausgebeutet, wenn sie in ihrem Land geblieben wären? Die sind zu viele, viel zu viele in diesem Land.

Eigentlich geht es ihm nicht darum, dieses Land vor irgend jemandem zu schonen. Zuerst hat die Generation seines Vaters aus diesem Land einen Dreckshaufen gemacht und dann jeder noch ein bisschen weiter. Sowohl die Einheimischen, als auch die Ausländer. Und am Ende hat man nach einem Sündenbock gesucht und ihn gefunden: Hitler! Diese Schafsherde verdient es auch nicht anders. Und natürlich hat man die Herden an die Front getrieben. Was haben sie denn anderes erwartet? Hitler hat dieses Volk gut gekannt. Der Mann hat diese Menschen, die sich voreinander fürchten, die sich mit Menschen, vor denen sie Angst haben, solidarisieren und gegen den „Feind", den man ihnen vorgaukelt, in den Krieg ziehen und somit ihre Angst mit dem Schleier der Aggressivität verhüllen, gut gekannt. Und als auch das Großkapital zu ihm „Gut so, mein Junge" sagte und grünes Licht gab, war nichts mehr aufzuhalten gewesen.

Millionen von Menschen getötet, den Krieg verloren; wen interessiert es? Der Krieg hat sein Ziel erreicht. Indem er viele Kriegsgewinnler und eine Kriegsliteratur für die Dummen wie uns hinterließ, hat er seine Aufgabe erfüllt. Hätte es Hitler nicht gegeben, wäre es ein Meier gewesen oder Schmidt.

Hier, sein Vater. Der den ganzen Tag in seinem Rollstuhl sitzt und sich in Gedanken vertieft. Es war nicht genug, dass er mit den Schafen bis nach Leningrad marschierte, nein, er schimpft noch über die heutige Generation. „Ich habe was getan, auch wenn es schlecht war, ich war in Aktion. Und deine Generation? Was tut ihr denn? Und du, was macht deine Schule? Etwas zu tun, irgend etwas, egal ob gut oder schlecht, ist besser, als faul dazuliegen, alles aufzugeben. Besser! Verstehst du?" Seine militärische Stimme war wieder da. Während er schrie, sah er auf das Foto seines Vaters, des Generals. Seines Vaters, der im ersten Weltkrieg, aufgerieben von den Briten, davonlief. Geschah ihm auch recht; was hatte er im Lande der Osmanen zu suchen? Er wusste sehr wohl, warum sein Vater ihn nicht mochte und misstrauisch betrachtete. Fritz hatte die Tradition verraten, auf die sein Vater so stolz war und die er immer wieder beschwor; „Seit Generationen sind wir immer Soldaten gewesen!" Die kapierten es nicht, die kapierten nichts. Welches Militär denn? Kann man denn von Soldaten sprechen in diesem Dreckshaufen von Land? Jetzt nennt man es Militär, was nur ein Schein ist; es wird von Leuten, die auf Geldhaufen sitzen, herumkommandiert? Sogar dieser alltägliche Krieg ist zuviel. Es reicht völlig aus, sich an die Regeln des alltäglichen Kriegs zu halten, der eigentlich viel härter ist als jeder andere. Dieser Krieg, in dem nicht geschossen wird, in dem es keine Artillerie gibt, ist blutiger. Denkt der Herr Major denn gar nicht daran, was mit ihm selbst passiert? Und an seine junge Frau? Mit diesem blonden Mann, mit jedem, der ihr über den Weg läuft? Sie, seine große Liebe!

An seine Mutter denkt er seit Jahren nicht mehr. Sie verbirgt sich hinter einem dichten Nebel; sogar ihre Gesichtszüge hat er vergessen. Auch jetzt möchte er nicht an sie denken, und dass sie ihm gerade jetzt in den Sinn kommt, auf diesem größten Platz der Stadt, angesichts dieser schreienden Türken - das tut ihm weh. Wütend blickt er auf die Menschen am Brunnenrand. Er erinnert sich an seine Kindheit, an seine Mutter, wie sie durch ihr großes Haus und den riesigen Garten wandelt.

Er möchte weitergehen, weg von diesen Türken, und er möchte seine Mutter aus seiner Erinnerung verbannen. Es gelingt ihm nicht. Ist er denn nicht jahrelang trainiert worden, die Mutter aus seiner Erinnerung zu tilgen? „Es gibt sie nicht mehr", hat es immer geheißen, „es ist zu Ende. An sie wird nicht gedacht. Hier wird ihr Name nicht fallen!". Dann waren ihre Fotos zu Hause verschwunden. Wieso war seine Mutter, die wie ein Schatten im Hause herumging und zu seinem Vater immer „Sie" gesagt hatte, plötzlich weg? Warum kam Onkel Rudi, der ihm das rote Auto aus Holz gebracht hatte, nicht mehr? All das würde er erst viel später erfahren. Auch, warum sein Vater anfing zu schreien, als er ihn einmal angstvoll danach fragte. Er freute sich sogar über die Strafe, zwei Tage lang sein Zimmer nicht verlassen zu dürfen. Der Schrei seines Vaters, als er sagte: „Eine Schlampe und ein Kommunist, was sollte anderes daraus werden?", hallt noch in seinen Ohren nach.

Die andere Frau hat Fritz nie Mutter nennen können. So oft hat er sie auch nicht gesehen. Da fing gerade sein

Internatsabenteuer an. Es war der letzte Tag davor. Zum wer weiß wievielten Mal war sein Vater wegen seiner Füße ins Krankenhaus eingeliefert worden. Und an diesem Tag lief Fritz von der Schule weg. Er kletterte über die Gartenmauer und ging nach Hause. Da sah er diesen Mann auf der neuen Mutter, dessen Haare so blond waren, als wären sie weiß. Und wie die neue Mutter unter diesem Mann stöhnte. Und wie die neue Mutter ihren roten Slip auszog. Und dann...

Fritz schaut wütend auf diese schwarzhaarigen Männer am Brunnenrand, die versuchen, etwas von der Sonne des Sommers zu erhaschen. Will er sie etwa beobachten? Sind die es denn wert, beobachtet zu werden? Er wirft einen letzten Blick auf ihre ausgelatschten Schuhe mit hohen Absätzen und läuft in die enge Gasse gegenüber.

Als er vor der Telefonzelle wartet, bis die Frau zu Ende telefoniert hat, denkt er lustlos an Ina. Das ironische Lächeln setzt sich wieder auf seine Lippen. Nein, er braucht sich nicht so zu quälen. Es läuft ja alles genauso, wie er es haben wollte. Nicht, dass er wirklich Angst hätte, Ina zu verlieren, doch es kommt auf den richtigen Zeitpunkt an. Ina ist auch die einzige Frau, die ihn im Bett versteht, mit der er im Bett gut harmoniert. Liebt er sie etwa? Nein, nein, Fritz hat kein Interesse, im Sumpf abstrakter „Liebe" zu versinken. Er sehnt sich nur nach ihrem Körper. Nach dessen Wärme, nach dem unvergleichlichen Duft ihrer zarten Haut, ihrem feinen, langen Hals und wie sie sich an ihn schmiegt... tolle Frau. Wie sie ihn morgens weckt mit der kühlen Nässe, die sie auf ihrer Haut von der Dusche mitbringt... Und wie sie dann „Genug der Faulheit, aufsteh'n, Herr Doktor", sagt... Wie sie das Wort „Doktor" betont... Doch dann ihre nachdenkliche Haltung, nachdem sie mit der Frau gesprochen haben... Fritz versteht das nicht. Er hat mit der Frau ja gar kein Wort gewechselt. Er hat sie nur angeschaut. Und das Rot ihres Kleids... War es etwa...

Und dann ihre Attacke im Café? Er hat sich nur schwer beherrschen können, ihr nicht zu sagen: „Genug jetzt, hau ab!" Nein, alles hat seine Zeit.

Irritiert sieht Fritz auf einmal die alte Frau in der Telefonzelle. Schon wieder hat er sich in Tagträumen verloren. Wer weiß, wie lange er schon da steht. Er versucht, alle Gedanken wegzujagen. Er muß noch in die Bibliothek.

Ali ist heute früh da. In der Mensa ist die gewohnte Lautstärke noch nicht erreicht. Sein Kaffee ist schon kalt. Er fühlt sich erleichtert und beglückt, weil er die letzten Tage im Verein war und etwas für Metin getan hat. Jetzt kann er an Metin denken, ohne sich zu schämen - jetzt möchte er an ihn denken. Er versucht nun nicht mehr, die Gedanken an ihn wegzujagen. Er ist auch nicht mehr so deprimiert wie vorher. Sich mit Gedichten zu beschäftigen und sich zu verlieben, während er versucht, etwas für Metin zu tun, erscheint ihm jetzt schön, bedeutend. Metins lebensfrohe Blicke, die er oft vor seinen Augen sieht, scheinen das zu bestätigen. Er kann nicht umhin, immer wieder an diesen Besuch im Gefängnis zu denken:

„Die Besuchszeit ist zu Ende", hatte der Beamte gesagt.

Den Satz „Es wird alles wieder gut...", hatte er wohl nicht gerne gehört. Die Wiederholung desselben umso weniger.

„Zu Ende..."

Durch unzählige Türen war er zu Metin geführt worden, und auf dem selben Weg gelangte er wieder nach draußen. Das Geräusch der auf- und zusperrenden Schlüssel hatte ihn fast verrückt gemacht. Ihm war so, als wäre der Eingesperrte, der

Eingeschlossene nicht nur Metin, sondern auch er selbst. Noch Tage danach hatte er sich wie ein Gefängnisinsasse gefühlt.

Ali hätte kaum zu hoffen gewagt, dass diese Angelegenheit eine solche öffentliche Bedeutung erhalten würde. Niemand hat das wirklich geglaubt. Das Europaparlament, die Menschenrechtskommission, Intellektuelle, Schriftsteller und, was das Wichtigste ist: die Arbeiter haben sich Metins angenommen.

Neuen Mut gibt auch das bewundernswerte Engagement des Rechtsanwalts. Seine Haltung hat die eines Anwalts gegenüber seinem Mandanten langst überschritten. Er ist nunmehr zu einem Bruder, einem Vater geworden - und zu einer Symbolfigur der Demokraten in ihrem Kampf gegen die Herrschenden. Weder reitet er auf den Flügeln der Hoffnung und verliert den Boden unter den Füßen, noch lässt er sich vom schwarzen Sog der Resignation mitreißen. „Metin ist unschuldig, ich glaube fest daran. Doch es geht gar nicht darum, ob er schuldig ist oder nicht; man wollte ein Opfer haben, das ist das ganze Problem", sagt er in Momenten, wenn die Lage wieder einmal aussichtslos zu sein scheint.

Ali erinnert sich an die Tage, als er Metin kennen lernte. Die Sprachkurse an der Universität. Dass sie nebeneinander saßen. Wie er dann sagte: „Wenn du willst, können wir im Verein einen Tee trinken" und Metins Gesicht plötzlich aufleuchtete. Wie er sich mitAlis Freunden gleich verstand. Und dann dieses schreckliche Grubenunglück, von dem sie gemeinsam aus den Fernsehnachrichten erfuhren. Die Bilder, wie die Toten aus dem Bergwerk geborgen wurden. Metins zitternde Stimme, als er die Frauen sah, die die Toten umarmten. Wie erschüttert er war, wie ein kleines Kind.

Und als er in der Zeitung seinen Namen sah, seine Frage:

„Ich soll das getan haben, ich soll getötet haben?" Wie er dann lange traurig und nachdenklich dasaß. Und wie er in Alis Wohnung, die Blicke auf einen fernen Punkt gerichtet, sagte: „Töten ist ein Begriff, der mir fremd ist, den ich nicht verstehe. Sogar das kleinste Lebewesen, oder einen Menschen, den ich hasse, kann ich nicht töten. Auch Menschen, die ich nicht mag, die ich nicht mögen kann, wünsche ich, dass sie an dem Sinn, an der Schönheit des Lebens teilhaben können."

Ali ärgert sich über die lärmenden Menschen, die die Treppen hinaufgehen und sich einen Platz suchen. Das Buch auf dem Tisch ist eine Art Alibi, ein Grund, hier zu sitzen und zu warten.

Er denkt daran, was er sich ausgedacht hat. Sollte plötzlich Ina auftauchen, will er sagen: „Ich warte auf Inge. Wir haben uns hier verabredet. Was für ein Zufall! Ach, dieses Gedicht habe ich dabei, willst du es haben?", und er wird das Gedicht, das er sorgfältig abgeschrieben hat, zwischen den Seiten des Buches herausnehmen und ihr geben. Wie wäre es, wenn er über Metin sprechen würde? Kennt Ina wohl die letzten Entwicklungen?

Er verbirgt sein Gesicht in seinen Händen. Er möchte niemanden sehen, möchte an nichts denken. Er schämt sich dafür, dass er Metin benutzen will, um mit Ina zu sprechen. Warum kann er nicht einfach sagen: „Ich habe auf dich gewartet"? Ist es nicht das, weshalb sich Inge geärgert und Stefan ihn ausgelacht hat? Doch auch sie können es nicht verstehen. Wie könnten sie auch einen Liebenden verstehen, der aus einer Gesellschaft kommt, in der es tabu ist, sich Mädchen zu nähern, mit ihnen auch nur zu sprechen? Doch wer weiß, vielleicht hat das auch etwas Schönes an sich. Seine Liebe mit einem Liebesgedicht von Karacaoğlan auszudrücken und dabei zu erröten, würde sie vielleicht lebendig halten.

Seine Hand fährt wieder zu dem Gedicht zwischen den Seiten des Buches. Gerade als er anfangen will, es zu lesen, sieht er Inge, die sich einfach ihm gegenüber hinsetzt. Er lächelt beglückt. Eilig schiebt er das Gedicht wieder zwischen die Seiten. Aber wieso kommt sie so ohne zu grüßen? Wieso spricht sie nicht? Sein Lächeln erstarrt. Seine Augen werden zu einer einzigen Frage. Inge sieht unendlich müde aus. Alle Kraft hat sie verlassen. Sie, die sonst immer dem Leben seine verborgenen Freuden entlockt, schweigt, ist in Gedanken versunken. Und sie, die so groß war, ist geschrumpft. In Alis Augen hatte sie immer etwas Mütterliches. Ihre Größe, ihre Herzlichkeit, und dass sie sich um die Probleme aller kümmerte - das alles, was in dieser Gesellschaft so selten anzutreffen ist, fügte sich in das Mutterbild, das er seit seiner Kindheit hatte. Und sie selbst schien nie Probleme zu haben. Er hat es noch nie erlebt, dass sie traurig ist und andere um Hilfe bittet. Er hätte sich auch nie vorstellen können, dass sie das tun würde. Als wäre sie nur auf der Welt, um sich um die Schwierigkeiten anderer zu kümmern.

„Die Angst, nicht bis zum Ende durchhalten zu können, macht mich fertig."

Sie hat den Kopf gesenkt, ihre Augen sind nicht zu sehen. Ihre Stimme kommt von sehr weit her. Ihr breites Gesicht wirkt wie erstarrt. Die nach hinten gekämmten Haare legen die Falten auf ihrer Stirn bloß. Sie ist innerhalb weniger Tage alt geworden.

Ali vergisst Ina. Verschämt schiebt er das Buch vor sich zur Seite.

„Meinst du etwa?..." Er kann nicht weitersprechen, kann nicht fragen: „Gibt es was Neues? Schicken sie ihn?" Er hat

Angst vor der eigenen Stimme. Aber ist das möglich? Noch bis vor ein paar Stunden war Ali im Verein. Was sagte sie nochmal? „Nicht durchhalten zu können bis zum Ende." Plötzlich versteht er. Ihm dämmert, dass Inge, die alleine schafft, wofür eigentlich zehn Menschen notwendig wären, nur so und nicht anders zusammenbrechen kann: Diese Anspannung... Wer weiß, wie lange sie nicht mehr geschlafen hat und wann zuletzt gegessen?

„Du hast recht", sagt er, ohne zu wissen, warum. Ein paar Mal wiederholt er: „Du hast recht."

Inge schaut auf. Enttäuscht sieht sie in Alis Augen, die älter wirken als sie sind. Ihr ist, als sähe sie in seinen Augen die ganze Welt; Menschen, die kämpfen, lieben, fliehen, das Leben in die Hand nehmen. Dieses Warten von Ali, von all den Alis, kann sie nicht verstehen. Sehen sie etwa nicht die Brisanz der Situation? Auch die Leute, die sie vorhin auf der Straße traf, hat sie angeschaut, als wolle sie sie mit ihren Blicken beschimpfen. Warum kapieren sie nicht, dass man versucht, einen Menschen in die Folter, in den Tod zu schicken? Oder stimmt das alles vielleicht gar nicht? Es ist aber doch schon mehrmals bewiesen worden! Muss man nicht jeden Tag von Menschen erfahren, die zu Tode gefoltert wurden?!... Oder können diese Menschen vielleicht wirklich nichts dagegen tun? Tut sie ihnen unrecht, wenn sie sie beschuldigt? Und überhaupt - muss sie, weil sie etwas tut, unbedingt diejenigen beschuldigen, die nichts tun? Es ist leicht, all die Alis zu beschuldigen. Interessiert sich denn ihre eigene Gesellschaft, interessieren sich die Menschen in dieser Gesellschaft ernsthaft dafür? Sind ihre Regierenden, die versuchen, Metin auszuliefern, wirklich demokratisch gesinnt? Falls die Berichte stimmen, die nach dem Besuch des

Bundesinnenministers in Ankara in Umlauf kamen, dann ist es klar: man will ein Opfer haben. Und dieses Opfer ist Metin! Der lebensfrohe Metin, mit dem Arbeiter, deren Sohn er hätte sein können, voller Vertrauen sprechen, in dessen junge Augen sie mit Vertrauen sehen. Metin, der sich nicht von den Arbeitern absetzte, der sagte: „Wir haben kein Recht, auf sie zu schimpfen. Was hat man ihnen gegeben, dass wir jetzt etwas von ihnen erwarten. Wir müssen den Fehler bei uns selbst suchen." Und Metin ist nicht der Einzige.

„Was ist denn los? Seid ihr in Trauer?"

Sie sehen Ina, die neben ihnen steht. Und mit ihr auch die ganze Menschenmenge. Ina schaut abwechselnd in Alis und Inges Gesicht. Sie bemüht sich zu lächeln.

„Merhaba", sagt sie zu Ali. Dann sagt sie Inge das gleiche auf Deutsch: „Hallo."

„Metin", sagt Inge nur.

„Metin", wiederholt sie, als versuche sie, sich an etwas zu erinnern.

Ali nimmt das Buch vom Tisch und legt es in seinen Schoß. Er schämt sich wegen des Buches, wegen des Gedichtes in dem Buch und der Fragen, die er sich selbst gestellt hat. Er möchte sich aber mit sich selbst wieder versöhnen. Seine entschiedene Stimme kommt ihm wie ein alter Freund vor:

„Inge, bei uns sagt man, einen Nagel reißt man mit einem anderen aus. Der Verein wird dir die Müdigkeit nehmen. Lasst uns dort hingehen, alle zusammen!"

Inges mütterliches Lächeln erscheint wieder. Dieses Lächeln ist ansteckend schön. Ali klammert sich an dieses Lächeln. Ina auch. Die drei Lächeln umarmen sich.

"Zweimal mit Joghurt, Meister! Oma Fatma, mach mal ein Brot warm!"
Kamils riesiger Kopf erscheint kurz in der Durchreiche und verschwindet sofort wieder.

Fatma nimmt es zu dieser Stunde, wo man das Abendessen serviert und es viel zu tun gibt, nicht so wichtig, wenn sie Oma genannt wird. Sie halbiert das kleine Fladenbrot und schmeißt eine Hälfte in den elektrischen Ofen. Sie nimmt je eine Handvoll kleingeschnittener Brote und legt sie in zwei Teller. Dann nimmt sie zwei Portionen von dem Salat mit viel Zwiebeln und verteilt sie sorgfaltig an die Ränder der Teller, in die dann Döner gelegt werden soll. Yoghurt und heißes Fett stehen schon vor Meister Naci. Sie schiebt die Teller vor Meister Naci, der dabei ist, Döner zu schneiden.

Meister Naci stellt die Dönerteller in die Durchreiche und nimmt die Kassenbons entgegen. Er wirft sie in eine kleine Box. Er nimmt das fettverschmutzte, halbleere Glas auf der Theke und trinkt den Raki aus. Fatma, die abspült, sieht nicht das Fenster zur Durchreiche aufgehen. Sie hört nur Raşits sich anbiedernde Stimme:

„Ein Lahmacun, ein Adana, Meister!"

Dann wechselt die Stimme in einen Befehlston:

„Oma Fatma, es gibt keine Serviceteller mehr, beeile dich ein bisschen!"

Fatma fängt an, die kleinen Serviceteller abzutrocknen. Der unterschiedliche Tonfall gegenüber Meister Naci und ihr macht sie wütend. Die abgetrockneten Teller stellt sie knallend in die Durchreiche. Dann fängt sie an, den Teig für Lahmacun vorzubereiten. Während sie voll Unmut mit der Walze den Teig bearbeitet, presst und zerkleinert sie nicht nur den Teig. Einen Teller legt sie umgekehrt auf den vorbereiteten Teig und umrandet ihn mit einem Messer. Als sie dann den äußeren Teig wegnimmt, hat sie den Lahmacun-Teig unter dem Teller. Sie legt ihn frei und verteilt das Fleisch mit viel Zwiebeln darauf.

Meister Naci macht mit dem vor ihm stehenden Wasser seine Hände nass und nimmt eine Handvoll vom zerkleinerten Hackfleisch. Den breiten Spieß schiebt er mit gewohnter Geste ins Fleisch. Streichelnd breitet er es über den Spieß aus. Auf dem Fleisch bleiben die Spuren seiner Finger. Er legt den Spieß auf den Herd und bereitet die Zwiebel für den Kebap vor. Seine Hand fährt zu dem leeren Rakiglas. Er öffnet das Fenster zur Durchreiche und ruft:

„Raşit, Junge, man vertrocknet hier!"

Raşits Fuchsaugen zeigen sich in der Durchreiche. Das leere Glas nimmt er widerwillig mit. Seine Stimme draußen verrät dann diesen Widerwillen:

„Kamil, gib dem Meister Raki!"

Der mit Wasser verdünnte Raki wird in die Durchreiche gestellt.

Meister Naci lacht laut auf:

„Das Wasser kann ich auch selbst zufügen, mein Junge! Du glaubst wohl, du kannst mich reinlegen, was?"

Er schaut Fatma an, während er den Spieß dreht. Er zeigt ihr seinen Raki:

„Da ist mehr Wasser als Raki drin. Wenn jetzt sein Vater auferstehen und hier erscheinen sollte, würde der sogar ihn reinlegen, dieser Gottlose!"

Als wäre ihm etwas eingefallen, öffnet er wieder die Durchreiche:

„Gebt auch der Oma Fatma 'was!" Er dreht sich zu ihr: „Was trinkst du, Oma Fatma?"

Fatma zuckt mit der Schulter. Mit einer Geste der Hand deutet sie an, dass es ihr egal ist.

„Limonade, gebt Limonade! Sind wir hier Sklaven oder was?!"

Während sie ihre Limonade nimmt, schaut sie zu Meister Naci, der jeden Tag eine kleine Flasche Raki trinkt, immer schweigsamer wird. Er wohnt über dem Restaurant allein in einem winzigen Zimmer. Diesen lauten, diesen sich selbst zu lautem Reden zwingenden Meister Naci glaubt sie zum ersten Mal zu sehen. Jetzt versteht sie fast, warum sie sich über alle ärgert, die sie „Oma" nennen, nur über Meister Naci nicht.

Seit Jahren arbeiten sie zusammen. Trotzdem weiß sie nichts über ihn. Er spricht ja nie, erzählt nie von sich selbst. Wer ist das, was ist das für ein Mensch? Ist er verheiratet, ist er ledig, hat er Kinder, wann ist er nach Deutschland gekommen? Niemand weiß es. Wenn er Raşit anschreit, mag ihn Fatma noch mehr. Besonders an jenem Abend, letztes Jahr. Sie hatte die Küche aufgeräumt und sauber gemacht. Sie zog ihren Mantel an und ging in den Gastraum. Meister Naci hatte die Küche schon längst verlassen und trank seinen Kaffee. Da kam eine Gruppe von zwanzig Leuten. Sie wollten essen, hieß es. Raşit stellte sich vor sie: „Es wird noch mal Essen serviert, bleib noch etwas, Oma Fatma!" Und dann mit einer schleimigen Stimme zu Meister Naci: „Lassen wir die auch noch essen, Meister?" Die Stimme von Meister Naci hatte Fatma aufgeschreckt:

„Was redest du da für einen Blödsinn! Steh du erst mal zehn Stunden vor dem Feuer. Verpiss dich, du Aasgeier! Los, Oma Fatma, geh nach Hause, es gibt kein Essen und auch sonst nichts mehr!"

Fatma war perplex. Sie suchte Raşits Blick. Raşits Fuchsaugen sahen verzweifelt drein. Er deutete ihr mit einer Kopfbewegung an, zu gehen. Sie wäre fast abgehoben vor Freude. Gut hatte das Meister Naci gemacht! Er hatte Fatma gerächt, ihre verletzte Ehre wiederhergestellt.

Und jetzt, unwiderruflich, geht Meister Naci fort.

Die Essensbestellungen nehmen kein Ende. Am Samstag, auch wenn weniger Essen vorbereitet wird, kommt es Fatma endlos vor. Doch jedes Mal hört es irgendwann plötzlich auf. Samstags geht sie auch etwas früher. Sie mag die Samstage. Wie denn auch nicht? Ist das doch der letzte Tag vor Sonntag, dem einzigen Tag, an dem sie sich ausruhen kann.

Heute spürt sie eine besondere Freude, eine besondere Lebenskraft. Wenn sie daran denkt, dass sie ihn morgen sehen, morgen mit ihm sprechen wird, weiß sie vor Freude nicht, was sie tut. Sie rennt zur Spüle, und dann gleich zum Ofen, um zu sehen, ob die Lahmacun schon fertig sind, und gleichzeitig versucht sie, den Salat sorgfältig an die Ränder der Teller zu verteilen. Sie versteht gar nicht, wie sie es trotzdem geschafft hat, heute zwei Lahmacun anbrennen zu lassen und einen Teller zu zerschlagen. Meister Nacis Worte kann sie heute auch nicht aufnehmen. Eben, als sie gerade zu arbeiten angefangen hatten, sprach Naci wieder von diesem Jungen, der

Metin heißt. Fatma versteht nicht, warum er so traurig ist wegen dieses Jungen, den er nie kennen gelernt, dessen Gesicht er noch nie gesehen hat. Natürlich hat auch sie Mitleid mit ihm. Es ist wahrlich nichts Schönes, in die Türkei verbannt zu werden, und es ist schwer, im Gefängnis zu sein. Aber warum machen sie daraus eine so große Geschichte? Würde Meister Naci den Jungen kennen, wäre er ein Verwandter von ihm, könnte sie es verstehen. Aber er hat doch noch nicht einmal sein Gesicht gesehen! Und er kommt auch nicht aus der gleichen Stadt wie er. Fatma hat letzte Woche auf den Zettel, den Meister Naci mitgebracht hat, Kreuzchen gemacht. Der Junge soll nicht in die Türkei, hat sie damit gesagt. Wenn ihre Unterschrift was nützt, warum also nicht unterschreiben?

Als sie das leere runde Tablett, das vor Meister Naci steht, mitnehmen will, passiert ihr wieder ein Missgeschick. Das Tablett rollt über den Boden des kleinen Küchenraums weg. Mit dem riesigen Dönermesser in der Hand dreht sich Meister Naci ihr zu. Er schneidet Grimassen, während er spricht:

„Na, Oma Fatma, es ist wohl irgendwas los mit dir?"

Fatma erstarrt. Sie weiß nicht, was sie sagen soll. Die verdächtigenden Blicke von Meister Naci machen ihr Spaß. Es bestätigt ihre Existenz, wenn man an ihr etwas sucht. Meister Nacis Hand greift nach seinem Rakiglas. Er lacht laut auf:

„Wie soll das alles enden?"

Das kommt Fatma verdächtig vor. Sie befürchtet, dass Meister Naci etwas wissen könnte:

„Was soll das heißen? Wie soll was enden?"

Meister Naci hat inzwischen angefangen, mit dem schweren, krummen Messer Zwiebeln zu schälen. Seine Blicke sind in die Ferne gerichtet und das Messer scheint von selbst auf- und abzufahren.

Dem Dolmetscher war es verdächtig vorgekommen, dass sie nach nur einem Tag wieder auf der Bank war, um Geld abzuheben. Als wäre sie verschwenderisch! „Oma Fatma, was machst du mit so viel Geld?" Was geht das denn dich an? Ist es nicht mein eigenes Geld? Als sie an die Tischdecke denkt, verfliegt ihre Wut. Die Tischdecke mit den roten Rosen hat ihr gefallen. Und überhaupt: was hätte sie sonst tun können? Sie konnte ja nicht wie immer Zeitungspapier auf den Tisch ausbreiten. Ist das Rot der Rosen vielleicht etwas zu extravagant? Ach nein, es ist schön. Und, was soll sie machen, sie mag Rot. Gut, dass sie auch die Gläser für Alkohol gekauft hat. Aber warum drei statt zwei? Zuerst hat sie zwei einpacken lassen und sogar bezahlt. Und als sie dann noch eines geholt hat, war die Verkäuferin erstaunt:

„Wollen Sie noch eins?"

Wenn sie nur zuguckt, während sie trinken - das geht doch nicht! Und wenn sie betrunken wird...? Schon allein, dass sie in diesen Laden hineingegangen ist! Dass sie auf die Bierflaschen gezeigt und „Drei Bier" gesagt hat. Wie sie dann das Bier angstvoll, als würde sie ein Verbrechen begehen, nach Hause gebracht hat. Wie sie die Gläser sorgfältig gewaschen und getrocknet hat. Dann hat sie ein Glas zum Mund geführt und so getan, als würde sie trinken - und sich sofort ermahnt: „Fatma, du Schlampe, am Ende wirst du in Deutschland auch noch zur Trinkerin!"

Fatma muss lachen, als sie daran denkt, dass sie vieles getan hat, was sie bisher als ungehörig angesehen und abgelehnt hatte. Als würde er ein Kind schelten, reckt er ihr seinen Zeigefinger entgegen. Fatma lacht noch mehr. Meister Naci legt den Spieß hin und kommt zu Fatma herüber. In Gedanken versunken sagt er wie zu sich selbst:

„Ich habe dich noch nie so lachen gehört, Fatma... Natürlich hast du hin und wieder gelacht - aber nicht so, aus ganzem Herzen. Seit Jahren..."

Er schaut auf die verdreckte Decke und die Wände der Küche, als würde er dort etwas suchen. Dann blickt er in die Augen von Fatma und auf ihre weißen Zähne, die vom inzwischen erstarrten Lachen immer noch zu sehen sind. Es kommt ihm vor, als würde er ihre glänzend schwarzen Augen zum ersten Mal sehen. „Als ich dich so lachen sah, na, wie soll ich's sagen, mir war, als hätte ich selbst gelacht."

Fatmas Erröten kann auch ihre dunkle Haut nicht verbergen.

Als sie Meister Naci „Gute Nacht" sagt, kann sie nicht in seine Augen sehen. Sie geht sehr langsam, als wolle sie ihren Anteil an der sternenübersäten Sommernacht erhaschen. Als sie an dem Schaufenster vorbeigeht, muss sie wieder anhalten. Heute wirkt die Frau nicht so böse. So, als wolle sie gar nicht mehr raus. Ihr Schritt scheint heute kleiner zu sein. Jetzt ist sie nicht mehr sicher, ob sie gehen will. Anstelle dieser Sicherheit ist ein „Sollte ich wirklich?" getreten. „Du hast es schon erfahren, nicht wahr? Leicht ist es draußen nicht. Man bemüht sich halt. Leicht ist es trotzdem nicht."

Bevor sie in das Schaufenster des Hutladens schaut, wirft sie einen Blick auf sein Fenster. Sie sieht Licht und freut sich, dass er noch nicht schläft. Sie freut sich: ihr Liebling hat auf sie gewartet! Zugleich ist sie traurig, weil ihr Geliebter solange schlaflos ausharren musste. Lange kann sie heute nicht auf der Straße bleiben; sie muss ja noch ihre Wohnung aufräumen. Sie wird noch einmal die Scheiben putzen. Morgen kommt er! Was hat es also für einen Sinn, sein Licht zu betrachten? Sie überquert die Straße.

Als sie an der Haustur auf Ina trifft, stößt sie einen leichten Schrei aus.

„Hallo", sagt Ina zurückhaltend. „Hallo Fatma, habe ich dich erschreckt?" Sie streckt ihr die Hand entgegen.

„Ha", sagt Fatma, als sei ihr das Wort „Hallo" zu spät eingefallen. Sie gibt ihr die Hand, während sie versucht, sich an ihren Namen zu erinnern.

Ina lächelt warm, als ihre kleine, feine Hand die große und stumpfe Hand Fatmas ergreift.

„Kommst du von der Arbeit?"

In... In... ja: Ina! So, jetzt hat sie den Namen. „In" ist bei ihr hängen geblieben, als die Frau zum ersten Mal ihren Namen nannte.

„Ja, ich komme von der Arbeit", sagt sie, wieder erstaunt darüber, dass diese Frau türkisch spricht. Vorher hat sie sich nicht gefragt, warum und wo sie Türkisch gelernt hat. Ob sie wohl gesehen hat, dass sie auf der anderen Straßenseite gestanden und in das Licht im Fenster geschaut hat? Das Gefühl, ertappt worden zu sein, wischt die Nähe weg, die mit dem warmen Lächeln der Frau entstanden war. Die Haustür öffnen sie gemeinsam. Keine von beiden drückt auf den Lichtknopf für das Treppenhaus. Mit gewohnten Schritten steigen sie die Treppen hinauf. Fatma wundert sich über Inas trauriges Lächeln; über diese Traurigkeit, die wie Abwesenheit wirkt. Jetzt ist Ina, ein Schatten im Halbdunkel, fast wie ein Kind. Fatma könnte sie in diesem Augenblick in die Arme nehmen, liebkosen. Das Gefühl von Nähe verliert sich schlagartig im dritten Stock. Fatma schaut Ina, deren Hand nach der Klingel von Fritz tastet, feindlich an. Aber diese Blicke werden von der Dunkelheit verhüllt.

„Gute Nacht", sagt Inas unentschlossene Stimme. Was auf

ihrer Zunge liegt: „Ich werde morgen nicht kommen, ich habe Angst." bringt sie nicht mehr heraus.

„Gute Nacht" kann Fatma gerade noch sagen, mit einer Stimme, die kurz davor ist, ins Schluchzen auszubrechen. Eine Traurigkeit erfüllt sie. Inas Finger, der jetzt auf die Klingel drückt, würde sie am liebsten zerbrechen.

Die Dunkelheit ihres Zimmers weitet sich in Fatmas Augen immer mehr aus. Ihre Einsamkeit wird größer. Sie sieht nicht die Sterne, die durch ihre Fenster funkeln. Sie kann sich nicht mehr darauf freuen, morgen Fritz zu sehen. Die roten Rosen der Tischdecke tränkt sie mit ihren Tränen. Irgendwann hält sie es nicht mehr aus, dass Hamriyanım so einsam dasitzt und rennt zu ihr.

Die Tür geht auf, zwei kräftige Arme packen Ina an den Schultern und umarmen sie. Hastig wird sie geküsst, am Hals, auf die Lippen, am Haaransatz. Dann wird sie an der Schwelle stehen gelassen. Während er zurück zu seinem Tisch läuft, ruft Fritz:

„Nimm für die nächste Stunde an, ich sei nicht da, tu was du willst."

Ina schließt die Tür.

„Ich wollte mit dir reden, Fritz."

„Später, später", sagt Fritz, ohne von seinem Buch aufzuschauen.

Ina setzt sich auf die Schwelle der Tür zwischen Wohn- und Schlafzimmer. Sie betrachtet seine breiten Schultern. Zwischen ihnen sieht der Stuhl komisch klein aus, wie ein Spielzeug. In dem Licht der Tischlampe wirkt Fritz noch größer als er ist. Auf dem Tisch liegen mehrere aufgeschlagene Bücher und an der Kante zur Wand ganze Bücherstapel. Fritz macht sich Notizen, wechselt von einem Buch zum anderen. Die breiten Schultern, die sich über den Tisch beugen, verstimmen Ina. Sie wird unruhig. Dass sie zu der Frau gehen muss, die sie eben getroffen hat, wird zu einer schweren

Last. Das plötzliche Aufblitzen der Augen dieser Frau, wie sie ihren Kopf senkt und wie sie zu versuchen scheint, etwas zu unterdrücken... Ina steht auf, als wolle sie ausprobieren, ob sie diese Last tragen kann.

Die Arbeit, die Fritz angefangen hat, erachtet sie nicht als unwichtig. Und dass er davor ewig lange einfach faul dagelegen und nichts angefasst hat, macht sie noch bedeutender. Aber sie kann es ihm nicht verzeihen, dass er sich hinter dieser Arbeit versteckt.

Als gäbe es da ein abbruchreifes Haus, und anstatt es zu renovieren, würde man versuchen, ein zweites Haus zu bauen, das das erste stützen soll.

Ihr ist der Stolz von Fritz, der manchmal an Dummheit grenzt, nicht unbekannt. Deshalb kann sie, nach dem, was sie ihm vor ein paar Tagen im Café gesagt hat, den Empfang eben an der Tür nicht verstehen. Er begreift einfach nicht, wie ausgebrannt ihre Beziehung ist. Wie soll sie es jetzt fertig bringen, zu sagen: „Ich möchte morgen nicht mitkommen zu der Frau?" Fritz hat sich doch so lange vorbereitet, er arbeitet immer noch weiter. So plötzlich, wie...?

Fritz merkt nicht, dass Ina sich ihm lautlos genähert hat und jetzt hinter ihm steht. Er macht weiter Notizen auf seinen Papieren. Ina kann die letzten Zeilen mitlesen: „Wenn man auf die Gründe der Migration aus der Türkei eingeht, darf man die Migration innerhalb dieses Landes und den wilden Urbanisierungsprozess nicht außer Acht... Das Gleiche..."

Ihr schießt das ironische „Gute Nacht!" durch den Kopf, das Stefan von sich gelassen hatte. Ihr Zorn wird noch größer. Dieser Zorn bringt sie wieder näher zu Fritz, der vor ihr sitzt, vertieft in seine Notizen. Wie hat Stefan denn in all dem Chaos bemerkt, dass sie gehen will? Sie hat ja versucht, sich leise aus dem Verein hinaus zu schleichen. Sie hat den zweideutigen Blicken entgehen wollen, die sich auf sie richten, wenn sie geht. Ist das nicht eine Flucht? Ohne jemandem etwas zu sagen! Nur um hierher, zu Fritz zu kommen... Weglaufen... Sich lieben...

Eigentlich hat es niemand böse gemeint. Sie lehnt sich an Fritz. „Bist du noch nicht fertig?" Er dreht sich um, ihre Blicke treffen sich.

Seine Gesichtszüge werden sanfter:

„Gut, ich bin auch müde."

Er lässt sich vom Stuhl auf den Boden gleiten. Er legt sich auf den Boden. Die Hände unter dem Kopf, schaut er an die Decke. Er scheint Ina nicht zu sehen, die sich zu ihm legt:

„Ich habe die Fragen vorbereitet. Aber es ist natürlich nicht notwendig, sich an diese Fragen zu halten. Je nach den Antworten der Frau können wir neue Fragen hinzufügen."

Ina, als habe sie nichts gehört, sagt:

„Ich wollte mit dir sprechen. Das, was ich sage, ist vielleicht nichts Neues, das gleiche wie immer... aber..."

Fritz nimmt den rechten Arm unter dem Kopf hervor. Er packt Ina an der Taille und zieht sie an sich.

„Was kann denn jetzt wichtiger sein als unsere Beziehung und diese Arbeit, die wir machen werden?"

„Ich... ich will es nicht, ich will nicht zu der Frau gehen."

Ina zieht sich zurück. Ihr Körper erstarrt. Sie staunt über ihre eigenen Worte.

Fritz richtet sich plötzlich auf. Mit Angst und Erstaunen schaut er in das unentschlossene Gesicht Inas.

„Spinnst du?" Seine Stimme ist zu einem schrillen Schrei geworden und passt nicht zu ihm.

Ina hatte so nicht anfangen wollen, doch jetzt kann sie

nicht mehr zurück.

„Ich habe Angst. Ein Gefühl in mir sagt, dass es nicht richtig ist, was ich tue. Ich bin nicht im Reinen mit mir selbst, bin mit mir unzufrieden. Als hätte ich mich seit Monaten nicht gewaschen und mein Körper wäre voller Dreck. Verstehst du mich, Fritz? Bitte, versuche zu verstehen!"

In das nachdenkliche Gesicht von Fritz schleicht sich ein kleines, spöttisches Lächeln. Er streckt die Hand aus und nimmt Inas Haare in die Hand. Die andere Hand, die freie, spannt sich an. Während er mit einer Hand Inas Haare streichelt, strafft sich auch sein Körper. Mit bedachtvoll gewählten Worten und verhaltenem Tonfall sagt er:

„Ich verstehe, Ina, es ist bestimmt nicht leicht für dich. Aber habe ich denn böse oder auch nur unwichtige Absichten? Meinst du, ich will nicht helfen? Und zu deiner Unzufriedenheit mit dir selbst: Wir müssen auch etwas Abwechslung in unser Leben bringen. Was hältst du zum Beispiel von Tennis spielen? Es ist mehr als ein Jahr her, seit ich zum letzten Mal einen Schläger in der Hand hielt, aber du weißt, dass ich gut spielen kann. Was sagst du also, willst du Tennis lernen? Ich bringe es dir gerne bei. So fangen wir gemeinsam an."

In diesem Augenblick sieht Ina Stefans Gesicht vor den Augen. Sie hört sein lautes Lachen. Und das Zittern in der Stimme des Rechtsanwalts, als er sagt: „Keine Sorge, Freunde, die können ihn nicht ausliefern."

„Metin..."

„Ha?", sagt Fritz mit dem Ausdruck eines „Na und". Er streckt sich und gibt Ina einen Kuss auf den Nacken.

Ina zieht sich etwas weiter zurück. Ihre Stimme wird zunehmend höher:

„Hast du darüber nachdacht, was ich dir im Café gesagt habe, Fritz? Das Problem ist nicht nur Metin. Vielleicht sind es viel mehr wir selbst. Wozu kann diese Beziehung, abgeschottet vom Leben, überhaupt führen? Und, Metin..." Ihre Stimme zittert, die Worte bleiben ihr im Hals stecken. Sie schafft es nicht, weiter zu sprechen.

Fritz ärgert sich über den falschen Zeitpunkt dieser Diskussionen, die langsam Überhand nehmen. Diese Geschichte mit Metin ist für ihn nicht mehr als eine Zeitungsmeldung.

„Ja", sagt er, sich selbst zwingend, „was kann man denn tun...?"

„Du begreifst die Dimensionen dieser Sache nicht, Fritz. Wenn Metin in der Türkei einem zivilen Gericht vorgeführt werden würde, dann gäbe es kein Problem. Aber sie werden ihn dort vernichten, bevor sie ihn einem Richter vorführen. Das ist immer so, so machen sie das, das verstehst du nicht, Fritz!"

Fritz versteht sehr wohl, was Ina meint. Doch den Ausgangspunkt, die Logik findet er dumm. Er behauptet ja nicht, dass die Regierung und die Regierungsorgane in der Türkei gerecht seien. Es geht aber darum, aus welchen Gründen sie so vorgehen. Fritz ahnt, warum. In allen anderen Ländern der Welt ist es auch nicht viel anders. Und was sollten sie auch anderes tun? Sollten sie etwa ihre eigene Klasse verraten und die Kommunisten um Verzeihung bitten? Dass eine Klasse gegenüber einer anderen moralisch im Recht sei, dass sie ausgebeutet werde, und so weiter, das interessiert ihn nicht. Das ist nicht sein Problem. Er kann diese Regierung verstehen, die immer stärker wird, je länger sie an der Macht bleibt. Sollte sie die paar hergelaufenen Idioten, die versuchen, sie zu stürzen, in noblen Hotels übernachten lassen, statt in Gefängnissen. Und was können diese paar Möchtegernintellektuelle verändern? Mit wem? Sie hätten wissen müssen, dass sie sich in eine Sackgasse begeben, als sie mit diesem Abenteuer anfingen. Solche wie Metin - hieß er so? - mögen vielleicht recht haben mit ihrer Haltung. Aber das ist ihr eigenes Problem. Was geht das diese Inge, diesen Stefan und wie sie sonst heißen an? Und Ina erst? Was geht das die Menschen dieses Landes an, die ihr soziales Gewissen damit beruhigen, dass die Menschen, denen sie helfen wollen, von ihren eigenen Regierungen ausgebeutet werden? Ist der relative Wohlstand dieser blöden Leute nicht dazu da, dass sie schweigen?

Er möchte Ina nicht verlieren. Vor allem nicht jetzt. Er schmiegt sich noch mehr an sie. Während er spricht, riecht er den provozierenden Duft ihrer Haut:

„Was willst du machen? Kann ich etwas dazu beitragen?"

Inas gestraffter Körper entspannt sich:

„Auf diese Frage habe ich immer gewartet. Wer kann mich, uns, verstehen, wenn nicht du? Wenn wir etwas miteinander teilen, dann können es nicht nur Freuden sein."

„Ich verstehe", sagt Fritz mit dem ironischen Lächeln auf seinen Lippen. Er nimmt Inas Gesicht zwischen seine Hände. Langsam entspannen sich diese Hände. Er streichelt die sanfte Haut Inas. Als die Finger auf ihre Lippen kommen, öffnet Ina leicht den Mund. Sie beißt in seinen Finger. Fritz küsst diesen beißenden Mund lange. Doch Inas Blicke sind noch voller Fragen:

„Kommst du morgen mit mir in den Verein, Fritz, kommst du?" Sie hasst das Anschmiegsame in ihrer Stimme.

„Gehen wir nicht zu der Frau oben?"

„Danach, nachdem wir die Frau besucht haben."
„Und was werde ich dort tun, in eurem Verein?"
Wie gern hätte Ina den Tonfall, mit dem er „in eurem Verein" gesagt hat, überhört, nicht verstanden!
„Ich weiß es nicht; wenigstens kannst du eine Unterschrift für Metin geben und die Menschen dort kennen lernen."
„Dich zu kennen genügt mir, mein Schatz."
Ina erwidert den Kuss von Fritz lustlos:
„Für mich ist es aber sehr wichtig, dass du kommst!"
„Ja, wir gehen, natürlich, wir gehen, mein Schatz!"
Ina spürt, dass diese schnell gesagten Worte als Beruhigungspillen gedacht sind. Sie wirft den Kopf nach hinten und versucht, sich aus den Armen von Fritz zu lösen. Die Art, wie dieses „Ja, wir gehen, natürlich, wir gehen" gesagt wurde, übersetzt sie als: Wenn du tust, was ich will, dann tue ich auch, was du willst. Sie möchte ihn fragen, fragen, immer fragen. Aber der Atem von Fritz ist heiß auf ihrem Hals. Ihre Augenlider gehen nicht auf, wie sehr sie das auch versucht. Wenn sie den Mund öffnet, um zu sprechen, um Fragen zu stellen, kommen seine Lippen, die ihn wieder schließen. Ihre Arme umschließen ihn, als gehörten sie jemand anderem. Das schäumende, mitreißende Wasser der Liebe stürzt Ina in eine kühle, lange vermisste Dunkelheit.

Schweißgebadet schreckt Fatma aus dem Schlaf auf. Es ist noch sehr früh, die Sonne ist noch nicht aufgegangen. Verwundert sieht sie sich um. Sie schafft es nicht, den Traum zu verlassen, den sie eben gehabt hat. Als sie Hamriyanım sieht, die neben ihr liegt, fasst sie sich ein wenig. Sie umarmt Hamriyanım und küsst sie.

Wenn ich sage, ich habe die ganze Nacht nicht geschlafen, ist es nicht gelogen, Hamriyanım. Ich habe mich im Bett hin und her gewälzt. Wahrscheinlich habe ich auch dir keine Ruhe zum Schlafen gelassen. Und wenn ich ab und zu mal schlief, dann bin ich immer mit bösen Träumen erwacht. Aber warum soll ich mir Sorgen machen, Hamriyanım? Schau, seit all diesen Jahren werden wir zum ersten Mal deutsche Gäste haben. Sogar einen, der studiert hat. Wenn ich das diesem Hund Raşit sagen würde, er würde mir nicht glauben. Ja, wieso soll ich es ihm sagen, ich sage ihm einfach nichts.

Sie bringt ihr Bett in Ordnung. Sie holt die rosa Decke heraus, die sie gekauft hat, um sie in die Türkei mitzunehmen und deckt das Bett zu. Und sie küsst Hamriyanım ins Gesicht und setzt sie mitten auf das Bett.

Seit Tagen putzen wir hier, aber es hat sich ja gelohnt. Es gibt keine Ecke mehr, die wir nicht geputzt haben, nicht wahr, Hamriyanım? Nur wir selbst. Es ist aber noch viel Zeit, bis sie kommen. Bis sie kommen, waschen wir uns selbst auch, wir werden sauber sein und duftend. Dieses Arbeitskleid wollen wir auch unter dem Bett verstecken, hoffentlich riecht man den Geruch des Essens nicht. Auch die Fenster machen wir einmal auf.

Als sie das Nachthemd auszieht, friert sie. Jetzt steht sie da in ihrer Nacktheit und mit Hamriyanım. Irgendwie schämt sie sich vor Hamriyanım.

Was gibt es da so zu gucken, Hamriyanım? Wir sind hier allein, Frauen unter sich.

Sie lacht plötzlich auf. Sie rennt unter die Dusche. Gründlich wäscht sie sich. Sie seift ihre Haare ein. Bis sie kommen, werden die Haare auf jeden Fall trocknen. Sie zieht den neugekauften kleinen Slip an. Wie jedes Mal, wenn sie die Busendinger anbringt, muss sie auch jetzt vor den Spiegel. Ihre Hände fahren wieder zu den Brüsten, die unter dem glänzenden und gleitenden Stoff in ihrer Üppigkeit stehen. Sie streichelt die Brüste, sie drückt sie fest. Und in ihren Augen nimmt der Traum von der Nacht wieder Gestalt an. Sie rennt zu Hamriyanım:

Hör zu, Hamriyanım, und schweig nicht so, sag mir, der Traum soll mir Glück bringen, so dass ich dir sagen kann, dein Glück soll meines treffen. Fritz hielt meine Hand, mit diesen langen, feinen Fingern. Er schaute mir in die Augen. „Los", sagte er, „wir gehen". Wir liefen so, als würden wir fliegen. Ich bin plötzlich so leicht geworden, so leicht wie ein Vogel, so laufen wir auf den Wolken. Wir laufen nicht, wir fliegen. Wir sind sehr, sehr weit weg gegangen. Wir finden uns auf einem unbegrenzt riesigen Platz wieder, Rasen mit grünstem Grün.

Auf allen vier Seiten des Platzes eine Menschenmenge, Menschen, Menschen, überall. Genau uns gegenüber ein großes weißes Haus, so etwas wie ein Palast. Und was sehe ich da? Ich habe ein Brautkleid an. Und einen Schleier. Genau so wie dein Brautkleid, Hamriyanım. Mein Vater war auch in dieser Menschenmenge. Er schaute mich so an, als wollte er mich gleich prügeln. Aber er traute sich nicht an uns heran. Meine Mutter stand neben ihm und lachte. Zekiye hatte ihren Kopf gesenkt. Und dann die Stimme von Fritz: „Unsere Hochzeit ist zu Ende. Komm, lass uns in unser neues Haus hineingehen." Sogar in meinem Traum staunte ich, dass er Türkisch spricht. Ich habe ihn nicht gefragt, aber er muß gesehen haben, dass ich staunte: „Ich habe es für dich gelernt..." Im Haus sah es so aus wie in den Schlössern der Märchen, die man mir erzählte. Dienstmädchen laufen hin und her. Wir waren in einem großen Zimmer. In der Mitte ein großes Bett. In diesem Augenblick sehe ich im Fenster das Gesicht dieses Mädchens. Ina, dieses Mädchen, du weißt doch. Das Zimmer ist groß und hat natürlich viele Fenster. Ich renne zu dem anderen Fenster. Wieder dieses Mädchen mir gegenüber. Sie weint. Dann zu einem anderen Fenster, wieder sie, weinend. In allen Fenstern das Gleiche. Und dann schaue ich in den Spiegel, im Spiegel dieses Mädchen, weinend. Und dann sehe ich, dass an den Wänden viele Bilder dieses Mädchens hängen. Tränen fließen aus den Bildern, alle Bilder weinen. Ich fange auch an zu weinen. Aber Fritz lacht laut. Er packt mich und zieht mich zu sich. „Lass sie jetzt. Komm, das ist unser Zimmer für die erste Nacht", sagt er. Ich weine heftiger. Ich weiß nicht, was ich tun soll. Ich habe ihn nicht einmal umarmen können. Gerade als... Da wachte ich plötzlich auf. So, das war mein Traum.

Sag mir, Hamriyanım, habe ich mir diesen Traum ausgedacht? Nur du kannst sagen, ob ich lüge oder nicht.

Gerade als sie ihr neues rotes Kleid anziehen will, lässt sie es wieder auf das Bett fallen. Sie befürchtet, dass es dreckig werden könnte. Sie bindet ihre langen, nassen Haare zusammen, sorgfältig, zärtlich, sie fast nur streichelnd. Als ihr in den Sinn kommt, dass sie auch etwas früher kommen könnten, beeilt sie sich, ihr Kleid anzuziehen. Ohne Grund macht sie die Tür des Kühlschranks auf und wieder zu. Die Bierflaschen dort zu sehen, findet sie aufregend. Die Weingläser auf dem Tisch wischt sie noch einmal ab. Die neuen Schuhe zieht sie an und dann wieder aus. In der Wohnung läuft man nicht mit Schuhen herum. Und an die hohen Absätze hat sie sich noch nicht gewöhnt. Die Angst, fallen zu können, erzeugt ein freches Lächeln in ihrem Gesicht.

Als sie vor dem Fenster steht, sieht sie den Briefumschlag. Die Adresse steht drauf, sogar die Briefmarke klebt schon. Fatma schämt sich für den Brief, der seit einigen Tagen hier wartet, da sie nicht dazugekommen ist, ihn einzuwerfen.

Schau mich nicht so böse an, Hamriyanım. Du hast ja recht. „Du findest ja Zeit, Alkohol und Busendinger zu kaufen, aber keine, um einen geschriebenen Brief einzuwerfen", wirst du sagen. Gut, wir werfen ihn ein, am Nachmittag. Am wenigsten du sollst dich über mich ärgern.

Ayten Abla ist ja auch ein besonderer Mensch. Ihr wird es nie zuviel, trotz ihrer vier Kinder. „Komm jederzeit vorbei, Fatma, nicht nur, um Briefe schreiben zu lassen, komm auch so, zum Besuch", sagt sie immer. Jederzeit geht es aber nicht. Keine Zeit. Nein, nicht wegen der Zeit; sie würde schon jederzeit gerne Ayten Abla besuchen, aber es geht nicht. Fatma kann nicht einfach so jemanden besuchen gehen. Dieses

Unverheiratetsein, dieses Alleinsein ist schwierig. Auch Ayten Ablas Mann sagt: „Warum kommst du nicht, Mädchen, komm doch jederzeit". Er ist ein guter Mensch. Unter allen, denen sie in Dankbarkeit verbunden ist, nimmt er einen besonderen Platz ein. Es war gut, wie er ihr geholfen hat, als sie die Arbeit im Hotel verlor. Wen hatte sie sonst, wer hätte sie unterstützt, wenn er das nicht getan hätte? Doch trotzdem schämt sie sich. Wenn eine Frau keinen Mann hat, allein ist, wie eine Witwe...

So, wir sind bereit, Hamrıyanım. Sie sollen kommen. Auch dieses Mädchen soll kommen und sehen, was eine Frau ist. Wir haben unsere Wohnung von Kopf bis Fuß sauber gemacht. Aber dieses Flattern unseres Herzens? Bleib hier, im Bett, Hamrıyanım. Ich mache die Tür nicht ganz zu, so kannst du hören, was wir sprechen. Und wenn du nicht verstehen kannst, erzähle ich es dir später. Sie hört Schritte...

Zuerst kommt Ina in Fatmas Wohnung herein.
Wie zu Ina, sagt sie auch zu Fritz auf Türkisch „buyur" und „hoşgeldin", bitte komm herein, willkommen.

Die angelehnte Tür des Schlafzimmers erlaubt es Fritz, die rosa Bettdecke zu sehen.

Eine verschmutzte Puppe im Brautkleid darauf macht sein ironisches Lächeln breiter.

Die gebundenen Haare von Fatma, die mit zusammengefalteten Händen dasteht, werden heute von keinem Kopftuch bedeckt.

Ihre kleinen, schwarzen Augen glänzen wie zwei Sonnen.

Als sie den Blicken von Fritz begegnen, fliehen sie zu Boden.

Ina, die lächelt, macht wohl mehr sich selbst Mut als Fatma.

Das verschämte Lächeln Fatmas, als sie „Bier" sagt.

Sie rennt zum Kühlschrank und bringt die drei Flaschen.

Sie macht eine der Flaschen eilig auf und versucht, das Bier in Weingläser zu füllen, wobei es schäumt und überläuft.

Fritz, beugt sich über seinen Ordner, um sein Lächeln zu verbergen.

Man einigt sich, Tee zu trinken, weil es „noch Morgen" ist.
Fatma räumt die Bierflaschen weg.

Als sie die Teegläser mit den feinen Hälsen, die sie aus der Türkei mitgebracht hat, aus dem Schrank holt, zerbricht eines der Gläser.

Fatma, hält ihren geschnittenen Finger unter Wasser.
Der rauhe, röchelnde Schrei von Fritz, als er das Blut sieht.
Kein Verbandmaterial zu Hause.
Fritz geht nach unten, um welches zu holen.
Fatmas verärgerter und erstaunter Blick auf ihren Finger.
Die Wärme von Inas Händen.
Die Wärme, die während des Verbindens von den feinen, weißen Fingern auf grobe, schwarze Finger übergeht.
Fatmas misstrauische Blicke verwandeln sich in Blicke des Vertrauens.
Inas Versuch, das Mitleid aus ihren Blicken zu verbannen.
Plötzlich fällt ihr wieder das Wort „Anfang" ein.
Die Ein-Kilo-Zuckerpackung, die Fatma auf den Tisch stellt.
Fritz senkt den Kopf ganz nach vorne, während er etwas auf seine Papiere schreibt.
Ina steht auf und sieht Fritz sehr lange an. Dann greift sie Fatma am Arm und zieht sie zu sich heran.
Fritz reicht Ina ein Blatt Papier.
Dann sprechen Ina und Fritz lange miteinander.
Fatma ärgert sich über die höher werdende Stimme Inas.
Ina schaut vor sich hin, auf den Boden.
Die Stimme von Fritz wird sanfter.
Fritz, der mit Blicken Fatma verfolgt, als sie aufsieht, um auf den Tee das kochende Wasser zu gießen.
Seine nach unten wandernden Blicke, auf die dicken,

wohlgeformten Beine Fatmas.

Das Rot des Kleids von Fatma, die sich mit der Teekanne dem Tisch nähert, verwirrt Fritz.

Das Rot weitet sich aus und verdichtet sich.

Der riesige, rote Fleck setzt sich in den Augen von Fritz fest.

Die straff stehenden Brüste Fatmas werden zu Schemen in seinen Augen.

Fritz lässt den Stift fallen und merkt es nicht. Er ist wie erstarrt.

Fatma stellt die Teekanne auf den Tisch und hebt den Stift auf.

Ina bemerkt die angespannten Gesichtszüge und die wie abwesenden Blicke von Fritz, der Fatmas Körper anstarrt.

Fritz schließt die Augen.

Und auch in der Dunkelheit der geschlossenen Augen sieht er den roten Fleck.

Seine Finger straffen sich.

Er steht auf, bedeckt sein Gesicht mit den gestrafften Händen und geht zum Fenster. Er hebt den Kopf zu dem oberen, offenen Fenster und holt schnell hintereinander tief Atem.

Ina fragt etwas.

Fritz stottert: „Nichts, es ist nichts. Ist wieder gut. Mir wurde nur schwarz vor Augen und schwindlig."

Fatma hat Angst, etwas falsch gemacht zu haben.

Fritz schaut von Fatma weg, während er sich wieder an den Tisch setzt.

Er dreht sich zu Ina und sagt: „Wir können anfangen."

Ina schaut lange und nachdenklich zur Tür.

"Vor wie viel Jahren bist du nach Deutschland gekommen, Fatma?"

(Woher soll ich das denn wissen? Wie viele Jahre es wohl her sind? Beim ersten Urlaub die Hochzeit... Dann, ja...)

„So ungefähr zehn Jahre oder so. Die Jahre vergehen so schnell. Ich kann mich nicht an den Tag erinnern, an dem ich gekommen bin..."

„Hast du noch den selben Arbeitsplatz wie am Anfang?"

(An meiner ersten Arbeitsstelle haben die mich zwar gut behandelt. Die waren höflich, das muss man schon zugeben. Aber die Arbeit war sehr schwer. Ich musste riesige Kessel waschen. Die kannten keinen Feiertag, keinen Urlaub, die ließen einen unentwegt arbeiten, die Schweine. Und das Geld, das ich bekam, war nicht der Rede wert. Gut, trotzdem will ich jetzt nicht sagen, dass ich da abgewaschen habe.)

„Nein. Seit ein paar Jahren arbeite ich in einem türkischen Restaurant. Vielleicht kennen sie es. Kennen Sie Raşit? Diesen..."

„Wie viele Stunden arbeitest du am Tag?"

(Woher soll ich das denn wissen? Schaue ich denn auf die Uhr, wenn ich arbeite? Dieser schamlose Raşit sagt mir, wie lange ich arbeiten soll und so lange arbeite ich dann auch. Aber die können das nicht verstehen, die kennen den Raşit ja nicht. Wenn es Meister Naci nicht gäbe, würde dieser ehrlose Raşit mich Tag und Nacht arbeiten lassen.)

„Ich gehe nachmittags zur Arbeit. Und nachts, wenn die Arbeit zu Ende ist, komme ich zurück. Genau weiß ich das also nicht. Samstags ist die Arbeit etwas früher fertig..."

„Hast du in der Türkei Verwandte, Eltern, Geschwister?"

(Ja, was wollt ihr denn von denen? Was ist das für ein Arzt? Die wollen alles über mich wissen, meine Herkunft, meine Familie. Doktor .., das ist alles nur Gerede. Doch, Doktor ist er bestimmt, ja, er will mich wohl kennen lernen. Warum sollte er sonst solche Fragen stellen lassen?)

„Ja, und alle sind noch am Leben."

„Fatma, falls es dir zu viel wird, falls du müde bist, dann sag es. Wir machen eine Pause. Oder wir machen das an einem anderen Tag. Gut?"

(Wieso soll es mir zu viel werden? Und man wird doch nicht müde von so etwas! Tragen wir denn schwere Lasten auf dem Rücken? Er sitzt ja mir gegenüber. Und wenn ich ihn so sehe, mache ich doch alles! Nur, er soll bei mir sein.)

„Nein, nein, man wird doch nicht müde von so etwas!"

„Schreibst du an deine Verwandten in der Türkei?"

(Natürlich schreiben wir! Wenn wir jemanden finden, der schreibt, dann lassen wir Briefe schreiben. Doch so etwas geht ja nicht jeden Tag. Noch letzte Woche war ich bei Ayten Abla. Sie hat auch anderes zu tun, sie hat Kinder. Ständig will eines irgendwas. Ich geniere mich, ihr zu sagen: schreibe für mich bitte einen Brief, Ayten Abla, wo sie so viel zu tun hat. Ach, und die im Dorf! Wenn im Dorf jemand einen Brief schreibt, dann erwartet er von dem anderen irgend etwas dafür. Erst recht, wenn der Brief nach Deutschland geht. Die glauben, hier liegt das Geld einfach auf der Straße herum. Und es ist ja nicht damit getan, den Brief schreiben zu lassen. Man muss den erhaltenen auch vorlesen lassen. Und manchmal lassen sie so einen Blödsinn schreiben! Da glaube ich, ich spinne! Was haben sie letztes Jahr schreiben lassen: „Meine liebe Tochter, du kennst doch Tante Samiye, die am unteren Ende des Dorfes wohnt, gegenüber dem trockenen Brunnen. Selig soll sie sein, sie ist gestorben. Ihr Mann Recep ist jetzt allein. Du weißt, er ist kein schlechter Mensch, er ist gläubig und brav. Einsamkeit ist etwas für Allah, nicht für Menschen, meine Tochter. Er ist zwar ein bisschen alt, aber du bist auch nicht mehr die Jüngste. Vor kurzem hat er zwei alte Frauen hergeschickt, er will dich zur Frau nehmen. Um Fatmas Willen gehen wir auch nach Deutschland, so werden wir auch mal Deutschland gesehen haben, habe er gesagt. Er ist zwar ein bisschen alt, aber kein schlechter Mensch. Er ist auch sehr begütert. Letztes Jahr hat er auch das tote Feld neben dem Friedhof gekauft. Dein Vater weiß Bescheid. Er wird nicht Nein sagen. Mach dir keine Sorgen, ich habe Gökgöz, der den Brief geschrieben hat, das Doppelte bezahlt, damit er es nicht weitererzählt. Wir schicken dir die besten Grüße und küssen dich auf deine schwarzen Augen. Wir erwarten in kürzester Zeit eine Antwort. Deine Mutter." Da, in ihren Augen bin also nur noch gut genug für den alten Onkel Recep meiner Kindheit! Ich habe mich in Grund und Boden geschämt, während Ayten Abla den Brief las. Auch wenn ich vierzig Jahre ohne Mann bleiben müsste, auch wenn ich verrückt werden sollte nach einem Mann, würde ich nicht zu diesem Mann gehen. Sein Feld soll auf seinen Kopf stürzen!)

„Natürlich schreiben wir. Wir schreiben oft. Hier in der

Fremde, wenn es die Briefe nicht geben würde..."

„Fährst du im Urlaub auch zu ihnen?"

(In den Urlaub fahren! Ihr kennt ja diesen verrückten Raşit nicht!

Wenn er will, gibt er Urlaub, wenn nicht, dann nicht. Wer wird hier abwaschen, soll ich das etwa tun, sagt er. Und wie soll ich mich trauen, dorthin zum Urlaub zu fahren? Die letzten zehn Jahre, wenn ich überhaupt gefahren bin, habe ich es wegen der Ehre getan. Das ist ja ein Dorf, man erwartet nicht einen Menschen, der in den Urlaub fährt, man erwartet eine Schlampe, eine Hure. Die glauben, jede, die in das Land der Deutschen fährt, sei eine Hure. Was sollten wir schließlich hier anderes suchen, als unser Vergnügen?

Wenn ich dich geliebt habe, wenn ich jede Nacht an dich denke, da ist doch nichts Böses daran. Das ist was anderes. Aber Urlaub? Ist es denn einfach, alleine, dazu noch als Frau, tagelang im Zug zu reisen? Ständig wirst du belästigt. Das eigentliche Problem aber fängt erst im Dorf an. Als würden wir von einer Pilgerfahrt zurückkehren. Kleine wie Große, alle, aber wirklich alle schauen einem auf die Hände. Ich müsste hier einen LKW mieten, und sogar das würde nicht ausreichen. Für die Nylonhemden und Tee- und Kaffeesets reichen weder das Geld noch die Koffer. Bei aller Mühe kannst du niemanden glücklich machen. Was du auch mitbringst, es kommt denen immer zu wenig vor. Soll man aber nicht hinfahren, da es nun mal so ist? Doch, man fährt, ich fahre. Ach, alle können mir egal sein, nur meine Zekiye nicht. Ganz allein ist sie da geblieben. Wenn sie den Blick vom Boden hebt und einen Mann anschaut, lästern alle über sie: Leicht ist es nicht, Witwe zu sein, dort auf dem Lande.)

„Ich fahre, jedes zweite oder dritte Jahr fahre ich. Ich sehe meine Verwandten. Natürlich vermisse ich sie. Wen haben wir denn hier? Also, ja, natürlich, wir haben ja unsere Nachbarn und so, aber trotzdem fahre ich..."

„Mit wem unterhältst du dich? Nachbarn, Freunde, Bekannte?"

(Er lässt das Mädchen das alles fragen, als würde er es nicht wissen! Natürlich mit dir, mit wem denn sonst? Weißt du das denn nicht? Wenn du es nicht weißt, warum hast du mit dem ganzen Zeug überhaupt angefangen? Warum war es dir eben so komisch, als du mich angeschaut hast? Du glaubst wohl, ich habe es nicht bemerkt, und zwar dahin, auf die... also auf meinen Busen hast du geschaut. Es gibt also dich und die Hamriyanım. Meine Ayten Abla. Meister Naci darf man auch nicht vergessen..."

„Also, ich habe Bekannte. Hin und wieder besuche ich sie..."

„Hast du Ersparnisse, Fatma? Was machst du mit dem Geld, das du verdienst?"

(Was verdiene ich denn? Wie viel von neunhundert Mark willst du ausgeben, wie viel sparen? Trotzdem spare ich irgendwie. Zieh die Miete ab, zieh das ab, wovon du das Nötigste kaufst, zieh das Geld ab, das du in die Heimat schickst, was bleibt übrig? Was willst du sonst tun, außer sparen? Hatten wir denn auf dem Lande einen einzigen Baum, den wir unser Eigen nennen konnten? In meinem dritten Jahr in Deutschland habe ich meinen Eltern dieses Haus gekauft, das mehr ein Hühnerstall ist. Sie freuten sich wie Kinder. In ihren Augen ist dieser Schuppen ein Palast. Früher habe ich das auch nicht anders gesehen, aber jetzt, wenn ich in den Urlaub fahre, glaube ich, es wird über meinem Kopf zusammenstürzen. Meine arme Zekiye hat sich auch so gefreut.

Trotzdem habe ich das Haus auf meinen Namen eintragen lassen. Man weiß nie, was geschieht! Und ein bisschen Geld habe ich auf der Bank. Für Leben und Tod. Wenn das Schicksal es zulassen sollte, eines Tages zurückzugehen... Soll ich etwa dieses Land verlassen und dich hier lassen? Doch vielleicht kommst du ja mit? Schließlich interessierst du dich für Türken, und bei uns wimmelt es nur so davon! Aber du musst Türkisch lernen. Dieses Mädchen können wir nicht überall hin mitschleppen. Was soll ich jetzt sagen? Wenn ich sage, ich spare, werden sie lachen, sie werden sagen: Geizhals, sie isst nichts, sie trinkt nichts, sie spart. Am besten...)

„Eigentlich spare ich nicht. Ein kleines bißchen."

„Was machst du in deiner Freizeit?"

(Zum Glück sprechen sie so viel untereinander. Welche freie Zeit? Aber vielleicht wollte er fragen: Was machst du, wenn du zu Hause bist. Dieses Mädchen kann nicht gut übersetzen! Bestimmt wollte er das fragen. Was ich also zu Hause tue? Natürlich denke ich an dich. Und dann gibt es Hamriyanım. Wenn ich von meiner Weggefährtin Hamriyanım erzählen würde, würdet ihr mich eine Wahnsinnige nennen. Ja, ich denke an dich, ich horche an deiner Tür, wie eine Diebin. Nachts schaue ich in das Licht in deinem Fenster. Ich bleibe vor deiner Tür stehen. Wenn du die Tür aufmachen würdest, würdest du sehen, dass ich dich... Manchmal horche ich auf, wenn von unten Geräusche zu hören sind. Vor allem, wenn dieses Mädchen bei dir ist, quälen mich Zweifel. Ich kann nachts nicht schlafen. Aber in den letzten Tagen hast auch du dich verändert. Meinst du, ich sehe das nicht?)

„Was soll ich machen, ich bleibe zu Hause, ich putze. Manchmal möchte ich ein bestimmtes Gericht, etwas, was man im Restaurant nicht bekommt. Dann koche ich das. Ich gehe spazieren, wenn auch nur ein wenig. Und, also, ich denke nach..."

„Woran denkst du, Fatma? An deine Heimat, deine Verwandten?"

(Dieser Junge ist vielleicht komisch! Woran soll ich denken, natürlich denke ich an dich. Mein Gott, wo soll das alles enden?)

„Natürlich denke ich auch an meine Verwandten, auch an meine Heimat. Ich denke auch an meine Kindheit, am meisten denke ich an meine Kindheit..."

„Wie war deine Kindheit? Wie war es mit der Schule? Hast du in der Türkei gearbeitet?"

(Dieses Mädchen spinnt total! Was bespricht sie wohl mit Fritz? Was soll ich jetzt antworten? Wie kann ich von den Tabakfeldern, den Baumwollfeldern, den Weinbergen meiner Kindheit erzählen? Welche Schule denn? Wer aus dem Dorf hat denn je eine Schule besucht, warum also gerade ich? Was das Arbeiten angeht, ja, ich habe meine Kindheit in den Feldern verbracht; ich arbeitete, ich schlief auf allem was sich fand...)

„Ich habe etwas auf den Feldern gearbeitet. Schule... In unserem Dorf gab es keine Schule. Manche Jungs gingen auf die Schule im Nachbardorf, aber uns Mädchen war das nicht erlaubt."

„Gehst du ins Kino, ins Theater? Essen, Ausgehen, Tanzen und so weiter?"

(Der Junge spinnt! Was denkt man von einem Menschen, der allein ins Theater, ins Kino geht? Und dann ließ er das Mädchen auch Tanzen sagen. Und Essen, ja mit welcher Sprache soll ich denn bestellen in den Restaurants? Und warum soll ich überhaupt? Am kurzen Tag fragt Meister Naci jedes Mal: „Fatma, was magst du?" Auch wenn Raşit die Augen groß aufreißt und guckt, sagt er: „Nimm diesen Arsch von Geizhals nicht ernst." Alles, was ich mir wünsche, macht er mir. Das muss ich schon sagen. Was soll ich in einem Restaurant? Tanzen... Woher soll ich denn tanzen können? Vielleicht möchte er unsere Ehre auf die Probe stellen. Wer weiß! Bin ich denn jemand, die tanzen geht und solche Sachen macht, Fritz? Ja, manchmal gehe ich einkaufen und so. Und ich gehe in diesen Park. Ich mag den Rasen dort, die riesigen Bäume. Sie erinnern mich an meine Kindheit im Dorf. In letzter Zeit gehe ich auch dort nicht mehr so oft hin. Im Sommer zieht sich dort Mann und Frau splitternackt aus und schmeißt sich auf den Rasen. Ich geniere mich. Aber werden sie jetzt nicht denken: Wie menschenscheu sie ist! Sie geht nirgendwo hin, sie hat keine Ahnung von nichts!)

„Manchmal gehe ich weg. Ich gehe zu Ayten Abla. Ich gehe zu anderen Bekannten. Kino und Restaurants mag ich nicht so sehr. Ich langweile mich da. Nicht des Geldes wegen, ich langweile mich halt. Manchmal gehe ich in den Park, spaziere zwischen den Bäumen. Ich gehe auch einkaufen."

„Wer ist diese Ayten Abla? Gehst du oft zu ihr? Worüber sprecht ihr untereinander?"

(Wer soll denn meine Briefe schreiben, wenn ich nicht zu Ayten Abla gehe? Aber ich mag sie auch. Sie behandelt mich nicht wie eine Fremde. Wen soll ich noch nennen als Bekannte? Nicht, dass sie sagen: Diese Frau hat niemanden. Fritz würde ich es schon sagen, aber wenn dieses Mädchen dabei ist, kann man ja nicht über alles sprechen! Wie hieß diese Frau, die ich bei Ayten Abla getroffen habe? Cemile! Ich kann auch Cemile nennen. Wen noch? Es gibt noch welche, sage ich, es gibt noch viele! Worüber spricht man denn? Die haben alle einen Mann, die haben Kinder, etwas, worüber sie sprechen können. Was habe ich, worüber ich sprechen kann? Dich habe ich. Aber sollte ich von Dir erzählen? Sie würden sagen, ich sei verrückt. Ein Deutscher, würden sie sagen, ein Ungläubiger. Sie können nicht wissen, was für ein guter Deutscher du bist; dass du anders bist als alle anderen. Sie sprechen miteinander, ich höre zu. Manchmal fragen sie auch mich etwas, sagen mir etwas, damit ich mich nicht vernachlässigt fühle. Dann sage ich, „Ja, so ist es, mir geht es gut". Und dann gibt es noch die im Laden. Meister Naci ausgenommen, soll alle anderen der Teufel holen! Und jetzt geht ja Meister Naci...)

"Ayten Abla ist ein sehr guter Mensch. Ich habe auch andere Freunde. Wenn wir uns treffen, sitzen wir zusammen und unterhalten uns. Wir unterhalten uns über alles. Wir sprechen über die Heimat, über den Urlaub, über vieles, jetzt fällt es mir nicht ein..."

„Hast du einen Freund, Fatma?"

(Ist dieser Fritz verrückt? Natürlich habe ich einen, ich habe dich. Aber warum zanken die sich untereinander und schreien sich an? Wenn das Mädchen sich zu mir wendet und mit mir spricht, lacht sie; aber Fritz schreit sie an. Ist dieses Mädchen bescheuert? Ob ich einen Freund hätte! Sind wir denn Deutsche, dass wir viele Freunde haben sollten? Aber was soll ich denen jetzt sagen? Das Mädchen starrt mir in die Augen. Aber sie hat einen guten Blick, ihr Blick tut mir nicht weh. Wenn sie Fritz nur nicht anschreien würde! Aber wie Fritz schaut, wie er spricht, ist einfach unvergleichlich! Sieh, wie stolz er dasitzt. Wer soll sonst stolz auf sich sein, wenn nicht er? Es ist nicht jedermanns Sache, Doktor zu werden. Und wenn er auf die Menschen hinabschauen würde, würde er zu jemandem wie mir zu Gast kommen? Würde er mit mir sitzen und Tee trinken? Freund... Wie heiß mir ist! Was soll denn diese Frage? Nein, er will mich bestimmt auf die Probe stellen!)

„Also, wie soll ich sagen... Also wie..."

(Was ist denn jetzt los? Warum geht dieses Mädchen so streng mit Fritz um? Warum schaut sie ihn so böse an? Streiten sie wegen mir? Jetzt sollte man, verdammt... Na gut, vielleicht hat das Mädchen auch recht. Ich bin vielleicht ein Biest! Eigentlich ist das ein gutes Mädchen, wie sie schaut, wie sie mit mir spricht, das ist alles sehr warmherzig. Weil sie das Dings von Fritz ist, haben wir sie zu unserer Feindin erklärt! Ach, die mich „Oma" nennen, sollten das sehen, sie sollten sehen, mit wem ich hier sitze, mit wem ich Tee trinke. Kein geringerer als ein Doktor ist gekommen.

Auch wenn wir allein leben und uns nicht unter die Menschen mischen, haben wir doch irgendetwas. Keine geringeren als Doktoren nehmen uns ernst und kommen zu uns. Was sagt das Mädchen schon wieder?)

„Du bist müde, Fatma. Wir sollten früh aufhören, nicht? Fritz bedankt sich sehr herzlich. Ich habe mich auch gefreut, dich kennen gelernt zu haben. Nicht nur über die Arbeit wie jetzt, auch über andere Sachen würde ich mich gerne mit dir unterhalten. Fritz möchte sich morgen wieder mit dir treffen. Ich weiß nicht, ob du Zeit hast. Vor der Arbeit?"

„Das geht, vor der Arbeit geht es."

„Es tut mir leid, wenn wir dich mit solchen privaten Fragen belästigen."

„Wenn es euch was nützt, dann macht es nichts."

„Fritz schlägt vor, dass du diesmal herunterkommst, geht das?"

„Gut, ich komme."

„Eigentlich habe ich viel zu viel zu tun. Fritz besteht unbedingt darauf, dass ich komme, aber eigentlich habe auch ich keine Zeit, Fatma. Ich weiß es nicht, ich habe das Gefühl, wir ermüden dich, nicht nur ermüden, es ist dir unangenehm, so kommt es mir vor. Vielleicht könnte ich dich was fragen... Es gibt einen jungen Türken, Metin heißt er. Jetzt spricht in Berlin jeder von ihm. Sie wollen ihn in die Türkei schicken. Er ist im Gefängnis..."

„Ach ja, Meister Naci hat einen Zettel mitgebracht, ich habe unterschrieben, damit er nicht geht."

Inas trauriges, aber liebevolles Lächeln umarmt Fatma.

Das Gespräch, das er nicht versteht, verstärkt Fritz' Unruhe.

Sobald Fritz und Ina zur Tür hinaus sind, rennt Fatma zu Hamriyanım.

Du hast es selbst gesehen, nicht wahr, Hamriyanım, du hast alles gehört. Diese sind wirklich nicht wie die anderen Deutschen. Sie haben auch kein Bier getrunken. Ich habe aber gut daran getan, die Alkoholgläser nicht vom Tisch wegzuräumen, nicht wahr? Die sollen mich nicht für eine Bäuerin halten, die von nichts Ahnung hat. Die haben nämlich Geschmack. Unser Tee ist nicht wie ihr Tee in diesen Beuteln. Aber dass ich mir in die Hand geschnitten habe! In solchen Augenblicken habe ich zwei linke Hände. Es ist eine tiefe Wunde, aber das macht nichts. Und was sagst du dazu, dass Fritz von sich zu Hause Verbandszeug gebracht hat? Wie oft habe ich meine Hand dabei ertappt, als sie unter dem Tisch das Verbandzeug streichelte! Du kannst ruhig lachen, Hamriyanım, nicht nur streicheln, ich würde das Verbandzeug sogar küssen.

Wie das Mädchen in mein Gesicht sah, während sie meine Hand verband, wie sie meine Hand hielt, ließ mich an Zekiye, denken, ich weiß nicht warum.

Die Blicke von Fritz waren auch verrückt heute. Vor allem, als ich den Tee an den Tisch brachte. Warum soll ich das verheimlichen, Hamrıyanım, er hat ganz einfach meine Brüste angestarrt. Er war selbstvergessen. Und ich hätte fast die Teekanne fallengelassen. So was geht ja nicht einseitig, nicht wahr? Natürlich ist bei ihm auch etwas los, deswegen bin ich so ausgeflippt. Und wie war sein Blick? Bei uns daheim sagt man über Leute, die so schauen: „Der ist hoffnungslos verliebt, ihm ist nicht mehr zu helfen." Und dann wurde ihm komisch zumute, so dass er zum Fenster ging. Auch das Mädchen hat es bemerkt, auch sie hat verstanden, dass da irgendwas los ist. Es wäre gelogen, wenn ich sagen würde, ich habe mich nicht gefreut. Auch das Mädchen soll es wissen, sie soll ruhig ein wenig kapieren...

Ich muss schon sagen, Hamrıyanım, ich war verblüfft. Was hat das alles mit der Arbeit eines Doktors zu tun? Wir haben es uns anders vorgestellt, nicht wahr? Doch ich habe schon verstanden, was los ist: Fritz möchte alles über mich wissen. Wenn auch ein Teil davon für die Arbeit ist, bestimmt ist dies nicht der einzige Grund. Er möchte ganz einfach wissen, wie ich lebe, ob ich jemanden habe, was für eine Herkunft ich habe.

Aber warum zanken sie sich ständig untereinander, Hamrıyanım?

Von dem, was sie sprechen, verstehen wir ja nichts, aber ihre Stimmen und ihr Verhalten machen es deutlich. Unser Fritz ist ein ruhiger Mensch, aber das Mädchen lässt ihn nicht in Ruhe.

Wir sind verrückt, Hamrıyanım, verrückt!

Ja, ja, wir sind verrückt...

Hamrıyanım....

Ina wartet im Treppenhaus auf Fritz, der seine Mappe in der Wohnung zurücklassen wollte. Bis zur U-Bahn sprechen sie kein Wort. Auch in der Bahn wird nicht gesprochen. An der Tür des Vereins, gerade als sie eintreten wollen, sagt Fritz: „Danke, Ina", und Ina schaut auf den Boden. Sie wünscht sich, das „Danke" von Fritz könne etwas retten. Nur rettet es ganz und gar nichts.

Sie bleiben so am Eingang stehen. Ina bereut es, so sehr darauf bestanden zu haben, dass Fritz mitkommt.

Der Zigarettenqualm schreckt Fritz zurück. Das schwache Licht lässt die Menschenmenge noch dichter erscheinen. Es sieht so aus, als gäbe es nicht einmal Platz zum Stehen. Aber drei Leute, die nach ihnen hereinkommen, mischen sich in die Menge, lösen sich in ihr auf. Fritz fühlt sich von allen beobachtet. Er weiß nicht, wohin mit sich selbst. Er möchte auch keinen Platz zum Sitzen finden. Wenn er sich nur in eine Ecke hineinquetschen könnte! Auch Ina hat sich in die Menge gemischt. Seine Augen suchen nach ihr, er wünscht, sie möge kommen und ihn retten. Ganz vorne, am Tisch entdeckt er sie. Ali, der mit ihr spricht, schaut zu Fritz auf. Er hebt die Hand, um ihn zu grüßen, befangen, schüchtern. Fritz senkt leicht den

Kopf und grinst zu Ali herab. Dann sieht er, dass Inas eben noch düsteres Gesicht sich im Gespräch mit Inge verändert hat. Er schaut Stefan misstrauisch an. Und dann Ali. Mit Ali hat er Schwierigkeiten. Seine zurückhaltende Schweigsamkeit, sein unentwegt in die Augen des Gegenübers gerichteter Blick wühlen etwas in ihm auf. Ihm ist, als hätte er bereits ein Zugeständnis gemacht, indem er hierher gekommen ist. Doch einfach abzuhauen verbietet ihm sein Stolz. Er ist gekommen, er ist da und man hat ihn gesehen. Egal was passiert, er muss noch eine Weile bleiben. Sofort wieder zu gehen, käme einer Niederlage gleich.

Von dem, wovon sie sprechen, versteht er kein Wort. Er weiß nur, dass diese Sprache, die man schreiend spricht und die er, da er sie die letzten Tage immer wieder gehört hat und an die sich seine Ohren gewöhnt haben, von den anderen unterscheiden kann, Türkisch ist. Eine Menge kleingeratener Menschen, die Männer mit schwarzem Schnurrbart, und alle sprechen schreiend. Die großen, schwarzen Augen sind bei allen traurig. Er versteht nur das Wort "Metin", das im Gespräch immer wieder auftaucht.

Er quetscht sich durch die Menge zu Ina. Die Stimme und der Ton Inas gefallen ihm nicht. Sie sagt: „Komm, setz dich zu unseren Freunden." Als würde sie sagen: „Na ja, jetzt bist du schon mal da. Halte brav meine Hand, sonst gehst du verloren." Seine Füße gehorchen nicht seinem Verstand und so lässt er sich hinter Ina herschleppen. Eigentlich verspürt er nur den Wunsch, wegzulaufen, weg von dieser Menschenmenge. Am Tisch begrüßt man sich, ohne sich die Hand zu geben. Inge, Stefan, Ali und die anderen nicken nur leicht mit dem Kopf. Als wollten sie damit sagen: „Inmitten dieser Arbeit, dieser ganzen Probleme haben wir keine Zeit, uns um

Belangloses zu kümmern." Und man reicht Fritz das oberste Blatt von einem Stapel auf dem Tisch. Fritz sieht sich die Unterschriften auf dem weißen Papier sorgfältig an. Er versucht, sich die Besitzer dieser hingekritzelten, schräg und undeutlich geschriebenen Unterschriften vorzustellen. Dieses Gekritzel paßt zu der Menschenmenge um ihn herum. Er tut so, als würde er den Stift, den man ihm überreicht, nicht sehen, und sein Stift, den er aus der Tasche holt, bewegt sich mit großer Sorgfalt unterhalb der anderen Unterschriften. Dennoch sieht seine Unterschrift auf dem weißen Papier, warum auch immer, unleserlich aus. Nur Ina sieht das.

Etwas tut weh und blutet in Ina. Sie verspürt wieder diesen warmen Blutgeschmack im Mund... Sie bringt es nicht fertig, zu Ali, Stefan, Inge und den anderen aufzuschauen. Sie sprechen und diskutieren laut, aber Ina hört nicht, versteht nicht, was sie sagen. Den Kopf gesenkt, versucht sie mit Mühe, den Schrei zu unterdrücken, der sich jeden Moment entladen will. Alis Ehrlichkeit von vorhin und wie er sagte: „Er ist also auch gekommen, wie schön", tut jetzt weh. Oder hat er es etwa auch ein bisschen ironisch gemeint? Sie merkt, dass sie es nicht schaffen wird, den Blick von Fritz einzufangen, der staunend in die Menschenmenge geht. Sie dreht sich zu Ali. Alis Blicke, voller Würde und Trauer, die bereit sind, sich mit Vielem abzufinden, auch wenn dafür ein innerer Aufschrei besiegt werden muss, richten Ina auf. Und ohne dass sie es selbst versteht, warum und wie, sagt sie auf Türkisch:

„Du wolltest mir doch was geben, Ali, ein Gedicht", und versucht dabei zu lächeln. Sie sucht in Alis Augen die Spuren eines Lachens, das ihr helfen würde. Ihr schmales Lächeln, das ihre Lippen überfordert, ist schmerzvoll und wirkt wie gefangen.

Ali versteht nichts. Erstaunt schaut er in Inas Augen. Dann lacht er plötzlich auf. Sein Lächeln nimmt das von Ina an der Hand. Doch diese gewohnte Traurigkeit ist noch in seinem Blick:

„Ich habe es sauber abgeschrieben. Es ist zu Hause. Aber, ich weiß nicht... Wenn ich es dir jetzt gebe, an diesen Tagen; wegen Metin, du verstehst mich, nicht wahr, Ina? Ich kann es auch auswendig, denn..." Ich habe es geschrieben, traut sich Ali nicht zu sagen.

Der Einzige, der sich um die beiden kümmert, ist Fritz. Er wird immer unruhiger. Er versteht nicht, was hier los ist. Dass diese Menschen die Dinge, die sie als wichtig ansehen, in diesem ganzen Lärm und Getöse zu erledigen versuchen, kommt ihm blödsinnig vor. Er muss zum zweiten Mal schreien, damit Ina ihn hören kann:

„Wollen wir gehen, Ina? Ich habe noch einiges zu tun!"

Nein, ich will nicht mitkommen, möchte sie sagen. Sie will noch vieles sagen. Sie will über diese Frau, Fatma, sprechen, aber nur: „Wir sind doch eben erst gekommen", kommt aus ihr heraus.

Fritz hält es bald nicht mehr aus. Sein ironisches Lächeln ist schon längst verschwunden, und an dessen Stelle ist ein unmerkliches Zucken seiner Mundwinkel getreten. Er versucht es zu verbergen. Er beißt in seine Lippen. Wenn er hier noch länger bleibt und Ina zusieht, wie sie mit diesen primitiven Menschen spricht... Und das noch auf Türkisch! Warum tut sie das?

„Gut, dann gehe ich jetzt, ich muss an den Notizen arbeiten, die ich heute gemacht habe", stammelt er.

Während Ina „Ich bleibe hier, danke, dass du gekommen bist" sagt, schaut sie auf die unleserliche Unterschrift von

Fritz.

Der Ton, in dem sie „Ich bleibe" gesagt hat, beunruhigt Fritz. Er gibt sich mit dem Dank Inas nicht zufrieden:

„Was machen wir morgen? Wir haben es der Frau versprochen!"

Ina erschrickt plötzlich vor ihrer eigenen Unentschlossenheit. Sie selbst hat der Frau gesagt, dass sie kommen würden. Was soll sie jetzt machen? Die Blicke Fatmas... Wie sie dann sagte: „Meister Naci brachte ein Papier mit und ich habe unterschrieben"... Wie sie Fritz anschaut... Trotz dieser Fragen! Ja, jetzt ist es an der Zeit, jetzt muss sie es sagen. Sie muss es sagen, was sie nächtelang wach hält und ihr ungeheure Angst macht. Sie schaut in die Augen von Fritz, während sie spricht:

„Ich weiß es nicht, Fritz, ich muss nachdenken. Sei mir nicht böse und sei nicht erstaunt, wenn ich nicht komme. Und wenn ich komme, dann musst du wissen, dass ich das mehr für Fatma tun werde. Denn..."

Die Stimme von Fritz klingt schrill:

„Was: denn?"

Ina, die mit zitternder Stimme spricht, versteht, was es bedeutet, sich für andere zu schämen:

„Die Fragen, die du vorbereitet und gestellt hast..."

„Ja, was ist mit den Fragen?"

Sie schließt die Augen. Die Worte fließen jetzt aus ihr heraus. Sie staunt selber, dass sie so schnell spricht:

„Fritz, lass es endlich genug sein, bitte! Versuch doch, manche Dinge zu verstehen. Die Fragen, die du vorbereitet und gestellt hast, sind weniger Fragen eines Psychologen, eher die eines Ethnologen, der eine Studie über verschiedene Rassen macht. Du versuchst, in Fatma eine Rasse zu betrachten. In deiner Art zu sehen, deinen Fragestellungen und Kommentaren ist ein rassistisches Interesse, das sich in Wissenschaftlichkeit hüllt. Und dazu gehst du von einem einzelnen Menschen aus. Versuche weder dir selbst, noch mir was vorzumachen, Fritz."

Ina wundert sich über die Kraft in ihrer Stimme. Sie hat sich noch nie so stark gefühlt wie jetzt. Sie sieht nun manches sonnenklar. Ja, es könnte einen Anfang geben, einen wirklichen Anfang, aber erst nach einem Ende. Muss es sowieso nicht immer ein Ende geben, damit etwas anfängt? Sie weiß noch nicht, was und wie dieses Ende sein wird. Ihr ist, als sei sie im Halbdunkel einer langen Nacht. Aber jetzt geht die Nacht zu Ende und das Licht, das sie so lange vermisst hat, scheint auf sie zu warten. Sie ist dabei, einen Schritt in dieses Licht zu setzen. Wenn sie jetzt die Hand ausstrecken würde...

Plötzlich sieht sie, dass Fritz noch immer vor ihr steht. Sie ist verwirrt darüber, dass sie ihn, der hier die ganze Zeit gestanden hat, einfach vergessen konnte. Ist dieser Fremde Mensch da Fritz? In dem Gesicht des Fremden sucht sie das gewohnte ironische Lächeln.

Fritz, dessen Lippen jetzt viel heftiger zucken, spricht mit einer Stimme, die der Versuch kennzeichnet, wenn nicht alles, dann wenigstens einen Teil dessen, was er verloren hat, zurück zu gewinnen:

„Bitte, komm doch. Gut, wir gehen nicht zu Fatma, wenn du nicht willst. Aber lass uns sprechen, vielleicht habe ich manches falsch gemacht. Komm..." Er schafft es nicht, zu Ende zu sprechen. Er kann nicht sagen, was er sagen will. Er weiß auch gar nicht, was er sagen will. Das einzige, was er will, ist, dass Ina mit ihm kommt. Das spürt er, aber er findet keine Worte für diesen Wunsch. Er erlebt eine Niederlage. Er hört nicht, dass Ina zum zweiten Mal „Ich weiß es nicht" sagt und versteht nicht, warum sie plötzlich nach hinten, in den Raum hinein, rennt. Er möchte gar nicht mehr an sie denken, als er die Menschenmenge verlässt. In ihm sagt eine Stimme, dass Ina kommen wird. Ina aber hängt im selben Moment über dem Klo der Vereins-Toilette, die Schüssel und ihre Hände voller Kotze.

Die kühle Luft gibt Fritz sein ironisches Lächeln zurück. Als hätte er ein ganzes Jahr in diesem „Verein" zugebracht, so fertig fühlt er sich. Um über seine Eindrücke nachzudenken und zu sprechen, will er warten, bis Ina zu ihm kommt. Weil sein eigenes Zuhause der Ort ist, wo er am gelassensten mit Ina sprechen kann und dabei... ja, eine Überlegenheit spürt. Sie wird auf jeden Fall kommen. Oder...

Ihm fällt ein, dass er zu Hause nichts mehr zu trinken hat und läuft zum Kiosk am Ausgang der U-Bahnstation.

Er stellt die zwei Cognac-Literflaschen auf den Schreibtisch. Als er die Bierflaschen in den Kühlschrank stellt, sieht er, dass er nichts zu essen hat. Er macht sich nichts daraus. Heute will er trinken, trinken und sonst nichts.

Er nimmt die Notizen auf dem Tisch in die Hand. Sein Lächeln wird breiter, immer breiter und schließlich zu einem ordentlich lauten Lachen. Doch gleich danach verzieht er wieder das Gesicht.

Was steckt hinter diesem monotonen, nach ländlichen Gesetzen geführten Leben Fatmas? Er merkt, dass er von Fatma ausgehend keine allgemeingültigen Aussagen über die türkischen Frauen machen kann. Die Antworten auf seine Fragen sind, das könnte man meinen, bedachte, berechnete Antworten gewesen, die gegeben wurden, um ihn irrezuführen und seine Arbeit in falsche Bahnen zu lenken. Ganz eindeutig hat sie eine hinterlistige Persönlichkeit. Und was soll diese Gedankenversunkenheit sagen? Und dass sie plötzlich die Blicke vom Boden hebt und aufschaut, um sie gleich danach wieder irgendwo zu verstecken? Gut, aber was passiert denn mit ihm selbst? Es ist, als habe er seit einigen Tagen angefangen, die Frau mit anderen Augen zu sehen. Und dann dieses rote Kleid!

Er hat sich eben nicht beherrschen können. Dieser rote Fleck hat sich in seinen Augen, in seinem Gehirn festgesetzt. Er ist ihn nicht mehr losgeworden. Erst, als er zum Fenster gegangen ist, diese kühle Luft...

Der Cognac brennt angenehm im Rachen. Immer wenn ihn dieser rote Fleck verfolgt, sucht er Zuflucht entweder im Alkohol oder beim jungen, straffen Körper Inas. Dabei müsste er sich diesem Trauma endlich stellen. Wird er sein ganzes Leben lang diese krankhafte Obsession mit sich herumschleppen? Der Gedanke einer Krankhaftigkeit schreckt ihn auf. Seine Hände, die das Cognacglas noch einmal auffüllen, zittern. Kann es etwa sein, dass er krank ist? Soll er mit einem Psychologen sprechen? Sehr geehrter Kollege, mein Problem ist dieser rote Fleck... Seit diesem Tag... Seit der Frau im Puff... Nein, nein, es ist ja noch früher gewesen; meine Stiefmutter, unter diesem Mann... „Diesen roten Fleck kann ich nicht vergessen!" Soll er das wirklich sagen? Sich immer wieder durch frische Luft zu retten, ist auch keine Lösung, nur ein Selbstbetrug. Heute, schon wieder, dieses rote Kleid... Und die großen Brüste der Frau. Wann immer er von diesem roten

Fleck erdrückt wird, hat er Sehnsucht, unbedingte Sehnsucht nach einer Frau. Die weiche Wärme eines weiblichen Körpers... Er spürt dann keine Liebe, sondern will diese Frau drücken, erdrücken, ein bösartiges Gift von seinem Körper in diese Weichheit entlassen.

Die Blicke der Frau kann Fritz noch immer nicht richtig deuten. Von Anfang an schaute sie lockend. Aber weniger verlangend, als vielmehr in einer Art, die geben möchte, die durchs Geben glücklich werden will. Ist es etwa so, dass...

Fritz lacht wieder laut auf. Er schaut auf die Bücher, die sich vor ihm stapeln, doch er sieht sie nicht. Er sieht wieder Ina vor seinen Augen; egal wie sehr er versucht, sie wegzujagen, immer wieder erscheint ihr schlanker, straffer Körper... Sicher ist, dass Ina nicht so blöd ist, wie er gedacht hat. Dieses Schweigende in ihrem Kindergesicht, verbirgt es eine berechnende Persönlichkeit? Er hätte früher daran denken sollen. Und besonders heute. Ali, dieser primitive Bursche? Ja, warum sollten sie sonst Türkisch sprechen? Er hätte hinausgehen müssen, noch während sie miteinander sprachen! Er ist erniedrigt worden, hat sich erniedrigen lassen. Aber jetzt vor allem Ruhe bewahren, es wäre nicht die richtige Zeit. Er braucht Ina noch. Und wie dreckig es war in diesem Verein... Diese unverständlichen Geräusche, die fremde Sprache... Er ärgert sich nicht über sie und nimmt sie gar nicht so ernst, dass er sich über sie ärgern könnte. Aber was ist in diese Deutschen gefahren, die sich unter sie mischen? Eine Handvoll Leute, eine Handvoll falscher Proletarier... Was können sie denn gegen Bonn ausrichten? Alle müssen wohl so sein wie Ina, in den Wolken schwebend... Die meisten von denen sind nicht einmal Marxisten. Nur im Namen des Marxismus tragen sie den krankhaften Humanismus Europas wie einen Buckel auf ihren Rücken. Besonders Ina... Sie glaube an den „Menschen"! An welchen Menschen denn? An die Menschen, die auf die erstbeste Gelegenheit warten, sich gegenseitig zu zerfleischen? Was ändert es, ob dieser Bursche namens Metin zurückgeschickt wird oder nicht? Wozu dieser ganze sinnlose Krach?

Der Cognac brennt ihm nicht mehr im Rachen.

An den Notizen zu arbeiten, die er sich am Vormittag gemacht hat und neue Fragen vorzubereiten, ist jetzt eine zu gewaltige Anstrengung. Er steht vom Tisch auf. Mit der Cognacflasche in der Hand geht er zum Bett. Die furchterregende Nacht, die ihm bevorsteht, wird mit dem Cognac erträglicher.

Lieber Metin, ich kann mir Dich im Gefängnis irgendwie nicht vorstellen. Schön ist es nicht, im Gefängnis zu sein. Vielleicht hat es Zeiten gegeben, in denen es nicht sinnlos war, aber schön ist das nie gewesen. Im Gefängnis sind zwar Menschen drin, aber der Mensch zählt dort nichts. Die Gefängnisse erzählen die Geschichte der Abwesenheit des Menschlichen. Deshalb kann ich mir Dich im Gefängnis nicht vorstellen.

Ich hoffe, dass mein Brief Dich erreichen wird. Diesen Brief schreibe ich Dir nicht als ein ehemaliger Lehrer von Dir, sondern als Dein Freund, Dein älterer Bruder. Ich möchte Dich nicht mit meinen Sorgen belasten, aber ich glaube daran, dass man nicht von der Außenwelt isoliert sein darf, wenn man im Gefängnis sitzt. Sie haben mich vom Lehrerberuf ausgeschlossen. Eine Zeitlang war ich auch im Gefängnis. Jetzt arbeite ich auf dem Markt, verkaufe Obst und Gemüse. Auch wenn es nicht so einfach ist, als Marktschreier Äpfel und Kartoffeln anzupreisen, geht das Leben mit seiner ganzen Vitalität weiter. Ich lerne eine Menge dabei. Der Stand gehört meinen Nachbarn; Du müsstest sehen, wie weise sie, so wie nur Menschen aus dem Volk es tun können, über die

Unfähigkeit eines alten, ehemaligen Lehrers lachen. Und wenn sie dann mit diesem Lachen kommen und sagen: „Das müssen Sie so machen, und dies so, Herr Lehrer", gewinnt man die Kraft und den Glauben zurück, die man für immer verloren zu haben vermeinte.

Du bist in einer Einzelzelle, habe ich erfahren. Das ist besonders schwierig, sie ist ein Gefängnis im Gefängnis. Denn wenn du nicht sprichst, nicht etwas tust im Gefängnis, dann vergeht die Zeit nie. Deswegen musst Du was tun, mein Bruder, Du musst an draußen denken; Du musst so intensiv daran denken, dass Du am Ende nicht mehr weißt, was Du denkst und wo du lebst.

Wenn Deine Strafe schon feststeht, wenn Du weißt, wie viele Jahre es dauern wird, dann gewöhnst Du Dich auch daran. An was gewöhnt man sich nicht alles! Würde man mehrere Male sterben, würde man sich sogar an den Tod gewöhnen. An seinen eigenen Tod. Wenn der Mensch sich nicht an seinen eigenen Tod gewöhnen kann und den Tod als etwas Kaltes empfindet, dann deswegen, weil er nur einmal stirbt. Aber Deine Situation, Metin, ist noch eine andere. Ich habe gehört, dass Du warten musst. Man würde Entscheidungen über Dich treffen, vieles tun und sagen, was Dich betrifft und Du selbst würdest nur warten können. Das ist nicht einfach, Metin! Vor allem für jemanden wie Dich - ich habe Dich seit Jahren nicht gesehen, ich habe nur Deine Kindheit vor Augen, dieses in sich verschlossene, gefühlvolle Kind, das mehr an die anderen denkt als an sich selbst - ist es ganz und gar nicht einfach, das kann ich mir gut vorstellen. Aber Du darfst nicht aufgeben, egal unter welchen Umständen Du leben musst!

Das, was man Dir vorwirft, will mir einfach nicht in den

Kopf. Wie ist es möglich, frage ich mich immer, wie ist es möglich? Aber die Wahrheit wird eines Tages bestimmt ans Licht kommen. Natürlich wurden viele Fehler gemacht. Von links und rechts wurden viele Menschen umgebracht. Und die Getöteten sind meistens solche, die keine Schuld gehabt, die von nichts gewusst haben. Aber auch wenn sie schuldig wären, sollte doch für keine Schuld die Strafe der Tod sein, nicht wahr Metin? Eines Tages wirst Du hoffentlich vor unabhängigen Gerichtsinstanzen auch Dein - für mich heiliges - Recht auf Verteidigung genießen und Deine Unschuld beweisen können.

Doch was ich in Deinem Fall besonders empörend finde, ist die Haltung der deutschen Regierung. Wie ich gehört habe, erkennen sie Dich als politischen Flüchtling an und versuchen auf der anderen Seite, Dich in die Türkei auszuliefern. Ich verstehe es nicht, ich kann es nicht verstehen. Die Deutschen haben in ihrer nahen Vergangenheit Erfahrungen, was politisches Asyl angeht. Doch ich habe auch gehört, es gäbe auch Deutsche, die sich solidarisch mit Dir verhalten, die versuchen, etwas für Dich zu tun. Das freut mich. Tatsächlich ist der Mensch „das merkwürdigste Lebewesen der Welt".

Metin, als ein erfahrener Häftling werde ich wieder über Gefängnis sprechen.

Vieles, was Du nicht weißt, lernst Du im Gefängnis. Vieles, was Du bisher nicht gesehen hast, siehst Du dort zum ersten Mal. Um Dich herum ist alles zugesperrt. Du bist in einer winzigen Zelle. Trotzdem siehst und lernst Du viel. Draußen hast Du den Kopf vielleicht nie gehoben, um in die Sonne zu schauen. Nun siehst Du in der hauchdünnen Flut von Licht, die unter der Tür hineinkriecht, die Sonne. Du schaust hin und du siehst sie. Und du weißt den größten Nutzen von ihr zu ziehen.

Es gibt Freundschaften, die aus den verschiedensten Gründen geschlossen werden. Diese Freundschaften können nur gelebt werden. Es ist schwierig, über sie zu sprechen. Auf kein Papier kann man ihre Form zeichnen. Man denkt nicht über sie nach, während man sie lebt. Man befasst sich nicht mit ihren Details. Zusammen mit gegenseitiger Solidarität, aber auch mit gegenseitigen Fehlern wachsen sie. In diesen Freundschaften lebst du eine Wärme von Herz zu Herz. Du bekommst diese Kraft, ohne zu wissen, dass Dir die Freundschaft sie gibt; Du gibst deinem Gegenüber Kraft, ohne das zu wissen. Wenn Du im Gefängnis bist, denkst Du aber über diese Freundschaften nach. Du erinnerst dich daran, was Du alles geteilt hast. Denn der Weg zur Freundschaft geht übers Teilen. Und dieser Weg geht dann an vielen anderen ehrvollen, schweren und vielleicht auch falschen Stationen des Lebens vorbei und steigt immer höher. Er erhebt auch alle um ihn herum. Wenn der Freund tatsächlich ein Freund ist, wenn die Freundschaft tatsächlich Freundschaft ist. Die Einzelheiten solcher Freundschaften verstehst Du im Gefängnis. Etwas, was Du in der Vergangenheit nicht getan hast - vielleicht ein Moment, als Du nicht gegrüßt hast, ein nicht gesagtes Wort, ein freundliches „Bruder" vielleicht – setzt sich in Dir fest. Und Augenblicke des gemeinsamen Lachens und des Weinens - des Weinenkönnens - eines Freundes von Dir, an Deine Brust gelehnt, suchen Dich auf und umarmen Dich.

Eingangs habe ich ja gesagt, dass ich als erfahrener Häftling schreibe. Das ist vielleicht der Grund, warum ich so lange schreibe. Ich weiß nämlich, was lange Briefe ins Gefängnis hinein bringen. Und während ich Dir schreibe, empfinde ich auch Freude. Obwohl diese Freude nicht ungetrübt ist. Wie schön wäre es, wenn wir uns jetzt unter anderen Bedingungen schreiben könnten! Aus diesem kleinen, schwarzen, gefühlvollen Kind ist jetzt bestimmt ein schöner, großer Mann geworden. Wie schön wäre es, mit ihm zu sprechen.

Diejenigen, die Dich eingesperrt haben, kennen nicht die Wärme, die in einem „Mein Sohn" Deiner Mutter steckt. Dass sie das vielleicht doch kennen könnten, darfst Du auf keinen Fall erwarten, sonst gehst Du zugrunde! Und das darf ein Häftling auf gar keinen Fall; er darf nie zugrunde gehen, er darf nie erlauben, dass man Mitleid mit ihm hat. Er muss den Kopf immer gerade halten, auch wenn er innerlich blutige Tränen vergießt. Nein, sie kennen die Schwingungen der Liebe in diesem „Mein Sohn" nicht. Nicht deshalb, weil sie so etwas nicht kennen können. Auch sie haben Mütter und Söhne. Wenn man die Gesellschaft als einen großen Apparat bezeichnet, ist ihr Platz und ihre Position in diesem Apparat bestimmend für ihre Persönlichkeit und ihr Verhalten. Und sie verdrängen, dass dieser Apparat, von dem sie auch ein Teil sind, morsch ist und verändert werden muss. Denn jedes Zahnrad ist mit einem anderen verbunden. Und auch sie sind ein Zahnrad in diesem Apparat. Mit ihrer ganzen Kraft sorgen sie dafür, dass dieses Gleichgewicht - eigentlich: dieses Ungleichgewicht - so bleibt wie es ist. Und so leben für sie ihre Häftlinge natürlich nur auf dem Papier. Vielleicht weißt Du das alles. Aber wenn man im Gefängnis ist, ist es gut, auch Bekanntes mit Freunden zu besprechen, lieber Metin.

Natürlich ist eine Haft, in der man nicht in seiner Muttersprache sprechen kann, besonders schwer.

Und es ist schwer, nicht zu wissen, was einen morgen erwartet.

Natürlich ist es schmerzvoll, dass das eigene Land einem Angst macht beim Gedanken, dahin zurückzugehen.

Doch das Wort „Leben" in allen seinen Dimensionen zu erfassen, bedeutet auch, jede Schwierigkeit zu überwinden.

Ich umarme Dich, mein Kind. Ich drücke Dich und wünsche Dir, dass Du wieder frei bist.

Dein Lehrer

Eingehend und mit größter Sorgfalt betrachtet der junge Mann alle Dinge zwischen den vier Wänden. Er berührt sie wie ein kleines Kind, das gerade zu laufen begonnen hat und alles in den Mund nehmen und prüfen will. Mit den weisen Blicken eines weißbärtigen Turkmenen betrachtet er die Wände. Er schaut, als habe er etwas nicht verstanden, als könne er etwas nicht begreifen. Er ist müde, sehr müde. Er wird die Zweifel nicht los, die Schmerzen, die Unruhe und Einsamkeit mit sich bringen.

Der Begriff der Zeit ist ihm ganz abhanden gekommen. Seit wann er in dieser Zelle sitzt, woher er gekommen ist, kann er sich nicht mehr vorstellen. Auch wenn er alle Anstrengung darauf richtet: es gelingt ihm nicht. Die Zeit, die hier drinnen zwischen den Wänden vergeht, ist eine Zeit in Dunkelheit. Wie der Tod. Die Wände haben die Zeit getötet. Eine Zeit, die nicht gelebt wurde, die im Dunkeln liegt und keine Erinnerungen in sich birgt. Auch wenn er hier eines Tages rauskommt, seine Freiheit zurückerhält, wird er sich an diese Zeit nicht erinnern können. Doch der junge Mann spürt, dass etwas von dieser Dunkelheit bleiben wird, dass die Spuren einer großen, tiefen Wunde bleiben werden. Er fühlt diese

Wunde und ihren Schmerz. Aber er kann nicht herausfinden, wo in seinem Körper diese Wunde sitzt. Mal sucht er die Spur eines Messerschnitts in seinem Gesicht. Mal spürt er die Todeskälte einer Kugel in seinem Rücken. Und dann schmerzt es im ganzen Körper.

Der junge Mann versucht, sich Bilder der vergangenen Zeit aufzurufen. Er schafft es nicht. Jene voll gelebten Tage sind jetzt wie alte Gegenstände, ausgenutzt und nicht wieder zu erkennen. Alles liegt hinter einer Wand aus Dunkelheit. Manchmal lichtet sich das Dunkel. Bruchstücke von irgend etwas sind dann zu sehen, er erinnert sich schemenhaft. Aber dann gibt es keine Antworten auf seine Fragen. Warum ist er hier, zwischen diesen vier Wänden? Was hat er getan? Er kann es nicht aufhalten, dieses Hinunterstürzen in die Leere, in die Dunkelheit. Hat er etwa den Verstand verloren?

Der junge Mann staunt auch, dass er sich noch immer auf seine Besucher freut. Jedes Mal, wenn er danach zurück in seine Zelle geht, ist er traurig. Er hält sich auf diesem Weg zurück an den Wänden fest. Für einen kurzen Augenblick halten ihn dann diese Wände, die ihn eigentlich zu Grunde richten sollen, auf den Beinen. Aber meistens stürzen sie auf ihn zu und machen ihm seine Zelle tödlich eng.

Manchmal beobachtet er die Wärter seines Traktes. Dann hat er das Gefühl, als würden sie nicht ihn, sondern sich selbst bewachen. Ihn irritiert nicht mehr, wie penibel sie nach den Regeln handeln. Nur der eine, der sich zwingt, böse zu sein und ein böses Gesicht zu machen, macht ihn traurig. Dann fällt dem jungen Mann immer das Wort „Mensch" ein. Und die Größe und die Kleinlichkeit des Menschen, seine unbegrenzten Möglichkeiten und seine Armseligkeit tun sich ihm in ihrer ganzen Weite auf. Besonders, seit er den Brief seines Lehrers erhalten hat...

Alles ist bruchstückhaft. Er kann die vergangene Zeit nicht zusammenfügen.

Die Schule im Dorf. Sein Lehrer. Die Arbeiter, die auf dem Teefeld gegenüber der Schule arbeiten. Sein Lehrer steht auf dem Schulhof, wie erstarrt. Er sieht zu den Arbeitern. Der Lehrer hat alles vergessen. Der Unterricht hätte schon längst anfangen müssen. Die Kinder warten auf den Lehrer. Aber der Lehrer kann nicht aufhören, den Arbeitern zuzusehen.

Der winzige Metin mit der schwarzen Schuluniform nähert sich dem Lehrer. In Furcht, seinen Lehrer erschrecken zu können und über sein Staunen staunend, nähert er sich ihm. Das untere Ende der braunen Jacke des Lehrers berührt die Schulter des kleinen Metins. Seine Hand wandert zwischen den Haaren des Kindes. Seine Blicke sind noch auf das Teefeld gerichtet. Er betrachtet die Arbeiter, die sich bücken, wieder aufrichten und hin und her rennen. Der Lehrer sieht das Kind nicht, dessen Haare er streichelt. Er ist wie im Schlaf. Aber Metin kann diese Stimme nicht vergessen:

„Trinken Sie den Tee, dessen Grün Ihre Hände verfärbt? Wohnen Sie in den Häusern, deren Steine und Böden mit Ihrem Schweiß durchnässt sind? Sprechen Sie?"

Der Lehrer wacht aus dem Schlaf auf. Er sieht Metin viel später, als er hingeschaut hat. „Bist du es, Metin? Hat die Stunde schon begonnen? Komm, gehen wir!" Sie halten sich die Hände, als sie in das kleine Schulhaus gehen.

Warum sind die Erinnerungen nie vollständig? Das wundert den jungen Mann. Warum vergisst man alles, nur manche winzig kleinen Dinge nicht, die banalsten Details, die man, während man sie erlebt, nicht bemerkt, nicht ernst genommen hat?

Da ist wieder der kleine Metin, in schwarzer Schuluniform auf dem Weg zur Schule. Neben ihm läuft ein anderes Kind, so klein wie er. Wie heißt dieses Kind? Dieses Kind mit der riesengroßen Nase? Nur diese Nase ist ihm in Erinnerung geblieben. Metin hält Brot in der Hand. Schwarzes Brot, zu Hause gebacken, mit Butter drauf. Wie dann das Kind mit der großen Nase auf sein Brot schaut und schluckt. Der Bissen in Metins Mund dehnt sich aus, wird so groß wie ein Berg. Er kann ihn nicht herunterschlucken. Er teilt das Brot. Die Hälfte gibt er dem Kind. „Ich habe aber keinen Hunger", sagt das Kind, und dann, „wenn du es unbedingt geben willst, na gut!" Und wie er dann mit riesigen Bissen, mit Bissen so groß wie seine Nase, das Brot herunterschluckt. Der kleine Metin, der über den neuen Geschmack staunt, den dieses Brot gewonnen hat, das er noch eben nicht essen konnte, und über die Wärme, die jetzt sein Herz erfüllt. Und er erzählt das alles seiner Großmutter und die sagt: „Mein schwarzer Junge, es gibt nichts Schöneres, nichts Süßeres im Leben als Teilen". Und sie legt seinen Kopf auf ihren Schoß und streichelt seine Haare.

Wie passt dieses Dorf, von Wäldern umgeben, in diese Zelle? Diese Lehmhäuser? Diese buckligen Greise, von denen noch keiner vierzig ist? Und die Märchen, die seine Großmutter erzählte? Es gab eine Zeit, da besuchte er gerade die Sekundarstufe, als er diese Märchen, an deren Ende immer die Guten gewinnen, lächerlich fand. Aber diese Märchen erzählten ja von der Wirklichkeit. Immer, wenn sich die bösen Riesen den Guten näherten, war der kleine Metin den Tränen nahe. Aber die Großmutter überließ die Guten nicht der Gewalt der Bösen. Die Unterdrückten und Armen und Kinder wurden in den Märchen seiner Großmutter immer erlöst. Das arme Mädchen und der arme Junge, denen der erbarmungslose Sultan den Kopf abhacken wollte, konnten immer entkommen. Vierzig Tage und vierzig Nächte lang wurde ihre Hochzeit gefeiert. Das Ende des Märchens wurde dann zu einem Schlaflied:

„Mein Schöner mit seinen schwarzen Augen, schlafen soll er, schlafen und groß werden, groß soll er werden, mein Schatz und die Riesen am Lauf des Wassers wegjagen, wegjagen soll er sie, so dass wir alle von dem Wasser trinken können, so dass wir uns alle satt trinken und freuen können. Schlafen soll mein Schöner, mein Schatz und groß werden und die Riesen wegjagen..."

Meine Oma mit den tausend Falten im Gesicht, mit den schneeweißen Haaren, meine Oma, von der nur Güte ausstrahlt, meine Oma, die das Unrecht nicht leiden kann, meine Oma, die das Böse verwünscht: Riesen haben uns umzingelt! Schon damals, als Kamele Marktschreier, Flöhe Barbiere waren und unsere Vater und unsere Großväter schliefen, ohne dass wir ihre Wiegen schaukeln mussten, schon damals haben die Riesen uns umzingelt. Du sagst, jag sie weg, meine liebe Oma, meine schöne Oma, doch die Riesen haben Wurzeln geschlagen, die Riesen sind riesig. Hast du wohl geglaubt, ich hätte Angst? Ich stürze mich mitten unter die Riesen, meine Oma. Deine Märchen sind mitten im Leben, meine schöne Oma. Diese Riesen aber sind so groß und mächtig geworden, indem sie unser Blut saugten, unser Leben stahlen, unser Hab und Gut plünderten, unsere Flügel brachen. Mächtig sind die Blutsauger geworden. Hast du aber gedacht, ich würde mich fürchten, weil sie mächtig sind? Ich stürze mich mitten auf sie. Mit ihren Armen, mit ihren Männern, mit ihren Untertanen haben sie uns umzingelt.

Meine schöne Oma, dieses Leben soll allen geschenkt sein, allen, die sich am Wasserlauf sammeln und das Wasser teilen wollen. Aber ich möchte, dass mein Leben etwas nützt, meine Oma. Hast du in deinen Märchen nicht gesagt: „Warum soll man umsonst sterben? Der Kahle zog sein Schwert und schritt voran. Doch er sah, dass es der Blutsauger viele waren, und die Blutsauger waren mächtig und so wartete er, bis er selber mächtig wurde, bis sich viele hinter ihm versammelt hatten. Und dann trat er wieder vor, mit Kahlen wie er selbst, mit Armen wie seinen. Mit einer Schaufel oder was auch immer sie zur Hand hatten, schritten sie voran." So, meine Oma, ich sage mir dann: wenn wir nur die richtige Zeit kennen könnten, wenn unser Irrtum nur was nützen würde, meine schöne Oma...

Er streckt sich zu dem Licht, das durch das winzige Fenster auf den Boden der Zelle fällt, als wolle er es in seine Hände nehmen. Seine knöcherige, feine Hand wird ganz Licht. Das Licht, das durch seine Finger nach unten fließt, bildet Formen auf dem Boden. Als würde er das Licht in seiner Hand zu seinem Gesicht führen, greift er sein dünnes Kinn. Als gehöre seine Gesichtshaut jemand anderem, so fremd ist sie ihm.

Hat er die Zeit vergessen? Oder alles? Und die Angst? Er geht auf die Angst zu, denn er weiß, Angst ist Teil des Lebens.

Seine Angst und seine Freundschaften und Lieben in den bruchstückhaften Erinnerungen nehmen ihn an der Hand.

Er muss mit den Wänden kämpfen! Er darf diesen Fragen nicht unterliegen:

Gibt es keine Zeit in der Zelle?

Denkt man in der Zelle nie an die Zeit?

Gibt es keinen Unterschied zwischen Tag und Nacht?

Besteht die Zelle nur aus Wand?
Sind am Ende eines jeden Weges immer nur Wände?
Endet das Sprechen an den Wänden?
Werden Gedanken von Wänden umzingelt?
Werden die Wände einem eines Tages vertraut?
Darf man der Freundschaft der Wände trauen?

Die Wände kommen dem jungen Mann weder vertraut, noch fremd vor. Durch viele Jahre hindurch dringt der Lehrer zu ihm vor. Jetzt hat er eine Marktschürze an. Er befindet sich in einer großen Menschenmenge. Dem kleinen Metin streichelt er die Haare. „Sperr dich nie selbst ein. Auch wenn dein Körper eingesperrt wird, musst du mit den Gedanken draußen leben."

Etwas, was er nicht vergessen kann, ist das Gesicht seiner Mutter. Die vertrauten Falten in diesem Gesicht. Dieser Duft der Mutter. Die Mutter, die ihn nachts zudeckt und sich nicht traut ihn zu küssen, aus Angst, ihn zu wecken. Die an ihm riecht. Wie viele Gesichter die Mütter haben! Gesichter, die wechseln, je nach der Lage, in der sich ihre Kinder befinden. Ihr letztes Gesicht kann der junge Mann nicht vergessen:

„Wir sehen uns bald, Mutter, mach dir keine Sorgen."
„Mutter, sprich, bitte, sag etwas..."

Der junge Mann sieht seine Mutter zum ersten Mal. Dieses Gesicht sieht er zum ersten Mal. Die Arme, die ihn umfassen, tun ihm weh. Diesen Schmerz spürt er tief in sich drin. Der Versuch zu lächeln gelingt ihm nicht so recht:

„Mutter, du wirst sehen, bald..."

Die Adern am Hals der Mutter sind gestrafft. Ihr Mund ist fest verschlossen. Ihr wird das Sprechen nicht gelingen. Die Augen dieser Frau, die so viele Schmerzen durchlebt hat, haben sich in ihre Höhlen zurückgezogen. Ihre Hände zittern.

Plötzlich versteht der junge Mann, dass diese Trennung nicht so sein wird wie die anderen davor. Am Ende dieser Trennung steht Unheil...

Die Zelle...

Wird er morgen dem Richter vorgeführt? Oder übermorgen? Verliert er tatsächlich das Gefühl für die Zeit? Warum denkt er immer an seinen Vater, wenn er den Rechtsanwalt sieht? An seinen Vater, den er nie gesehen hat? Dabei ist der Rechtsanwalt so jung, er könnte sein Bruder sein. Wie er sich bemüht! Wie er ständig überall ist und alles zugleich tut! Dem jungen Mann bleibt nichts anderes übrig, als zu warten. Damit kann er sich nicht abfinden. Von allem ausgesperrt zu sein ist wie ein zweites Gefängnis. Draußen wird demonstriert, es werden Unterschriften gesammelt, jede Art legaler Aktion wird versucht. Alles für ihn. Von all dem ausgesperrt zu bleiben, macht ihn fertig. Die Traurigkeit seiner Freunde, die ihn besuchen. Und all die anderen Menschen... Telegramme aus aller Welt. Haben die Ereignisse ihn tatsächlich überholt? Was hat er von Anfang an selbst überhaupt tun können? Ist er tatsächlich ein „Opfer"?

Was hat er getan? Warum ist er hier?

Wieder schwirrt im Gedächtnis des jungen Mannes alles durcheinander.

Er findet nicht einmal die Kraft, sich gegenüber sich selbst zu verteidigen.

Was hat er getan?

Hat er etwa wirklich...?

Aber hätte er das nicht gewusst? Kann es sein, dass man seine eigene Tat nicht kennt?

Kann er tatsächlich jemanden töten?

Ist er in all dieser Zeit nicht immer auf der Seite des

Lebens gewesen? Weder für sich selbst noch für andere hat er sich den Tod vorstellen können. Er hat nicht einmal einen Feind gehabt; er hat niemanden als Feind betrachtet. Und steht das, womit er beschuldigt wird, nicht gegen alles, was er glaubt, was er gelernt hat? Ist er nicht immer gegen Terror gewesen? Wie kann derselbe Mensch so etwas tun? Aber woher kommt dann dieser schwarze Fleck in seinem Gehirn? Diese Wände, diese vorbeifließende Zeit, spielen sie mit ihm ein böses Spiel? Oder dienen die Zellen, die Wände und diese absurden Verhöre genau zu diesem Zweck? Sind es die Zellen, die ihn verrückt machen?

Die Zelle...

Was kann er morgen sagen – wird es morgen sein oder wann? - wenn er dem Richter vorgeführt wird? Was gibt es noch zu sagen? Mit welchen Worten kann man seine Lage beschreiben? Hat er nicht schon alles gesagt? Was kann man sonst noch sagen, außer: „Ich will leben!" Ja, er will nur leben, er will nur das Leben, was sein natürlichstes Recht ist. Ist nicht alles ohne Bedeutung, was darüber hinaus geht? Und wie kann man es anders sagen? Wie Worte manchmal jede Bedeutung verlieren!

Der junge Mann möchte nachdenken.

Er denkt darüber nach, was man noch sagen kann außer „Ich will leben". „Morgen", flüstert er. Er mag dieses Wort.

Morgen...

Fritz hat eine schlimme Nacht hinter sich, angstvoll und einsam. Der Anblick der umgekippten Cognacflasche auf seinem Schreibtisch verstärkt seine Kopfschmerzen. Er wirft die leere Flasche hinter die Tür. Dann sammelt er die im ganzen Zimmer verteilten ausgetrunkenen Bierflaschen ein. Er sieht auf die Uhr. Er hat noch Zeit. Er sucht Zuflucht unter der Dusche.

Kalt und warm und dann wieder kalt... Erst jetzt wacht er langsam auf. Der Kater und die Reue über eine sinnlos durchzechte Nacht nehmen langsam ab. Er betastet seinen Körper. Seine Hände durchfahren das dichte Brusthaar. Dann wandern sie nach unten und streicheln den kleinen Bauch. Dann drücken sie ihn, dass es schmerzt. Er bereut, dass er das Tennisspielen vernachlässigt hat. Er schiebt die Schuld auf den Geldmangel.

Aber hatte er damals mehr Geld als jetzt? Und jetzt braucht man nicht einmal zu bezahlen, wenn man auf den Außenplätzen des Vereins spielt.

Nur im Winter muss man einen saftigen Betrag für die Halle hinblättern, doch hin und wieder hat er Unterricht gegeben und so kam das Geld dafür zusammen. Er umfasst sein rechtes Handgelenk, das etwas dicker ist als das linke und verspricht sich, wieder mit dem Tennis anzufangen.

Er sieht auf die Uhr und beschließt, die Haare nicht zu fönen. Er schließt die Tür zum Schlafzimmer auf, sammelt die wild verstreuten Papiere zu einem Stapel und ordnet die Stühle um den Tisch. Er macht das Fenster auf und lehnt sich hinaus. Noch ist Ina, die er jeden Moment erwartet, nicht zu sehen. Er schaut noch einmal auf die Uhr. Er geht im Zimmer auf und ab. Noch ist Zeit. Jedes Mal, wenn er zum Fenster geht, schaut er auf die Uhr. Er geht zum Schreibtisch in der Zimmerecke. Irgendwie ist er stolz auf die Unordnung auf dem Tisch. Er geht wieder zum Fenster. Ihm wird etwas kühl. Er schaut erneut zur Uhr und sieht den Stundenzeiger auf der Zehn stehn. Fritz wartet auf Fatma und Ina - vor allem auf Ina! Diesen Fritz, der mit unnennbar feurigen Gefühlen auf Ina wartet, lässt der andere Fritz, der Psychologe, stehen und sucht Zuflucht in den Notizen auf dem Arbeitstisch.

Bei der vierten Frage lachen beide Fritz. Sie gewinnen ihr ironisches Lächeln zurück. „4. Frage: Wann hast du zum ersten Mal mit einem Mann geschlafen?" Die beiden Fritz werden wieder zu einem einzigen, der jetzt laut lacht. Sie wird sich bestimmt wieder schämen. Sie wird den Kopf senken und zugleich mit ihrer Bauernschläue, die sich hinter ihrer Dummheit verbirgt, lachen. Es ist nicht gut, dass sie ausweichend, ja unehrlich antwortet. Aber so kommt es halt, wenn man nicht direkt miteinander sprechen kann. Eigentlich hat Ina alles vollständig durcheinander gebracht, anstatt es zu erleichtern. Wie ein Staatsanwalt würde er fragen! Er würde sie mit rassistischem Interesse betrachten! Ein „Zur Hölle mit dir!" entfährt ihm.

Wie er auch versucht, alles zu verjagen: die Bilder dieses

dunklen Vereins, die schnurrbärtige Menschenmenge und Inas Haltung, als wäre er ihr Rechenschaft schuldig – er wird das alles nicht los.

Soll er es einfach sein lassen, alles stehen und liegen lassen und von hier weggehen? Aber wohin? Wird er von dieser Frau wirklich nicht profitieren? War es vielleicht ein Fehler, so eine Arbeit anzufangen? Und besonders, Ina zu vertrauen? Sollte er sich nicht besser auf Bücher beschränken, statt sich mit Ina und dieser Frau, die seine Sprache nicht beherrscht, herumzuärgern? Für eine solche Arbeit muss man viel investieren, sehr viel arbeiten... Und nach einer so langen Pause, nach dieser langen Zeit, in der er einfach nur dalag, fehlt ihm die Kraft dafür.

Das Geräusch von Schritten im Treppenhaus reißt ihn aus seinen Gedanken und richtet ihn auf. Jetzt steht er gerade und wirkt auch schon größer als zuvor. Wer ist das wohl? Er geht wieder zum Fenster. Diesmal empfindet er die Leere auf der Straße nicht mehr als beunruhigend. Die Schritte nähern sich, steigen nach oben. Das muss diese Frau sein. Wo bleibt Ina?

Er beeilt sich nicht, die Tür zu öffnen. Doch als er sie aufmacht, verschwindet das Entspannte in seinem Gesicht. Das Rot von Fatmas Kleid schnürt ihm die Kehle zusammen. Während er „Kommen Sie, kommen Sie herein" sagt, dreht er sich um und geht zum Fenster.

Fatmas Lächeln kann ihre Angst nicht verbergen. Sie betritt die Wohnung eines alleinstehenden Mannes; und dazu gesellt sich die lächerliche Furcht, jeden Moment mit ihren noch immer ungewohnt hohen Absätzen zu stolpern. Sie balanciert mit ausgestreckten Armen. Fritz steht noch immer vor dem offenen Fenster und hat dem roten Kleid den Rücken zugekehrt. Mit einem Ruck dreht er sich um - mit gesenktem

Blick. Entweder schaut er auf den Boden oder er hebt den Blick zur Decke. „Bitte, setzen Sie sich", sagt er zu Fatma, die in der Mitte des Zimmers am Tisch stehen geblieben ist. Seine auf dem Boden wandernden Augen sehen Fatmas zitternde Knöchel.

Hätte Fatma nicht Angst zu stürzen, würde sie sich nicht setzen. Dass Ina nicht gekommen ist, freut und ängstigt sie zugleich. Als sie zum ersten Mal bewusst die Wohnung mustert, sieht sie deren Unordnung. Ihr Blick haftet an einer leeren Bierflasche. Fritz bemerkt diesen Blick und stellt die Flasche zu den anderen hinter die Tür. Da lacht Fatma plötzlich auf, sie lacht wie ein kleines, freches Kind. Dass Fritz das gleiche sieht und denkt wie sie, freut sie. Ihr Lachen bleibt genauso wenig verborgen wie ihr Blick. Das ironische Lächeln von Fritz wird ersetzt durch ein väterliches, das sein Kind ertappt hat. Dieses Lächeln bringt Entspannung.

Fatma sieht den Stundenzeiger der Uhr, der jetzt zwischen 10 und 11 steht. Sie ist alles andere als enttäuscht, dass Ina nicht gekommen ist.

Fritz gibt die Hoffnung auf Ina auf. Zwar hängt er noch immer am Fenster, aber er wartet nicht mehr wirklich auf sie. Er sehnt ihr Erscheinen nicht mehr so stark herbei wie vorhin.

Fritz breitet die Arme aus: „Ina wird wohl nicht kommen." Er bemüht sich, langsam zu sprechen und ohne deklinierte Verben.

Fatma öffnet ebenfalls die Arme, neigt den Kopf zur Seite und sagt: „Ich weiß nicht."

„Kaffee?", fragt Fritz.

Fatma senkt den Kopf, aber ihr Lächeln sagt: „Ja." Mit Freude schaut sie Fritz zu, wie er die Kaffeedose aus dem Schrank nimmt. Ihre Angst von vorhin hat sich verflüchtigt.

Ihr ist es natürlich mehr als egal, dass Ina nicht kommt, aber die Hose, in der Ecke gegenüber auf dem Boden, die lässt ihr keine Ruhe. Schon die ganze Zeit hat sie den Drang, aufzustehen und die Hose irgendwo aufzuhängen, aber die Angst, den Gang dorthin mit ihren Absätzen nicht bewältigen zu können und zu fallen, hielt sie bisher zurück. Jetzt steht Fritz mit dem Rücken zu ihr. Rasch streift sie unter dem Tisch ihre Schuhe ab, läuft zu der zerknitterten Hose, legt sie sorgfältig auf das Sofa und streicht mehrfach mit ihren Händen „bügelnd" darüber, mehr streichelnd als glättend. Als sie schon fast wieder auf ihrem Platz sitzt, dreht sich Fritz um und bemerkt ihre Aktion. Das Lächeln in seinem Blick, der sich vom Bann des roten Kleids einigermaßen befreit hat, wird größer; dann wieder kleiner und wieder größer. Er bringt die Kaffeetassen zum Tisch. Bevor er die Milch dazu serviert, riecht er an ihr, um zu sehen, ob sie noch gut ist - und wirft sie weg. Er setzt sich Fatma gegenüber.

„Danke schön", sagt Fatma zweimal. Sie fühlt sich unwohl und wird fast traurig. Sie ist es nicht gewöhnt, bedient zu werden. Am liebsten würde sie den heißen, duftenden Kaffee in ihrem Zimmer verstecken, ihn Hamriyanım und allen anderen zeigen: „Schaut her!", würde sie dann sagen, „Er hat Kaffee für mich gekocht! Diesen Kaffee hat er für mich gekocht!" Aber sie befürchtet, dass man sie dann für verrückt halten wird und trinkt ihn nun doch.

Langsam reicht es ihr. Sie ist es nicht gewöhnt, einfach nur so zu sitzen, sie möchte etwas tun, arbeiten. Wozu soll sie ihm gegenüber sitzen? Wie soll sie verstehen, was er sagt?

Die Blicke von Fritz wandern zwischen ihren schwarzen Augen und ihren Brüsten hin und her. Das Rot auf ihrem hervorstehenden Busen, diese roten Hügel machen ihn schwindlig. Er wird nervös. Er nimmt die vorbereiteten Fragen von seinem Arbeitstisch und liest sie für sich durch. Er schaut Fatma an und lächelt. Dieses Lächeln scheint zu sagen: „Ja, was sollen wir jetzt tun?" Fritz merkt, dass er reden muss, egal, ob die Frau etwas versteht oder nicht:

„Ina ist nicht gekommen, bestimmt konnte sie nicht. Ich habe keine Ahnung, was wir tun sollen", und er zeigt die Papiere in seiner Hand.

Dieses „Ina ist nicht gekommen" versteht Fatma. Lächelnd zuckt sie die Schulter. Sie nimmt einen Schluck von ihrem stark gesüßten Kaffee. Sie mag diesen heißen Kaffee, an den sie nicht gewöhnt ist. Sie setzt sich etwas gemütlicher hin.

Fritz, der mit seinen Gedanken und Phantasien ganz woanders ist, kann seine Blicke von den Brüsten unter dem roten Kleid nicht lösen. Ina, immer sieht er Ina, sogar wenn er Fatma anschaut. Aber er möchte sie vergessen und glauben, dass alles aus ist. Was hat er von ihr noch zu erwarten? Was hat sie unter diesen Menschen, bei denen sie sich ein bisschen stärker fühlt, nicht alles gesagt! Ja, es ist aus, endgültig aus. Sogar diese verdammte Arbeit ist zu Ende, bevor sie überhaupt angefangen hat. Gut, aber warum jagt er diese Frau dann nicht weg? Und warum denkt er weiter unentwegt an Ina? An eine von ihren Ansichten und Gedanken bereinigte Ina, nur fürs Bett? Er wartet noch immer auf sie. Ob sie doch noch kommt? Warum sollte sie eigentlich nicht kommen, trotz allem? Hat sie nicht gesagt: „Ich komme für Fatma"? Er sehnt sich wie verrückt nach ihrem Körper. Die Frau, was macht die Frau da?

„Laß nur, ich mache es schon!" sagt er zu Fatma, die mit den Tassen in der Hand zum Spülbecken geht. Doch auch auf seine Gesten reagiert sie nicht.

„Ach, ist doch nicht der Rede wert, zwei Tassen!" sagt Fatma und merkt erst später, dass sie Türkisch gesprochen hat. Erschrocken merkt sie, dass sie keine Schuhe anhat. Sie eilt zu ihren Schuhen unter dem Tisch und zieht sie errötend an.

Fatma mit ihren Stöckelschuhen, die zu ihren Füßen nicht passen wollen, die die Arme nach beiden Seiten ausstreckt, wenn sie geht, gibt Fritz sein ironisches Lächeln zurück. Doch dieses Lächeln hält nicht lange. Seine Gesichtszüge erstarren wieder. Fritz, der Psychologe, kann den anderen Fritz nicht mehr kontrollieren. Fatma streckt sich nämlich nach dem über der Tür hängenden Tuch, um die Gläser abzutrocknen. Dabei hebt sich ihr Kleid und lässt die Mulden zwischen ihren Ober- und Unterschenkeln sichtbar werden. Fritz spürt, wie sein Mund trocken wird. Seine verschwitzten Hände werden steif. Er versucht, von der Spur, die ihre lange Unterhose hinterlassen hat und die jetzt unter dem seidenen Kleid hervortritt, wegzusehen. Mit zitternden Händen holt er die zweite Cognacflasche unter seinem Arbeitstisch hervor und öffnet sie. „Trinkst du auch?", fragt er Fatma, die sich gerade wieder an den Tisch setzt.

Fatma versteht nicht und schaut ihn mit aufgerissenen Augen an.

„Cognac", sagt Fritz, „trinken, du trinken?"

Fatma lacht laut auf und macht eine abwehrende Geste. Sie errötet.

Fritz versucht zu lachen und füllt das dicke Cognacglas bis zur Hälfte. Er schaut auf die Uhr, die Zwölf zeigt. Er zwingt sich, an Ina zu denken. Der Psychologe Fritz sagt, dass sie nicht kommen wird, niemals mehr, obwohl sie einen Schlüssel hat. Du verlangst ständig etwas von ihr, ohne dafür etwas zu geben, warum sollte sie also kommen? Der Fritz, der bei seinem Cognac Hilfe sucht, hält ihm entgegen, dass sie heute auf jeden Fall kommen wird, wenigstens, um ihre Teilnahme abzusagen. Er weiß genau, was passieren würde, wenn sie käme. Er wird auf keinen Fall eine Diskussion mit ihr anfangen. Er spürt, dass er sich an diesen feinen, warmen, kindlich frischen Körper gewöhnt hat, dass er nicht mehr ohne diesen Körper sein kann. Er braucht jemanden, mit dem er den Glauben an das sichere Kommen Inas teilen kann:

„Sie kommt, sie wird bestimmt heute kommen", sagt er zu Fatma.

Fatma versteht es wieder nicht. Sie sieht Fritz an, der mit dem Cognacglas in der Hand vor ihr steht.

Fritz wiederholt das Gesagte, wobei er die Verben nicht dekliniert:

„Ina kommen, heute bestimmt kommen."

Jetzt versteht sie es. Sie zeigt auf die Uhr an der Wand. Sie versucht, ihm zu sagen, dass sie bald zur Arbeit gehen muss:

„Arbeit... Arbeit gehen."

Fritz, der Psychologe, der im Zimmer auf und ab geht und hin und wieder von seinem Cognac trinkt, versucht den anderen Fritz zu kontrollieren, der verstohlene Blicke auf die Brüste unter dem Roten wirft, das, an den Tisch gelehnt, Erinnerungen an etwas Weiches und Warmes weckt. In der Vermischung dieser beiden Fritz ziehen sich seine Lippen zusammen und die Augen blinzeln.

„Arbeiten, bis wie viel Uhr? Da wie viele Stunden arbeiten?", fragt die röchelnde Stimme der beiden Fritz.

Fatma versteht es. Sie sieht auf, geht zu der Wanduhr und zeigt auf die Elf. Dann wartet sie und versucht zugleich, die nachdenklichen Blicke der Fritze einzufangen.

„Du arbeiten, Ina kommen, Ina warten, dann, nach

Arbeiten, du kommen, Ina, ich auf dich warten. Verstehen?",
sagt Fritz, ohne zu wissen, ohne wissen zu wollen, warum er
diesen Entschluss gefasst hat.

Fatma nickt bejahend.

„Gehen", sagt sie dann, während sie auf die Uhr zeigt. Sie
schüttelt seine verschwitzte Hand.

„Arbeiten, dann du kommen. Ina auch kommen", sagen
die Fritze in ihrer Unentschlossenheit.

Fatma eilt nach oben, um sich vor der Arbeit umzuziehen.
Das Treppenhaus wird von einem regel- und taktlos, aber
klangvoll gesungenen Klagelied erfüllt:

„Jeden Abend in der Fremde

Ging die Sonne unter in meinem Herzen..."

Hamriyanım, du siehst selbst, was mit uns los ist, nicht wahr? Wir sind irgendwie seltsam, wir sind verrückt geworden... Also gut, also gut, nicht, dass es uns nicht gefallen würde. Warum sollen wir es verschweigen, klar, wir freuen uns. Und was ist denn dabei, wenn wir hingehen? Nicht wahr? All diese Jahre lang sind wir nicht in fremde Wohnungen gegangen, wir haben nicht einmal unser Haar gezeigt, und was haben wir davon gehabt? Was ist denn dabei, wenn wir uns ein wenig unter die Menschen mischen, mit ihnen sprechen, wem kann das etwas schaden? Was heißt hier sprechen, mit welchem Deutsch haben wir denn gesprochen? Ach, nein, hör nicht auf mich, natürlich haben wir gesprochen. Menschen sprechen auch mit ihren Augen, Hamriyanım. Ich für meinen Teil, verstehe sehr wohl, was er mir mit seinen Augen sagt. Ich schwöre dir, auch er versteht es. Ich sah auf die Flasche auf dem Tisch und es verging keine Sekunde und er nahm sie und stellte sie weg. Dann haben wir beide darüber gelacht, dass wir uns verstanden haben. Aber wir sind auch so was von ungehobelt, Hamriyanım! Statt die Schuhe vor der Tür auszuziehen, sind wir einfach hineinmarschiert und haben sie unter dem Tisch ausgezogen. Wer weiß, was er über uns *gedacht hat! Aber wenigstens haben wir es verstanden und unsere Schuhe gleich wieder angezogen.*

Sie zieht das Kleid aus und legt es sorgfältig auf das Bett. Sie staunt darüber, mit welch gewohnten Griffen sie den Büstenhalter ablegt. Das macht ihr keine Schwierigkeiten mehr. Nur mit einer Unterhose bekleidet, bleibt sie vor dem Bett stehen. Sie wirft sich auf Hamriyanım, umarmt und küsst sie und küsst und küsst.

Warum ist wohl dieses Mädchen nicht gekommen, Hamriyanım? Wir ärgern uns nicht mehr so über diese Ina, nicht wahr? Was hat sie uns denn getan? Aber sie hat sich ja auch sehr verändert. Sie wirkt traurig, immer traurig. Vielleicht beachtet unser Fritz sie nicht mehr. Wieso unser Fritz, Mädchen, bist du übergeschnappt? Einen fremden Mann erklärst du einfach zu „unserem". Warum soll er „unser" sein? Soll ein bedeutender Doktor keine andere gefunden haben als uns? Ja, aber warum denn nicht wir? Was haben wir weniger als alle anderen Menschen? Fritz hat erkannt, was für ein Mensch wir sind. Er hat uns behandelt wie eine Dame. Mit seinen eigenen Händen hat er uns Kaffee gemacht. Hätte er das denn auch für andere getan? Sag mir, Hamriyanım, würde er das tun? Es tat ihm dann leid, dass wir die Tassen gespült haben, er verlor sich in Gedanken. Und dann sagte er etwas, bestimmt so etwas wie: „Mach dir keine Mühe, ich spüle sie." Wir haben uns aber nicht wenig geschämt, nicht wahr? Ein großer Doktor bemüht sich, uns Kaffee zu kochen. Und dann, uns den Kaffee zu servieren. Schande über uns, Hamriyanım, Schande über uns! Er arbeitet und wir sitzen da wie ein Felsbrocken. Man muss doch aufstehen und sagen: „Lass mich das machen." Gut, aber mit welcher Sprache sollen wir so etwas sagen? Sogar auf

Türkisch würden wir ins Stottern geraten.

Wenn du die Wahrheit hören willst, Hamriyanım, ich habe Angst. Hilf mir, halte meine Hand, sag mir, was du denkst, was soll daraus werden, wohin soll das führen? Und immer wieder muss ich an dieses Mädchen denken, Ina, Ina... Tu nicht so, als wüsstest du nichts. Das Mädchen tut doch niemandem etwas. Wenn sie hinterlistig wäre, würde sie uns in seine Wohnung lassen? Würde sie mitkommen und übersetzen, was wir sagen? Würde sie, obwohl sie keine Türkin ist, für diesen türkischen Jungen, wie hieß er gleich, Metin, ja, würde sie für diesen Metin so viel Mitleid empfinden? Aber woher willst du denn wissen, dass sie alles richtig übersetzt? Vielleicht verdreht sie seine Worte und gibt sie uns so weiter, wie es ihr passt. Woher können wir das denn wissen? Würde sonst ein bedeutender Doktor solche Fragen stellen? Ach, Hamriyanım, seit Jahren leben wir in diesem Land und haben nicht einmal ein bisschen Deutsch gelernt. So blöd, wie wir gekommen sind, werden wir bleiben.

Nein, Hamriyanım, man soll nicht übertreiben. Lach nicht, es gibt nichts zu lachen! Er hat uns geschätzt und geachtet. Er hat uns von diesem gelben Getränk angeboten. Warum haben wir denn nicht getrunken? Gut, ist in Ordnung, schau mich nicht so böse an. Du hast recht, wir sind nicht gewöhnt an solche Dinge. Wenn wir so was trinken, landen wir auf dem Boden. Und es ist ja auch Sünde, Mädchen, Sünde! Du willst Verbotenes trinken, dich auf dem Boden wälzen und dem Mann zur Last fallen! Das geht ja wohl nicht. Gut haben wir daran getan, nicht zu trinken. Lach nicht so, wir wollen ja gar nicht trinken, nur reden halt, einfach so.

Wie er uns anschaut, Hamriyanım! Manchmal lacht er so seltsam und seine Blicke verlieren sich in weiter Ferne. Ich habe es dir von Anfang an gesagt: dieser Junge hat irgendetwas. Solche Sachen sind ja nie einseitig. Auch er, nicht wahr, auch er... Aber warum ist er immer noch traurig? Wir denken ja so viel an ihn. Ob er das wohl weiß?

Gut, ich habe mich auch über mich selbst geärgert, Hamriyanım, tu wenigstens du das nicht. Hätten wir ruhig dagesessen, hätten wir uns nicht überall eingemischt, es wäre besser gewesen, aber wir haben es nicht geschafft. Wir haben die Tassen gespült, na gut, Tassen kann man spülen, es ist nichts dabei. Sollen wir als Frau da sitzen bleiben und den Mann die Tassen spülen lassen? Aber warum haben wir die Hose nicht in Ruhe gelassen? Nein, wir konnten uns nicht zurückhalten. Gut, wir haben die Hose aufgehoben, aber warum mussten wir darüber streifen, als würden wir sie streicheln? Wieso wird es uns nicht klar, dass wir dort Gast sind und bleiben ruhig sitzen? Wie sagt das Sprichwort: Einen schweren Stein kann weder Wind noch Wasser bewegen. Ja, es stimmt, wir haben keine Ahnung, wie man sich verhalten muss, damit man geschätzt und geehrt wird. Was kann man machen, wir sind daran gewöhnt, unentwegt zu arbeiten. Aber nein, wir sind doch keine Sklaven, nein, jeder würde an unserer Stelle genau das Gleiche tun. Wir konnten doch nicht die Hose da einfach liegen lassen. Klar, sie schafft das also nicht, dieses krummbeinige Mädchen, diese Ina.

Wir sind vielleicht nachtragend, Hamriyanım, wie die Kamele. Wir haben Ina am Anfang nicht gemocht und nur deswegen ärgern wir uns immer noch über sie. Es passiert einem alle vierzig Jahre vielleicht, dass man eine Deutsche findet, die unsere Sprache spricht, und was tun wir? Wir würden sie, hätten wir die Gelegenheit dazu, auf der Stelle erdrosseln. Aber warum sieht sie unseren Fritz so böse an, als wäre er ein Feind? Warum wird sie plötzlich verrückt und schreit unseren Fritz an? Wieso schaut sie ihn nicht so an, wie sie uns anschaut, wieso spricht sie mit ihm nicht so wie mit uns! Nein, ihr kann man es nie recht machen! Du, du müsstest froh sein, dass unser Fritz mit dir überhaupt spricht, dass er sich mit dir einlässt, dass er vielleicht, vielleicht... Ach, nein, Hamriyanım, du denkst immer an Böses, Hirngespinste sind das. Und übrigens, was geht es uns an, auch wenn sie miteinander Dings machen, sollen sie uns um Erlaubnis bitten?

Wir sind eine Schlampe, Hamriyanım, schau, wenn wir daran denken, verlieren wir alle Ruhe.

Wie gut, dass wir dieses Kleid gekauft haben, Hamriyanım. Es ist klar, dass es ihm gefällt, so wie er guckt! Was war das früher für eine Schlampigkeit, nicht wahr? Wir haben uns um uns selbst nicht gekümmert damals. Doch, doch, gut haben wir's gemacht. Nimm es nicht ernst, dass sie uns „Oma" nennen. Das ist Raşits Blödheit. Nein, das ist uns jetzt egal. Was haben wir mit Oma-sein zu tun? Siehst du, die Zitrone hat unseren Händen gut getan, sie sind weißer geworden und weicher. Siehst du, es ist alles in Ordnung bei uns. Sind wir etwas zu klein, Hamriyanım? Ach nein, und wenn wir unsere Stöckelschuhe tragen, dann wirken wir auch gar nicht klein. Sieh dir einmal unsere Haare an. Ach, Hamriyanım, es ist ja unsäglich, was wir alles getan haben! Auch das gute alte Kopftuch haben wir einfach weggeschmissen. Ach komm, in welchen Zeiten leben wir denn, wer trägt noch ein Kopftuch auf der Straße? Komm, mach dir keine Gedanken darüber. Nur wir hatten ein Kopftuch und alle haben sich umgedreht und geguckt, als wäre was Seltsames los. Gut haben wir daran getan, das Kopftuch abzulegen. Warum sollen wir diese schö-

nen Haare verbergen?

Abends gehen wir wieder hin, sei also bereit, Hamriyanım. Wir wollen uns heute bei der Arbeit nicht so sehr anstrengen und wir wollen aufpassen, dass wir nicht verdreckt zurückkommen. Ina wird auch kommen am Abend. Also fast würde ich sagen, es wäre gut, wenn sie nicht käme... Wir sind aber völlig verrückt, Hamriyanım. Das Mädchen soll nicht kommen, aha! Und was machen wir, wenn sie nicht kommt? Was wollen wir reden? Was tut denn das Mädchen Böses? Ja, wenn sie nicht kommt, dann trinken wir halt Kaffee. Vielleicht von diesem gelben Getränk, nicht wahr?

Wir kommen zu spät zur Arbeit, Hamriyanım. Und wir reden hier weiter, obwohl wir wissen, dass wir zu spät kommen.

Eilig zieht sie ihr Arbeitskleid und widerwillig ihre alten Schuhe mit den dicken Absätzen an. Als sie sich ihren neuen Mantel überzieht, wird ihr etwas leichter. Ein letztes Mal umarmt sie Hamriyanım.

Leg dich brav schlafen, bis ich komme, Hamriyanım. Sei nicht traurig, ich mache die Arbeit schnell und lass dich nicht lange warten. Ich muss ja zuerst bei dir vorbei, ich kann nicht mit diesem Kleid zu Fritz gehen. Also, ich komme, um mich umzuziehen. Dann unterhalten wir uns weiter. Bleib gesund bis dahin.

Auf der Treppe streckt sie die Hand nach seiner Tür, um ihm „Auf Wiedersehen!" zu sagen.

Sie nimmt es nicht so wichtig, dass sie zu spät kommt. Sie kann nicht umhin, nach dem Überqueren der Straße noch einen Blick ins Schaufenster des Hutladens zu werfen. Den Brautschleier, beschmückt mit kleinen weißen Blumen, findet sie schöner als je zuvor. Dann schweift ihr Blick zu seinem

Fenster. Sie sieht ihn. Sie sieht auch, dass er sie gesehen hat, auf sie schaut und winkt. Ihr pocht das Herz bis zum Hals, sie weiß nicht, was sie tun soll. Wie von selbst hebt sich ihre Hand und winkt. Sie bleibt wie erstarrt stehen. Sie ist wie in einem Traum. Hätte sie nicht gesehen, dass Fritz zum zweiten Mal winkt, würde sie dort wohl weiter stehen bleiben. Eilig winkt sie noch einmal. Dann geht sie und läuft und läuft... Jetzt ist sie ein Vogel, jetzt fliegt sie.

Jetzt ist es ihr völlig egal, dass sie zu spät kommt. Auch das Restaurant verschwindet, fällt heraus aus ihrer Welt. Überall, wo sie hinschaut, sieht sie einen lächelnden Fritz, der ihr zuwinkt. Sie freut sich jetzt erst recht, dass sie den neuen Mantel angezogen hat, der die Schlampigkeit ihres Arbeitskleides bedeckt.

Je näher sie aber dem Restaurant kommt, um so stärker weicht die Freude über Fritz einer Angst vor Raşit. Eine starke Unruhe befällt sie nun und zieht ihr die Brust zusammen. Aber Meister Naci... Sie werden heute zum letzten Mal zusammen arbeiten.

Sie lehnt sich an den Tisch des Restaurants. Ihr Atem rast und aus ihrem Rachen kommt ein stöhnender Laut. Alles erscheint ihr jetzt zu viel, die Schmerzen, das Glück, Ina, Fritz, Metin... Und jetzt auch noch die Trennung von Meister Naci. Sie hat das Gefühl, diesen Abschied nicht gebührend und nicht richtig wahrzunehmen. Wie auch die Zusammenarbeit in der Küche all diese Jahre hindurch. In letzter Zeit war dieser große Mann immer wie ein in sich versunkenes, trauriges Kind.

Fatma findet Raşit gedankenversunken vor, den Kopf zwischen den Händen. Meister Naci muss wohl drinnen in der Küche sein. „Ich musste was erledigen, deswegen komme ich zu spät...", versucht sie zu sagen. Raşit nimmt eine Hand vom Kopf und deutet Fatma mit einer Geste so etwas an wie: Lass jetzt, lass mich in Ruhe!

In der Küche bereitet ein abwesender Meister Naci das Fleisch für die Spieße vor. Sie wundert sich, dass er ihren Gruß nicht hört.

Was hat dieser Mann? Bereut er etwa, dass er gekündigt hat? Ist er traurig? Und was soll sie tun, wenn Meister Naci gegangen ist? Wird dann Raşit nicht noch wilder und skrupelloser werden, Raşit, der sogar in Anwesenheit von Meister Naci keine Gelegenheit verpasst, Fatma niederzumachen? Sie spürt irgendwie, dass diese Küche ohne Meister Naci nicht auszuhalten sein wird.

Sie nimmt die Tüte mit den Zwiebeln. Sie versucht, an Fritz zu denken. Sie ärgert sich erneut, dass Meister Naci zu solch einer unpassenden Zeit kündigt; das macht sie traurig. Irgend etwas scheint schief zu laufen.

Meister Naci dreht sich um und schaut Fatma an. Er lässt die Arbeit liegen und blickt sie an, als bemerke er sie erst jetzt. Er schüttelt den Kopf.

Die Zeit scheint stehen geblieben zu sein.

Die winzigen Zwiebeln sind plötzlich eine unübersehbare Menge.

Sagt Meister Naci etwas?

Frischgedruckte Flugblätter werden auf die Arme genommen. Das Verantwortungsbewusstsein lässt sie sogar das schöne Wetter vergessen. Niemand beachtet die verführerische Sonne des Sommers. Erschöpfte und schlaflose Augen betrachten traurig ihre Umgebung. Jeder schaut den anderen an. So, als hätten sie vergessen, was sie tun, wo sie anfangen sollen. Hat man dabei nicht noch eben im Verein bis ins letzte Detail besprochen, was zu tun sei? Wer mit wem wohin zu gehen habe? Wie immer reißt Inges frischklingende Stimme aus der Lethargie:

„So, los jetzt, lasst uns nicht herumstehen. Jeder weiß, wohin er zu gehen hat, Danach treffen wir uns im Verein."

Junge Menschen, mit Flugblättern und Hoffnung beladen, verteilen sich in die Straßen Berlins.

Ina sieht Ali, wie er an den Flugblättern in seinen Armen riecht. Sieht auch sein trauriges Lächeln.

„Ich mag diesen Duft. Immer wenn ich ein neues Buch kaufe, schlage ich erst die Seiten auf und sauge diesen Papiergeruch in mich hinein", sagt Ali auf Türkisch.

Ina staunt. Sie hätte nicht gedacht, dass bedrucktes Papier einen besonderen Geruch haben kann. Sie riecht auch an den Flugblättern.

„Die sind aber nicht zum Riechen da", sagt Ali jetzt und gibt einem alten Mann, der gerade an ihm vorbeigeht, das oberste Blatt. Während sich auf Inas Gesicht ein Lächeln ausbreitet, schaut der alte Mann nicht das vor seine Nase gehaltene Flugblatt an, sondern Ali. Er verzieht zuerst das Gesicht und dann sich selbst. Inas Lächeln erstarrt. Sie hätte so gern aus ganzem Herzen auf Alis Äußerung hin gelacht: Die sind aber nicht zum Riechen da.

Ali nimmt es nicht so wichtig. Aus der Türkei ist er an derlei gewöhnt. Man kann ja niemanden zwingen, ein Flugblatt mitzunehmen, wer will, nimmt eins, wer nicht, der tut's halt nicht. Er schaut Ina an. Er versteht nur mit Mühe, was Ina auf Türkisch sagt: „Lassen wir die U-Bahn fahren, das Wetter ist so toll!" Er nickt. Dass sich in seinem Gesicht, dessen Züge in letzter Zeit immer tiefer zu werden scheinen, ein kaum merklicher Ausdruck von Glück festsetzt, beunruhigt ihn. Er hat das Gefühl, mit der einen Gesichtshälfte zu weinen, während die andere Hälfte lacht. Er kann sich mit der lebendigen Freude nicht abfinden, die sich in seinem Herzen ausbreitet. Aber wie ist Inges Verhalten zu deuten, dass sie Ina und Ali erst als letzte einteilte, als sie eben im Verein entschied, wer wohin zu gehen hat? Und dann, dass sie sagte: „Ihr beide in die Mensa der Uni"? Und wie sie, während sie das sagte, Ina und Ali in die Augen sah? Schien sie auf diese Art nicht zu sagen: „Ja, so ist es eben, Freunde, wir sorgen uns um Metin, aber das Leben geht weiter und wird weitergehen, in seiner ganzen Pracht"?

Trotzdem ärgert sich Ali über sich selbst. Wenn er jetzt nur in einem großen Bett wäre, mit einer großen Decke, und er könnte sich unter der Decke verbergen und schlafen, schlafen, schlafen. Nein, er ist nicht müde, er will sich nur hinter oder unter irgendetwas verstecken. Als beim Laufen Inas Arm den seinen berührt, geht er schnell einen Schritt zur Seite. Er empfindet es als schmerzlich und unerträglich, in Zeiten zu leben, in denen man sich für Liebe schämen muss. Er verzieht das Gesicht. Dass Ina seit dem letzten Abend Türkisch spricht und das sogar in der Anwesenheit von - wie hieß er noch mal, Fritz? - getan hat, verstärkt seinen Schmerz und wirft noch mehr neue Fragen auf. Was war los mit Fritz? Wie war es möglich, dass dieser Mann, der sich sonst immer aufführte, als wäre die Erschaffung der Welt ihm zu verdanken, so verzweifelt wirkte? Und diese Augen, die man sonst nur bei Menschen sieht, die zu Tode erschrocken sind und bei denen man nie weiß, was sie im nächsten Augenblick tun werden. Und die Gleichgültigkeit Inas ihm gegenüber. Und ihr Zorn.

Ina versteht Ali, der wie flüchtend zur Seite gegangen ist und jetzt am anderen Ende des Bürgersteigs geht. Sie erklärt sich das mit seiner Schüchternheit und macht sich keine weiteren Gedanken darüber. Fatma sitzt jetzt in ihrem Gehirn fest und erlaubt ihr nicht, sich mit Ali zu beschäftigen. Seit dem frühen Morgen denkt sie an Fatma. Sie fühlt sich glücklich, ja, es kommt ihr wie eine Rettung vor, dass sie Fritz nicht besucht hat. Aber Fatma? Was wird sie wohl gedacht haben? Sie muss allein mit ihr sprechen, unbedingt. Sie hat Angst, zu spät zu kommen. Sie sieht Fatma einsam und schutzlos in einer Leere schweben. Andererseits, was kann ihr schon passieren? Trotzdem nimmt sie sich vor, hinzugehen. Morgen, nach der Gerichtsverhandlung wird sie hingehen. Und sie muss auch den Schlüssel für Fritz' Wohnung mitnehmen und ihn unbedingt zurückgeben. Ohne sich aufzuregen, ohne laut zu werden, kalt; sie muss sich von ihm dieses schiefe ironische Lächeln, das er sonst immer auf den Lippen hat, ausleihen und den

Schlüssel mit diesem Lächeln zurückgeben. Wer weiß, vielleicht wird sich morgen die Situation für Metin bessern und dies eine Freude hervorrufen, die die unerträglichen Spuren der mit Fritz verbrachten Zeit wegwischen. Oder soll sie den Schlüssel einfach in den Briefkasten werfen? Dann wird er alles verstehen. Jetzt darf sie sich nicht mehr darum kümmern, was mit ihm passiert und was er tun wird. Sie muss es unbedingt vermeiden, mit ihm zu diskutieren. Immer, wenn sie zu ihm gegangen ist und versucht hat, ihm zu sagen, was sie schon im Kopf formuliert hatte, hat eine unerklärliche Kraft, die aus ihm hinausströmt, verhindert, dass sie es ausspricht. Ina kann das nicht so recht verstehen. Und warum hat sie die ganze Zeit Mitleid mit ihm gehabt? Was hat sie in dieser Beziehung gefunden? Hat Fritz eine Krankheit, die sich hinter seinen körperlichen Gelüsten verbirgt? Und was ist mit Fatma? Wenn sie die Angst, die sie für Fatma verspürt, wenigstens benennen könnte!

„Ich gehe zum Seiteneingang. Wer zuerst fertig ist, kommt dem anderen zu Hilfe, gut?" Ina erwacht aus einem Traum. Erst nach einer Weile wird ihr klar, dass sie sich vor der Mensa befinden. Mit einer kindlichen Hartnäckigkeit sucht sie Alis Blicke, die auf dem Boden haften. Sie greift seinen Arm: „Wenigstens du sollst mir nicht böse sein, mich nicht so enttäuscht ansehen. Die Last der Entscheidungen, die ich treffe, ist kaum zu tragen. Aber du, der unverhofft meinen Weg gekreuzt hat, wenigstens du sollst mich stützen", scheint sie mit ihrem Blick zu sagen. Ali schaut schnell von ihr weg.

Aus den Notizen für die Doktorarbeit von Fritz:
... und es ist möglich, die unterdrückte weibliche Persönlichkeit, die in den patriarchalen Gesellschaften zu finden ist, mehr oder weniger bei allen türkischen Frauen zu beobachten.

... die Veränderungen, die bei manchen von ihnen festzustellen sind, entspringen nicht dem Willen zur Anpassung, sondern den Notwendigkeiten der neuen Gesellschaft, in der sie zu leben angefangen haben...

... die beobachteten förmlichen Veränderungen entsprechen nicht den Maßstäben der neuen Gesellschaft.

Beispiel 1: Frau F.
Sie hat so gut wie keine Beziehung zu den Menschen der Gesellschaft, in der sie lebt. Die Tatsache, dass sie allein lebt, die besonderen Merkmale ihrer Wohnung und dass sie auch in der Gesellschaft, aus der sie stammt, ein isoliertes Leben führte, sind auch für ihre Beziehung mit ihren Landsleuten...

Von besonderen und sehr wichtigen Anlässen abgesehen, ist sie sogar mit Menschen ihrer eigenen Gesellschaft...

... sie ist ungefähr dreißig Jahre alt. Auf die Frage, ob sie einen Freund habe, hat sie mit einer absurden Schüchternheit...

Die Frage, was sie in ihrer Freizeit tue, ist für sie unverständlich, Freizeit ein fremder Begriff. Und das, was sie als Arbeiten bezeichnet...

... ihre Antwort zeigt, dass Hinterlistigkeit zu einer Eigenschaft ihrer Person geworden ist...

... Merkmale davon, dass ihre Herkunftsgesellschaft erst in einer späteren Phase sesshaft wurde, können sogar jetzt noch, nach hunderten von Jahren, an Frau F. beobachtet... in ihrer Wohnung...

... dass sie allein lebt, keine Beziehung zu den Menschen um sie herum hat (Freund), kann auf eventuelle sexuelle Probleme hindeuten (bei den nächsten Treffen sollte dieses Thema angesprochen werden, wobei ihr schüchternes Verhalten berücksichtigt werden muss, damit man sie nicht erschreckt);... dass sie sagt... dass sie dabei zögert, deutet auf sexuelle Probleme...

... auf ihrem Bett eine Puppe, der sie ein Brautkleid angezogen hat...

... und die Gewohnheit, Hausschuhe oder Schuhe anzuziehen...

... und vor allem, sie verliert sich sehr oft in Gedanken... diese Abwesenheit und... die Langsamkeit ihrer Bewegungen deuten auf Gedanken, besser gesagt, auf eine Innenwelt hin, die nicht als gesund bezeichnet werden kann. Darüber hinaus...

... die Unvereinbarkeit ihrer Aussagen mit ihrem Leben, soweit es beobachtet werden kann... wobei es eine zu einfache Erklärung sein dürfte, sie als unehrlich zu bezeichnen...

... und die Spuren der Gesellschaft, in der sie lange Zeit

gelebt hat - das Landleben in der Türkei - können konkret...

... das Fehlen von sozialen Beziehungen... der gemeinsame Nenner der Widersprüchlichkeiten...

Eine Verallgemeinerung...

... ihre Kindheit... zu verbergen...

... dass sie für Bier Weingläser benutzen wollte...

... ihre Hilfsbereitschaft - oder dass sie so tut - muss in Zusammenhang mit ihrem Bestreben nach Akzeptanz...

... das Bestreben nach Akzeptanz zu trennen von der Problematik der Anpassung...

... dass sie keine Schule besucht hat, zum Teil im Zusammenhang mit ihrer Situation als Frau... was sie natürlich findet...

... die deutsche Sprache seit Jahren... auch in ihrer Gesellschaft, ihrer Sprache... (Es muss mit Ina besprochen werden, inwiefern sie die türkische Sprache...)

... gekommen ist, und das Pro-Kopf-Einkommen in der Türkei...

... und dass sie ihre Beziehung zu ihren Angehörigen in der Türkei nicht abgebrochen hat...

... in einer zivilisierten Gesellschaft, wo die Arbeitszeiten präzise festgelegt sind... als sie auf die Frage nach ihren Arbeitszeiten antwortet... (nein, wir spinnen, so völlig ohne Vorbereitung, ohne Methode... Das geht nicht, so wird nichts daraus werden... Mit Ina lange und ausführlich...)

... die Frau... (zur Hölle mit euch, mich euch allen...)

"Mensch, Oma Fatma, heute ist also der letzte Tag! Was hast du denn, Oma Fatma?"
„Ich weiß nicht, ich weiß es nicht."
Sie bringt es nicht fertig zu fragen: „Und was mache ich jetzt?" Erstaunt betrachtet sie das traurige Lächeln von Meister Naci. Sein „Heute ist also der letzte Tag" klingt in ihrem Ohr, als wäre sie in einem Traum. Sie weiß nicht, was es bedeuten soll, dass alles plötzlich zur gleichen Zeit passiert. Sie denkt an den Tag, an dem sie hier angefangen hat. Und dass Meister Naci sogar den Abwasch übernahm. Und wie er dann sagte: „Mach dir keine Sorgen, alles wird gut mit der Zeit, du wirst alles lernen. Man lernt ja nichts im Bauch der Mutter." Und dass Meister Naci zu jedem religiösen Festtag in schmuckes Papier eingepackte Schokolade in die Küche brachte. Doch warum ist er so traurig, er ist ja ganz in Gedanken versunken:

„Du siehst traurig aus, Meister Naci. Ist etwa was schiefgelaufen in der neuen Arbeit? Also in der Fabrik, in der großen Fabrik?"

„Nein, Oma Fatma, ich denke nicht an die Arbeit. Wie ich schon gesagt habe, solange wir Lastträger bleiben, wird es immer genug Last zum Tragen geben. Ich denke halt so nach... über alles, so... und dieser Junge, Metin, du weißt schon."

Auf die Fragen, über die er nachdenkt und die er sich stellt, hat er keine Antwort. Wie soll er Fatma das alles erklären? In den letzten Tagen hinterfragt er alles, alle, aber am meisten sich selbst. Er möchte wissen, was Deutschland ihm in all diesen Jahren gegeben und was es von ihm weggenommen hat. Alles, was er tut und was er noch tun will, lässt er Revue passieren. Er spürt irgendwie, dass er etwas verloren hat, kann aber nicht herausfinden, was. Nach Deutschland zu kommen und Geld zu sparen, löst also keines der Probleme. Warum hilft ihm jetzt der kleine Kebapladen nicht, von dem er seit Jahren träumt, den er bis in die winzigsten Einzelheiten im Kopf ausgestattet hat? Sein Geld auf der Bank würde ja reichen. Wenn er heute noch in die Türkei gehen würde, könnte er den Laden eröffnen. Ein winziger Kebapladen. Es wird nur drei Tische geben. Genau drei Tische, nicht mehr und nicht weniger. Bei ihm wird niemand arbeiten. Sogar abwaschen wird er selbst. Jeder, der den Laden von außen sieht, wird denken, das sei kein Kebapladen, sondern ein Blumengeschäft. Überall Blumen. Pro Tag wird nicht mehr als ein halbes Lamm verkauft, jeden Tag ein halbes Lamm. Wer zu spät kommt, muss am nächsten Tag wiederkommen. Das Fleisch wird er mit dem Messer zerkleinern, nicht in der Maschine. Wer kann denn glauben, ein Kebap mit in der Maschine zerkleinertem Fleisch würde noch nach etwas schmecken? Diejenigen, die kommen, werden nicht seine Kunden sein, sondern seine Freunde. Ein kleines Haus. Und in diesem Haus eine... wie Semra... Dieser Laden, der fast zum Greifen nahe da steht, warum hilft er ihm jetzt nicht? Die Einsamkeit, in der er all diese Jahre gelebt hat, begreift er erst jetzt, in diesem Augenblick. Wie schlimm wäre es erst, wenn er nicht die Freunde im Verein hätte! Geld ist also nicht alles. Auch in diesem schönen, schicken Leben in Deutschland wirken also unsichtbare Kräfte. Wie soll er Fatma, die ihn anschaut und ihn zu verstehen versucht, all diese Widersprüchlichkeiten klarmachen, die nicht einmal ihm klar sind?

„Haben denn die Unterschriften dem Jungen was genutzt?" fragt sie, während sie an die Kreuzchen denkt, die sie mit zitternden Händen sorgfältig gekritzelt hat.

„Natürlich Oma Fatma, das ist klar. Aber noch steht nichts fest. Morgen ist die Gerichtsverhandlung. Wir werden sehen, was passiert. Die Regierung macht sehr viel Druck. Nach der Arbeit gehe ich wieder in unseren Verein."

Unter Regierung kann sich Fatma nichts Konkretes vorstellen. Verein versteht sie, sie denkt an so was wie ein Teehaus. Aber Regierung?

„Sie sollen ihn nicht schicken. Wenn dem Jungen was Schlimmes passieren wird, sollen sie das natürlich nicht tun!"

„Aber die Regierung sagt, man solle ihn schicken. Die großen Männer, die in der Regierung, sind dafür, dass er geschickt wird."

Die Regierung erinnert Fatma, warum auch immer, an den Dorfvorsteher Osman.

„Ja, wenn das so ist, ist die Sache nicht einfach, Meister Naci. Mit Regierungsmännern kann man es nicht aufnehmen. In unserem Dorf hatte Onkel Muslu eine Geschichte mit dem Dorfvorsteher, wegen eines Ackers. Onkel Muslu war im Recht, alle wussten das, sogar der Dorfvorsteher Osman wusste das. Aber der Dorfvorsteher hatte Bekannte in der Stadt. „Ich bin die Regierung im Dorf", stolzierte er im Dorf herum. Der Acker gehörte Onkel Muslu, Gott ist sein Zeuge. Aber der Dorfvorsteher Osman nahm ihm den Acker weg. Es ist schwer, Meister Naci, mit Regierungsmännern zu streiten. Aber du sagtest einmal, ihr wollt marschieren. Wenn alle marschieren und zur Regierung gehen, dann hat die Regierung vielleicht Angst."

Meister Naci geht ein Licht auf. Er legt die Kebapspieße aus der Hand:

„Wenn alle marschieren, alle, nicht wahr, Oma Fatma?"

Fatma spricht mit diesem Menschen, mit dem sie seit Jahren zusammenarbeitet, zum ersten Mal so ausführlich und ohne sich zu schämen. Das erstaunt sie. Sie möchte das Gespräch weiterführen. Keine Spur mehr von dieser Schamhaftigkeit und Angst:

„Wenn alle marschieren und zur Regierung gehen, macht das der Regierung Angst. Ja, sie bekommt zwar Angst... Aber Böses kann auch nicht zum Guten führen. Die, die marschieren, sollen der Regierung nichts antun. Niemand soll seine Hand mit Blut beflecken. Wenn die Regierung trotzdem „Nein" sagt, sollen alle wieder nach Hause gehen. Sie sollen aber vorher sagen: „Wenn ihr diesen Jungen wegschickt, werden wir auch aus Deutschland weggehen!" Türken, Deutsche, Griechen und Menschen aus allen Nationen sollen das sagen. Dann bleibt niemand mehr in Deutschland. Straßen werden leer, Häuser werden leer, dieses Restaurant wird leer. Nur die Regierung bleibt. Ganz allein..."

Meister Nacis Gedanken fangen an, sich zu ordnen. Er wollte eigentlich etwas erzählen und dieser alleinlebenden Frau, die nichts von der Welt versteht, etwas beibringen. Doch Fatmas Blick auf diese Sache, von der sie nur eine grobe Ahnung hat, macht es ihm möglich, Antworten auf seine Fragen zu finden.

„Das stimmt, Oma Fatma, das stimmt! Auch Fabriken werden leer, und auch Straßen und Häuser. Über wen wird dann die Regierung herrschen? Natürlich! Du bist vielleicht eine kluge Frau, Oma Fatma!" Seine ganze Traurigkeit und Bedrücktheit sind verflogen. Metin, den er noch nie gesehen hat, ist aus dem Gefängnis rausgekommen. Jetzt steht er vor ihm und lacht ihn an. In diesem Kebapladen, diesem kleinen Laden voller Blumen. Er öffnet die Durchreiche. Raşit, auf den Tisch gelehnt, merkt das nicht. Er hält immernoch den Kopf zwischen den Händen. Meister Naci wollte ihn anschreien, aber er bringt jetzt keinen Ton heraus. Es drängt ihn, Raşit mit irgend etwas zu vergleichen. Er möchte sich über Raşit ärgern, doch es gelingt ihm nicht. Schließlich erinnert er ihn an winzige Küchenschaben, die weder jemandem etwas nutzen noch schaden. Das gefällt ihm. Sein lautes Lachen, das er die ganze Zeit mit Mühe unterdrückt hat, kommt wie eine Explosion heraus.

„Raşit, Junge, was bist du so am Grübeln? Was brütest du schon wieder für Bösartigkeiten aus? Bist du etwa traurig, weil ich gehe? Wenn ich gewusst hätte, dass du mich so liebst! Gut, heute gebe ich die Rakis aus. Eine Limonade für Oma Fatma. Trink auch du etwas."

Als Raşit danach die Durchreiche mit leeren Blicken lange anschaut, als versuche er einen schwierigen Sachverhalt zu verstehen, findet Meister Naci seinen Vergleich erstaunlich treffend. Er schließt die Durchreiche langsamer zu als sonst.

Außer Inge spricht niemand. Die Rauchwolke wird immer dichter. Menschen, die in Grüppchen warten, die Gesichter von Hunger, Erschöpfung und schlaflosen Nächten gezeichnet. Niemand spricht über den Grund dieses Wartens, als sei dies verboten. Der Klang der Stille muss wohl wie das Flattern dieser trauriger Herzen sein. Hin und wieder huscht jemand durch die Tür herein. Man flüstert Satzfetzen:

„In der Türkei..."
„Neue Proteste in G...."
„... Hungerstreiks..."
„... in dem Telegramm aus England..."
„Der Rechtsanwalt..."

Nach einer Weile deckt die Stille und Traurigkeit die Menge wieder zu.

Stefans polterndes Temperament ist der Schweigsamkeit eines riesigen, rotbärtigen Kindes gewichen. Er nimmt seinen Tabak aus der Tasche. Als er mit der Zunge über das Zigarettenpapier leckt, schaut er sich nach Inge um, die jederzeit überall ist.

Inge lacht. Sie rennt mal hier- mal dahin und macht Späße.

„Was ist denn mit euch los!" ruft sie immer wieder. Sie geht zu einem der Arbeiter, die ihre Zigaretten eher einsaugen als rauchen und schwarze Schnurrbärte und einen unrasierten Bart haben. „Du rauchst immer allein, gib mir mal auch eine ab!" sagt sie. Die Zigarette gibt sie dann einem anderen weiter. Die Anrufe nimmt sie entgegen. Ihre Stimme gibt ihren Gesprächspartnern Kraft. Allein füllt sie den ganzen Verein aus. Man hat das Gefühl, dass sich dieser Raum ohne sie trotz der ganzen Menschenmenge leeren würde.

Dann sieht sie Stefan.

Diese Inge, die seit Tagen lacht und allen Kraft gibt, fühlt sich plötzlich am Ende, als sie Stefan sieht. Wie sehr sie auch versucht, es zu verbergen, ihre Stimme verrät sie. Diese Stimme voller Leben und mit der Wärme einer mütterlichen Liebe, zittert:

„Du sollst dich schämen, Stefan, es fehlt nur noch, dass du heulst!", sagt sie und nur Ina hört es.

„Jetzt entspann dich mal, Inge", sagt Ina, „setz dich ein Momentchen hin."

Inge widerspricht nicht. Brav und lieb wie ein kleines Kätzchen setzt sie sich neben Stefan. Sie lehnt den Kopf auf ihre hochgezogenen Knie. Ihre Schultern und ihre kurzen Haare zittern. Sie, die seit Tagen versucht, den anderen Kraft zu geben, versucht, ihre eigene Kraftlosigkeit auch vor sich selbst zu verbergen.

Ali hat die Ellbogen auf den Tisch und den Kopf gegen die Hand gestützt. Seine schwarzen Augen sind von Schlaflosigkeit kleiner geworden. Das Klingeln des Telefons erschrickt ihn. Inas lebhafte Stimme, die verkündet: „Noch ist nichts entschieden. Wir versuchen, mehr zu tun als bloß zu warten", macht ihn wieder wach. Dann merkt er auf einmal die

Verwandlung Inas, die innerhalb eines einzigen Tages kam. Die alte Ina, die, ohne es zu wollen, ihre Wut immer unterdrückte, ihre Probleme vor allen verbarg und immer wieder irgendwo verschwand, ist wie auf einen Schlag weg - die neue Ina scheint zu sagen: „Jetzt bin ich da, ich bin neugeboren! Kommt alle her, lasst uns über alles miteinander sprechen!" Er verspürt den Wunsch, ihren langen feinen Hals zu küssen und schämt sich dafür. Aber... Er ergreift die Flucht vor sich selbst, indem er sich zu der Menschenmenge wendet. Diese Menge kommt ihm bekannt vor. Diese vielen Menschen, die gedankenverloren und schweigsam sind und für alles Verrückte bereit wären, kennt er von irgendwoher. Er glaubt, dass er diese Menschen, die in dem bedrückenden Raum, durch den Zigarettenrauch noch finsterer wirkend, so schweigsam wie in einem Gebet warten, schon mal gesehen hat. In einem Gemälde muss er sie gesehen haben. Ja, bestimmt hat er das alles gesehen: diesen Raum, diese Menschen, dieses verrückte Warten. Diese Schweigsamkeit und diese Wut sind tief in sein Gedächtnis eingeprägt. Die riesigen schwarzen Augen, die schwarzen Schnurrbärte, diese Traurigkeit in den Blicken, als wären diese Menschen schon alt gewesen, als sie geboren wurden und das gierige Ziehen an den Zigaretten, die zwischen riesigen Fingern gehalten werden: all das ist ihm bekannt. Er wird lebendiger. Er staunt nicht mehr über die Widerstandskraft in den lachenden Augen Inas. Er begreift plötzlich, dass das Leben trotz Metin weitergeht, weitergehen muss. Er wendet sich wieder an die Menschenmenge. Er würde sie jetzt am liebsten umarmen, diese nachdenklichen Menschen, diese Traurigen, die seit Jahrhunderten hier zu stehen scheinen und die weitere Jahrhunderte hier stehen werden. Sein Ausruf: „Freunde!", der eigentlich an alle gerichtet war, kommt wie ein kaum hörbares Röcheln heraus. Er kann die Worte, die er sagen wollte, nicht aneinander reihen. Wäre er nicht so schüchtern, könnte es ihm vielleicht doch gelingen. Was er sagt, kann er selbst nur mit Mühe hören und begreifen: „Arbeit", sagt er, und: „Ihr müsst arbeiten, ihr müsst schlafen..." Die vertraute Menschenmenge besteht jetzt nur aus Sternen. Niemand hört ihn, will ihn hören. Die Köpfe sind gesenkt. Niemand traut sich, den anderen in die Augen zu schauen.

Ina und Ali sehen ihn im gleichen Augenblick: Ja, das ist er, ohne Zweifel! Er steht in der Ecke. Sein äußerst feiner Hals wirkt noch länger als sonst. Er steht mit gesenktem Kopf wortlos da. Seinen Namen rufen die beiden im gleichen Augenblick aus:

„Niko!"

Sie gehen zusammen auf die Ecke am Eingang zu. Aus den kleinen Ringen unter Nikos Augen sind riesengroße Säcke geworden. Sein dicker, grauer Schnurrbart ist wirr. Erst nach einer langen Weile bemerkt er sie. Er reißt seine Augen groß auf und schaut sie beide mit Was-wollt-ihr-von-mir-Blick an.

„Du bist da! Du bist also gekommen, Niko!", sagt Ina.

„Na und? Wenn ich will, komme ich, wenn nicht, dann nicht!" So spricht er immer, dieser Niko. Er ist die Unangepasstheit in Person. Eine Art Terrorist, dessen Aktionen im eigenen Herzen stattfinden.

„Und der Laden?", fragt Ali. „Wem hast du den Laden anvertraut?"

Nikos Hand, die noch schlaff herunterhängt, strafft sich:

„Man nimmt den Laden doch nicht auf die Schultern und trägt ihn weg, oder? Ich habe ihn einfach stehen gelassen! Ich scheiße auf den Laden! Leben, Mann, wir zittern um ein

Leben! Metin, Mann!"

Ali kann sich nicht mehr beherrschen. Er wirft sich in die dünnen, nach Anis riechenden Arme Nikos. Er umarmt ihn, diesen ständig herumschreienden Mann, der immer versucht, sich als unnahbar zu zeigen und behauptet, er merke sich den Namen keines einzigen Menschen. Das hier ist also der wahre Niko, der sonst niemanden anlächelt und weder unter Türken, noch unter Griechen, noch unter Deutschen Freunde hat und von dem jeder nur Schimpfworte gehört hat.

Unbemerkt laufen Alis Tränen auf Nikos Hemd, als hätten sie seit Jahren auf diesen Augenblick gewartet.

Er nimmt den beißenden Geruch eines lange ersehnten Vaters wahr, der unter der glühenden ägäischen Sonne geschwitzt hat - einen Geruch, den nur der eigene Sohn spüren kann.

Nikos Stimme zittert:

„Verrückt, Mann, bist du verrückt, Junge! Was heißt es hier, traurig zu sein. Ich sollte dich jetzt prügeln. So viele Freunde, so viele Menschen voll von Liebe, sind hier, Mann! Man muss sich freuen, Junge! Meinst du, wir lassen uns unseren Jungen wegnehmen, liefern ihn Raubvögeln aus?! Ali, hör zu, Ali..."

Es gelingt ihm nicht, weiter zu sprechen. Er befürchtet, das Schluchzen, das ihm die Kehle zudrückt, nicht mehr unterdrücken zu können, wenn er weiterspricht. Er schiebt Ali beiseite. Er lässt sich auf den Boden nieder und bedeckt mit den Händen das Gesicht.

Woher soll er wissen, dass der Mann, neben dem er hockt, Meister Naci ist?

Woher soll er ahnen, dass er mit diesem Meister Naci, der ihm die Hand auf die Schulter legt und ihn fragt: „Wo kommst du her, mein Freund?" den Verein zusammen verlassen wird?

Und woher soll ihm dämmern, dass er ihm schließlich sagen wird: „Du hast also gekündigt, Meister, und du hast keine Bleibe? Dann wohnen wir in meinem Zimmer über dem Restaurant zusammen, Mann, später finden wir einen Weg."

Woher soll Niko das alles wissen?

Die Blicke haften auf dem Boden. Niemand möchte auf die Uhr sehen. Jeder ist jetzt ein Feind der Zeit. Man weiß nicht, worauf man wartet. Das einzige, was bekannt ist: Metin sitzt allein in seiner Zelle und wird am nächsten Morgen dem Gericht vorgeführt.

Nach vielen Stunden leert sich der Verein. Am Morgen wird man sich wieder treffen. Dann werden noch mehr kommen als jetzt. „Dem Gericht bleibt nicht viel Spielraum. Alles wird von Bonn aus geleitet." Aus dem Verein gehen Menschen hinaus, die solchen Einschätzungen nicht glauben möchten. Sie machen sich auf den Weg nach Hause, mit der Hoffnung, der kommende Tag werde allen Freude bringen. Sie sind erschöpft von vielen schlaflosen Nächten.

Stefan und Inge gehen voraus. Sie stützen sich gegenseitig. Wer wen trägt, ist ungewiss.

Der Himmel hat sich in ein trauriges Violett verhüllt. In diesem Violett – blinzelnde Sterne, Sternschnuppen, alle greifbar nah.

Ina staunt selbst darüber, dass sie nicht die Kraft verliert, nicht völlig am Ende ist. Ali, der neben ihr herläuft, erscheint ihr plötzlich wie ein über Nacht alt gewordener Mensch. Besonders, wenn sie in seine Augen schaut. Sie versucht, die anderen zu erkennen, die zusammen mit ihnen ins Olympia gehen. Hier ist Hüseyin und auch Wolfgang und Ayse und die anderen. Den großen Mann, der vor ihr mit Niko läuft, kennt sie von irgendwoher. Hat sie ihn schon mal im Verein gesehen?

Niko schiebt Ali, der vor der Tür stehen bleibt und hineinschaut, durch die Tür:

„Gehen Sie doch, Mann, finden Sie in dieser riesigen Kneipe keinen Platz?"

„Geh du doch rein und finde einen", sagt Ali und staunt über sich, weil er dabei lachen kann.

Niko, der für seinen Gast von oben einen Stuhl herunterbringt, wird von seinen Kunden, seinen „Plagegeistern", ungläubig angestarrt.

Den Raki schenkt er gleich doppelt ein und fragt Meister Naci mit straßenheldenhafter Stimme:

„Mit oder ohne Wasser?"

Zwei Fritz', die miteinander streiten, die einander Lügen strafen.
Fritz der Psychologe, der nicht wahrhaben will, dass Ina nicht gekommen ist.

Und ein Fritz, der die großen Brüste, die unter dem roten Kleid noch deutlicher werden und das warme Weiche mit immer unverschämterem Zucken seiner Lippen erwartet.

„Der Hungerstreik..."
„Alle Telegramme..."
„Bonn hat noch nicht..."
„Die Gerichtsverhandlung morgen..."

Er wirft sich auf das Radio wie auf einen Feind. Er schaltet nicht nur ein Radio aus, er bringt die Stimme um, die das kleine Zimmer ausfüllt.

Als auch die Stimme im Radio das Zimmer verlässt, wird die Einsamkeit, in die er seit Jahren immer geflüchtet ist, unerträglich. Ein lange ersehntes Weinen steigt in ihm auf.

Jetzt ist er sehr weit weg, um viele Jahre zurückversetzt. Er steht vor dem behinderten Major. Die Decke auf den Beinen des Majors berührt die bloßen Knie des kleinen Jungen, der vor seinem Rollstuhl steht. Die Hände des Kindes sind wie festgeklebt an den nackten Beinen. Der Major ist sitzend genauso groß wie das Kind. Er ist nach vorne gebeugt, hat seine Augen auf die des Kindes geheftet und spricht mit einer pfeifenden Stimme:

„Keine Bewegung!"

Das Kind traut sich nicht einmal zu atmen.

„Ja, genau so, wie ein Soldat!"

Die Hand des Major schnellt auf und ab. Die feine Gesichtshaut des Kindes ist jetzt ganz rot.

„Schau mir nicht in die Augen! Nicht hinschauen!"

Die Augen des Kindes sind immer noch in seinen Augen.

„Warum weinst du nicht? Warum weinst du nicht! Und nun lacht er! Lach nicht! Lach nicht! Lach nicht!"

Die Hand schnellt auf und ab, und noch mal und noch einmal. Das Kind mit den erröteten Wangen weint nicht. Das Lächeln auf seinen feinen Lippen wird breiter.

„Lach nicht! Wiederhole, was ich sage: Ich werde nie mehr die Schule schwänzen!"

Eine entschlossene Kinderstimme:

„Ich werde nie mehr die Schule schwänzen."

„Der Sohn einer ehrenvoller Familie von Generationen von Soldaten schwänzt die Schule nicht!"

„Der Sohn einer ehrenvollen Familie, die Generationen von Soldaten hervorgebracht hat, schwänzt die Schule nicht."

Die Hand schnellt immer wieder auf und ab.

„Ein großer Baron, ein in Ehren pensionierter Major steigt nicht herab zu einem banalen Lehrer!"

„Ein großer Baron..."

„Schau mir nicht so in die Augen. Sprich: Ich werde nie mehr jemandem andauernd respektlos in die Augen schauen!"

Die Hand schlägt und schlägt und schlägt.

„Du bist kein Kind, du bist ein Ungeheuer! Ein Ungeheuer!"

„Du bist kein Kind, ein Un..."

„Schweig! Verpiss dich in dein Zimmer! Eine Woche lang wirst du nicht hinausgehen! Brot und Wasser, nur Brot und Wasser!"

Auf den Treppen betastet das Kind sein gefühllos gewordenes Gesicht, seine Lippen. Erschrocken schaut er auf das Rot des Blutes an seinen Händen - ein kleiner Fritz, der lacht, der verlernt hat zu weinen.

Im Zimmer des zum Cognac flüchtenden Fritz wird ein kleines Kind, aufgetaucht aus lange vergangener Zeit, vom Weinen geschüttelt.

Niko steigt mit Meister Naci die Treppen hinauf. „Zieht die Tür hinter euch einfach zu, wenn ihr geht. Wir gehen nach oben, Mann."

Sie sind nur noch zu viert im Olympia. Inge hat ihren Arm um Stefans Hals gelegt. Dessen Gesicht ist von Müdigkeit gezeichnet, er befindet sich fast schon im Halbschlaf. Daran, dass Niko und Meister Naci nach oben gehen, merkt Inge, dass der Tag bald anbrechen wird. Sie steht auf und hakt sich bei Stefan ein. An der Tür dreht sie sich um und spricht in die Dunkelheit. Ina und Ali kann sie nur mit Mühe erkennen:

„Wir treffen uns zuerst im Verein und gehen dann zusammen zur Gerichtsverhandlung."

Ali kann sich nicht so recht freuen, dass Inge und Stefan gehen. Dabei hätte er bis vor wenigen Tagen alles gegeben, um mit Ina allein zu sein.

Er steht auf und holt sich Wasser von der Bar. Als er das Glas auf den Tisch stellt, merkt er, dass Inas Augen trotz aller Schlaflosigkeit ganz und gar nicht müde wirken. Er selbst fühlt sich immer kraftloser. Sämtliche Organe seines Körpers scheinen ihre Funktion aufgegeben zu haben. So oft hat er nächtelang an eine Beziehung mit Ina gedacht. Würde Ina nicht alles bereichern und vermehren? Warum kann er sich jetzt nicht freuen? Warum meidet er sogar das Gespräch mit ihr, obwohl sie ihn hartnäckig anschaut? Ist es vielleicht die Verwandlung, die Ina seit gestern durchgemacht hat, die ihn ängstigt? Wie strahlte sie gestern, als sie mit diesem Mann in den Verein kam! Doch wie sich ihr Gesicht verfinsterte, nachdem er unterschrieben hatte! Und dann sprach sie Türkisch! Ist es nicht erstaunlich, dass sie unter anderen Menschen, und vor allem, während er dabei ist, Türkisch sprach? Als hätte sie das mit voller Absicht getan.

„Wir spielen jetzt beides zugleich: den Wirt und den Gast", sagt Ina und rückt die Stühle zurecht. Sie trägt die Aschenbecher zur Bar. Sie lacht unbekümmert. Ali würde gerne mitlachen. Als er sich dazu zwingen will, tun ihm die Lippen weh.

Ina kommt zu Ali. Sie spielt mit seinen dicken, lockigen Haaren. Sie nimmt die Haare in ihre Hand. Sie zieht seinen Kopf nach hinten. Lange schaut sie in seine Augen. In diesen Augen sieht sie ein kleines, frierendes Kind. Von ihren Lippen, deren Rot sich auf der weißen Haut deutlich hervorhebt, kommen die Worte wie geflüstert:

„Wir sind pessimistisch. Ich glaube, wir neigen dazu, alles zu übertreiben. Sei nicht traurig."

Plötzlich lässt sie die schwarzen Locken los. Sie schiebt ihren Stuhl nahe an seinen heran. Sie lehnt ihren Kopf auf den Marmor des Tisches - ihre kurzen Haare fallen auf Alis Finger.

Ali möchte an Metin denken. Er will nur ihn vor Augen haben, nur ihn fühlen. Er möchte sich an all die Ereignisse erinnern, die sich um ihn herum entwickelt haben. Aber Ina, ihr feiner, langer Hals und ihre Haare in seiner Hand lassen ihn nicht los. Er kommt sich wie ein Dieb vor, als er ihre Haare streichelt, sanft, als könne er ihnen wehtun. Dann schießt ihm wieder Metin durch den Kopf und er zieht die Hand schnell zurück. „Sei nicht traurig": Was er eben von ihr gehört hat, beschäftigt ihn, hallt in seinem Kopf wider. Er versucht, herauszufinden, was dieser Satz alles umfasst - es gelingt ihm nicht. Er ahnt, dass damit nicht nur Metin gemeint ist. Er hat Angst, die Unruhe in seinem Herzen, die Stürme, die in ihm jagen, nicht verbergen zu können.

Wieder Inas Stimme... Sie kommt von sehr weit her. Er möchte sie hören, verstehen, was sie sagt. Wie schwer seine Augenlider sind! Hier, wieder ihre Stimme mit den gleichen Worten:

„Ein Gedicht, bitte, Ali!"

Ali spürt ihren Atem in seinem Gesicht. Ihre Haare sind immer noch da, wo sie waren. In Alis Handfläche, der im Halbschlaf den Kopf auf den Tisch gelegt hat. Er schreckt auf und ärgert sich über sich selbst. Er hat es also im Schlaf getan! Im Schlaf hat er Inas Haare in seine Hände genommen und gestreichelt. Was er in Zeiten wie diesen nicht vereinbaren, in solchen Zeiten nicht tun kann, hat er im Schlaf getan. Er ist einfach eingeschlafen mit der Wange auf dem Marmor. Versucht er etwa, ein bisschen Hoffnung auf die Erschöpftheit zu streuen, um weitermachen zu können? Wohin soll das führen?

„Ich bin einfach eingeschlafen!"

Ina lässt ihren Kopf auf dem Tisch liegen. Der kalte Marmor auf der Wange gefällt ihr.

„Wirst du kein Gedicht sagen? Dieses Gedicht zum Beispiel, über das wir neulich gesprochen haben. Das Durcheinander dieser Tage können vielleicht nur Gedichte ausdrücken."

Die Entschlossenheit in Inas Augen macht Ali Angst. Er hat Angst, dass ihm dabei der Atem stocken wird. Doch weiß er sehr wohl, dass das Gedicht etwas bewegen wird. Wenigstens wird dann offen gesprochen. Das Vertagte wird endlich gesagt. Trägt er dieses Gedicht nicht seit Tagen in der Tasche herum?

Und doch konnte sie geteilt werden
Jetzt ist sie nicht mehr Einsamkeit
Oder war das Geteilte
Nur der gemeinsam beschrittene Weg
Und sind es nur Tagträume, die uns trösten?
Fragen führen mich
Zur Bedeutung einer Blume
Und wieder Fragen
Von jeder Dunkelheit in neues Licht
Der Apfel eines Baums, der ohne Fragen ist,
Ist er genießbar, trotz seiner Unreife?
Nicht im Himmel suche ich den Sinn
Ich stehe an der Schwelle zur Welt.
Kaum finde ich ihn, entschwindet er wieder
Was bleibt, ist eine neue Frage
Vielleicht das Salz in unserem Schweiß
Jeder Tropfen glänzt in der Sonne
Du darfst nicht schweigen, mein blutendes Herz...

„Ich kann es nicht, ich kann nicht weiter!", sagt Ali mit zitternder Stimme.

„Es hat dich bewegt, als hättest du es selbst geschrieben und würdest über dich erzählen. Wenn man das Gedicht woanders, von jemand anderem hören, oder es in einem Buch lesen würde, ginge etwas verloren", sagt Ina in Gedanken versunken.

Ali schweigt.

„Hast du es geschrieben, Ali?"

Ali schaut weg.

„Schon beim ersten Mal, als wir darüber sprachen, habe ich das gedacht."

Ali schaut Ina, die immer noch mit dem Gesicht auf dem Marmor liegt, nicht an. Er schweigt.

„Nichts kann diese Zeit, die wir jetzt durchmachen, besser ausdrücken, als dieses Gedicht, Ali. Nicht wahr? Warum schweigst du?"

„Ich habe ständig an dich gedacht, während ich dieses Gedicht geschrieben habe, Ina. Du warst immer vor mir, auch Metin, auch Orhan in der Türkei", geht Ali durch den Kopf - er kann es nicht aussprechen. „Aber am meisten warst du da, meine Nähe und Ferne zu dir. Meine Einsamkeit." Das alles sagt er nicht. Er senkt den Kopf und schweigt.

Ali ist besiegt. Er weicht zurück. Das wird ihm klar. Doch was ist mit Ina? Er kann nicht verstehen, woher sie plötzlich diese Kraft gewinnt, wie sie auflebt und aus sich herausgeht. Die alte, schweigsame, alles allein unternehmende Ina ist nicht mehr da. Diese Ina, die er vor sich hat, scheint ihm zu sagen: „Ali, sag mir alles, was dir auf dem Herzen liegt. Komm, ich werde dir helfen."

Als er seine Hände wieder zwischen ihren Haaren ertappt, wird seine Verwirrung noch größer. Inas honigfarbene Augen folgen seinen Händen, als er sie schnell wegzieht und unter dem Tisch versteckt.

„Ali, warum hast du Angst vor meinen Haaren?"

Alis Hände kommen unter dem Tisch hervor. Er streichelt

unbeholfen die kurzen, feinen Haare auf dem Marmor. Auch er legt jetzt den Kopf auf den Tisch. Er spürt ihren betörenden Atem in seinem Gesicht. Ihre honigfarbenen Augen sind zusammengekniffen, wie zwei Striche. Ein Teil ihrer Haare ist unter seiner Wange. Sie spielen ein Spiel, das nie zu Ende gehen soll. Ali merkt, dass die Zeit zum Sprechen, zum Aussprechen von Dingen, die er nicht einmal sich selbst gestehen kann, gekommen ist. Nur, er weiß nicht, wie er anfangen soll. Wenn nur dieser Atem nicht in seinem Gesicht wäre!

„Ina, wollen wir das nicht später machen? Zwinge mich nicht zu sprechen."

Ina schweigt.

„Ich habe das Gefühl, dass ich mich besser ausdrücken kann, wenn ich später darüber spreche. Aber wann dieses 'später' ist, weiß ich auch nicht."

Inas Schweigen und ihr winziges, herausforderndes Lächeln sind ein an ihn gerichteter Schrei: Sprich!

„Gut, Ina! Wir kennen uns schon lange. Wir haben vieles miteinander geteilt - Freude wie Leid. Während wir glaubten, wir kennen uns sehr gut, wurden wir von der Größe und Last dessen, was wir nicht kennen, erdrückt. Wenigstens mir ging es so. Wir machten große Worte über die Zukunft großer Gesellschaften, doch wir konnten über winzige Dinge nicht sprechen, die ich als sehr wichtig betrachte - mögen sie nur Details sein. Genauer gesagt: Ich konnte darüber nicht sprechen. Dabei wurde mir jeden Tag klarer, dass ich mich für dich auf eine andere Art und Weise interessiere und mich dir näher fühle, als das zum Beispiel Inge oder Stefan gegenüber der Fall ist. Aber diese Gefühle konnte ich nicht aussprechen. Vielleicht waren es Splitter von Gefühlen. Auch jetzt, in diesem Moment weiß ich nicht, wie ich diese Gefühle benennen soll - ich kann es nicht. Und vielleicht hat mich das daran gehindert, manches zu sagen, dass du einen Freund hattest und wie er mit dir umging, was ich nicht so richtig begreifen konnte. Bitte, versteh' das nicht als eine Anschuldigung. Das ist aber nicht nur ein Verschweigen, bedingt durch die Umstände. Du kennst uns Türken. Du hast unsere Sprache gelernt, du kennst unsere Geschichte. Wir haben Schwierigkeiten, bestimmte Dinge zu sagen. Wie soll ich das erklären, also, um ein Beispiel zu geben, „Ich liebe dich" können wir nicht so leicht sagen. Natürlich gab es Dinge, die ich dir sagen wollte und es gibt sie immer noch. Wie du vermutet hast, habe ich dieses Gedicht geschrieben. Und dass es dich bewegt, ja, vielleicht kommt das daher, dass es einige zusammen durchlebte Leiden reflektiert. Dass du ein mit schlechter Technik geschriebenes Gedicht magst, liegt vielleicht daran, dass du in diesem Gedicht, wenn auch nur ein bisschen, dich selbst wiedererkennst. Aber lass uns bitte einiges auf einen späteren Zeitpunkt verschieben, Ina. Ich habe keine Kraft mehr. Ich habe Angst, Fehler zu machen, die man später nicht mehr korrigieren kann. Ich habe Angst, etwas zu verlieren, was ich gefunden habe, oder von dem ich mir einbilde, ich hätte es gefunden. Dich Ina, ich habe Angst, dich zu verlieren, in einem Moment, in dem ich glaube, dich gewonnen zu haben..."

Plötzlich, wie er angefangen hat, schweigt Ali wieder. Er glaubt, Ina würde jetzt sprechen. Er wartet darauf, dass sie ihm hilft. Doch sie schweigt ebenfalls. Zu dem Lächeln auf ihrem noch immer auf dem Marmor liegenden Gesicht hat sich nun auch ein Hauch von Traurigkeit gesellt. Eine Traurigkeit, die sie gerne annimmt. Ali ist unruhig. Inas ruhige Haltung verstärkt seine Unruhe. Er hebt den Kopf vom Tisch. Er merkt, dass er dieses „Ich liebe dich, Ina", dem er so nahe herangekommen ist, auch dieses Mal nicht sagen kann. Oder hat er es schon gesagt? Er ist müde. Er hat Angst, etwas kaputt zu machen. Auch Angst davor, nicht verstanden zu werden. Jetzt kommt kein Redefluss mehr aus ihm heraus wie eben, nur noch ein Stammeln:

„Vielleicht ist es so, jetzt, also, in solchen Tagen, vielleicht ist es sogar unpassend, dass ich das sage. Es ist, als hätte ich, nein, als hätten wir schwarze Wolken über uns. Wenn jetzt ein Regen käme, ein richtiger, starker Regen, würde er vielleicht einiges reinwaschen. Oder deutlicher erscheinen lassen. Was ich dir sagen will, ist nicht das, was ich bereits gesagt habe. Vielleicht weiß ich selbst auch noch nicht, was ich alles sagen werde. Wie es bei diesem Dichter so schön heißt: „Das schönste Wort ist das noch nicht gesagte." Und dann, Metin. Wir sind alle zu Metins geworden. Auf der anderen Seite, wenn ich nicht so viel mit Metin erlebt und geteilt hätte, würde er für mich sogar als Bild verschwinden. Dann würde ich nur ein metinsches Leben, eine metinsche Angst haben. Ich schiebe alles hinaus. Alles, was nur mich privat betrifft. Ich schaue mir die Menschen um mich an - auch sie verhalten sich so. Vielleicht ist es falsch, ich weiß es nicht. Denn ich denke zum Beispiel an den Dichter, der Gedichte über das Leben und die Liebe schrieb, während er an der Front kämpfte. Können wir bezweifeln, dass er recht tat? Aber mich lässt das Leben die Liebe immer hinausschieben, auch wenn das nicht richtig ist. Habe Nachsicht mit mir - ich bin voller Zweifel, ich weiß nicht, was ich tun soll. All diese Zeit lang habe ich nur Distanz erlebt. Und Sehnsucht. Und jetzt plötzlich diese Nähe zu dir! Vielleicht hat mich dein warmer Atem in meinem Gesicht verwirrt... Aber..."

Ali kann nicht weitersprechen. Er versteckt das Gesicht zwischen den Händen auf dem Tisch. Murmelnd sagt er:

„Das Leben ist unbeschreiblich schön... Und so nah an allem Bösen..."

Ina hebt den Kopf. Sie hält Alis große dunkle Hand. Sie versucht, sie mit ihren kleinen Händen zu umfassen. Alis Hand ist jetzt ein kleines Kind und will geliebt werden - oder? Sie führt die riesige Hand an ihr Gesicht, drückt sie an ihre Wange und küsst sie. Ali atmet ruhig. Die Kälte des Marmors und die lang ersehnte Wärme eines Atems lassen ihn in den glücklichsten Schlaf seines Lebens hineingleiten.... Sein Kopf ist zur Seite gerutscht. Nur ein kleiner Teil seines Gesichts ist zu sehen. Er hat seit Tagen auf diesen Schlaf gewartet, danach gesucht. Es ist ein kaum merkliches Lächeln in seinem Gesicht.

Die Ruhe und eine kindliche Ergebenheit, die Ali ausstrahlt, spürt Ina tief in ihrem Herzen. Diese Ruhe geht auf sie über. Sie streichelt die riesige Hand, die sie noch immer festhält. Diese Hand lässt sie mehr an einen Bauarbeiter denken, als an einen Studenten. Sie gibt ihr Vertrauen.

„Dummes Kind! Du bist dumm!" Das Wort „dumm" erschreckt sie, als hätte es ein Fremder ausgesprochen. Sie merkt, dass sie es nicht nur gedacht, sondern fast schon herausgeschrieen hat. Warum musste er so lange warten, um das alles zu sagen? Aber woher sollte er denn wissen, was für ein Sturm in ihr tobte, wie sie die ganze Zeit versuchte, in dem grässlichen Schlamm, in dem sie sich befand, nicht zu versinken? Sie kann verstehen, dass Ali manches verschwieg und hinausschob. Sie begreift, dass das Bedrückende dieser Tage ihm nicht einmal Zeit für Liebe ließ. Aber trotzdem: Warum so lange schweigen? Sie weiß auch, dass sie ihm

Unrecht tut. Hat sie denn seine Verschlossenheit, seine Sentimentalität nicht bemerkt? Seine Blicke, die ihr immer etwas sagen wollten? Hat der Ton seiner Stimme, immer, wenn er „Ina" sagte, sie nicht oft erschreckt? Trotzdem ist sie schön, diese Dummheit. Diese Flut von Gefühlen ist schön. Hat ihre Entscheidung für Orientalistik nicht auch mit dieser Eigenschaft des Ostens zu tun - und eben nicht mit Geld und Beruf? Sie liebt diesen Ozean der Gefühle, dieses still im Innern brennende Feuer.

„Dummes Kind!" Doch diese Art von Dummheit, diese schöne Dummheit wirkt irgendwie auch reinigend. Hat sie nicht immer unter der Last ihrer intensiven Gefühle gelitten, nicht schon immer davor Angst gehabt? Hat sie nicht immer versucht, ihre Gefühle und ihre Sentimentalität zu verbergen, die eigentlich zu dem Natürlichsten und Menschlichsten gehören? Und hier kommt Ali mit ganz ähnlichen Gefühlen, die so weit von ihr entfernt, im Stillen, gelebt wurden. Gefühle, die auch sie warm umhüllen.

Ihr Glücksgefühl möchte sie ohne Hast auskosten. Sie lacht. Lange betrachtet sie Ali. Sie versucht, die Stimme ihrer Empfindungen zu hören. Die Hand, die sie hält, führt sie an ihr Gesicht. Sie küsst den Rücken dieser dunklen Hand.

Sie hätte nie gedacht, dass Ali so plötzlich und so lange über seine Gefühle sprechen würde. Seitdem sie sich kennen, hat sie ihn überhaupt noch nie so lange sprechen gehört. Und dann: seine Worte über Fritz! Wie hastig hat er das gesagt, als wolle er eine schwere Last so schnell wie möglich ablegen: „Dein Zusammensein mit ihm, das ich nicht so richtig begreifen konnte..." Ein „Zusammensein" also, das Ali nicht begreifen kann. Nur er? Hat sie nicht selbst vieles in dieser Beziehung nicht begriffen? Was ist denn übriggeblieben von der damaligen Flut? Welches Detail des Lebens hat sie wohl in dieser Beziehung wiedergefunden? Was haben sie und Fritz anderes gemacht, als zu versuchen, alle Unebenheiten der Vergangenheit auszuradieren und ihren Bodensatz doch mitzuschleppen?

Und die Doktorarbeit? Ina wundert sich jetzt, dass sie diese Arbeit als einen neuen Anfang bewerten konnte. Sie staunt über die eigene, an Dummheit grenzende Passivität. Was denn für ein Anfang? Und Fatma? Wie konnte sie zulassen, dass Fatma so missbraucht wurde? Wie kann man all die Mühe, die sich diese Frau gegeben hat und ihre Gastfreundschaft zwischen den seelenlosen Zeilen einer Doktorarbeit unterbringen? Wie kann man über diese Frau theoretisch sprechen? Was für eine „Anpassung" kann man von ihr verlangen, deren Blicke die Offenbarung einer Sehnsucht nach wahrer Freundschaft sind, die den unheilbaren Schmerz der Einsamkeit zutiefst fühlt und der man hier nichts anderes gegeben hat, als zwei winzige Dachgeschosszimmer und eine dreckige Arbeit? Sie freut sich, dass sie, als sie es irgendwann nicht mehr aushielt, gesagt hat: „Schluss jetzt! Das sind Fragen eines Staatsanwalts." Doch wie konnte sie ihr Hoffnung auf ein zweites Gespräch machen? Was wird Fatma wohl gedacht haben?

Oder sind es die spöttischen Blicke, die sie Fritz nicht verzeihen kann? Wie er Fatma, die ihm hilft, anschaut? Guckt er aber nicht immer so? Sind das nicht grundsätzlich die Blicke, mit denen er die Welt betrachtet? Und auch sie... Was hat sie all diese Zeit in ihm gefunden?

Warum hat sie keine Antwort auf diese Frage? Was für einen Namen soll man dieser Beziehung geben, die von Anfang an mit Erschütterungen einherging und der von

Anfang an geopfert werden musste? Hat sie etwa Teile von sich selbst geopfert? Ali hat diese Beziehung besser begriffen als sie selbst. Er hat nicht einmal „Beziehung" dazu gesagt, sondern „Zusammensein"! Für diese Beziehung, die man auf so viel Falschem zu gründen versuchte, gibt es wahrscheinlich tatsächlich keine bessere Bezeichnung als nur „Zusammensein".

Ina versucht mit aller Kraft, für dieses vergangene Zusammensein mit Fritz eine Begründung zu finden, diesen Grund irgendwie zu benennen. War es nur das Aussehen von Fritz? Waren es vielleicht ihre sexuellen Begierden? Ohne Zweifel ist Fritz nicht dumm. Doch sein Lachen, seine Blicke, die das Leben für nichts anderes als ein Nichts und eine einzige Dummheit halten, sind sie nicht eher eine Flucht und Resignation, als eine Kampfansage? Ist sie diese ganze Zeit Gefangene einer rein körperlichen Beziehung gewesen? Warum ist sie das Gefühl des Mitleids nie losgeworden, das sie nach ihrer ersten gemeinsamen Nacht überfallen hat? Warum hat sie ihn die ganze Zeit nicht verlassen? Wegen der Kindlichkeit seines Körpers? Weil er so kraftlos wirkte? Und weil er in den Augenblicken, in denen er sich beweisen wollte, so gezittert hat? Hat sie ihn tatsächlich bemitleidet? Fehlte etwas in diesem Körper? Und hat sie sich als unentbehrlich gesehen, um dieses Fehlende zu ersetzen?

Jetzt wird ihr klar, wie verhängnisvoll es sein kann, Beschlüsse zu fassen und sie nicht sofort umzusetzen. An jenem Abend hätte sie den Schlüssel einfach im Treppenhaus liegen lassen sollen. Sie kommt mit allem immer zu spät. Erst nach großen Niederlagen kapiert sie einiges. Es ist schlimm und falsch, wenn man etwas in sich beschließt, was dann aber nach außen hin keine Wirkung hat. Ist es wirklich zu spät?

Fatma! Sie muss ständig an sie denken. Diese Erleichterung, diese Glückseligkeit, die sie der nun gewonnenen Entschlossenheit verdankt, sollen alle Menschen umschließen. Fatma ist ein kleiner Schmerz inmitten dieses Glücks. Ihr kommt es vor, als würde die Last, die sie abgeladen hat, sich auf die Schultern Fatmas setzen. Warum soll Fatma so eine Last auf sich nehmen? Das Problem wird sich aber von selbst lösen, wenn Ina nicht hingeht und diese Sache mit dem Übersetzen beendet, oder? Heute ist sie zum Beispiel nicht gegangen. Was kann Fritz Fatma schon antun? Trotzdem hat Ina Angst. Sie muss mit Fatma sprechen! Aber jetzt hat sie keine Kraft mehr, nachzudenken. Sie küsst wieder die Hand, die sie immer noch hält. Sie führt sie wieder zu ihrem Gesicht, als würde sie sich von ihr Kraft erhoffen. Dann fällt ihr Kopf auf diese dunkle Hand. Sie wird vom Schlaf besiegt.

Hamriyanım, bleib da liegen. Ich bin in Eile. Ich kann aber auch von hier mit dir reden - während ich mich vorbereite. Wenn du wüsstest, wie ich nach Hause gekommen bin! Ich war bestimmt schneller als der Bus, glaub's mir! Sogar in das Schaufenster habe ich heute nicht geschaut. Gut, auf unsere Brautschleier habe ich natürlich schnell ein Auge geworfen. Auch auf das Fenster. Das Fenster gar nicht anzuschauen geht wohl nicht, oder? Warum schließt er denn bei diesem Wetter das Fenster? Wer weiß! Vielleicht, wenn er arbeitet, will er den Lärm der Straße nicht hören.

Den Mantel verstauen wir im Schrank. Auch diese Lumpen ziehe ich aus. Wir waschen uns mal gründlich, damit wir diesen Küchengeruch loswerden. Was sagst du dazu, dass Meister Naci geht, Hamriyanım? Und vor allem gerade jetzt! Du hast recht, du hast ihn ja noch nicht gesehen. Er ist wie ein Vater. Er sagt zwar auch „Oma Fatma" zu uns, aber das macht ja nichts. Wenn er das sagt, ist es anders, es verletzt nicht. In letzter Zeit ist auch mit ihm etwas los, aber wer weiß, was es ist. Er verliert sich immer in Gedanken. Immer wieder schaut er in mein Gesicht. Rate mal, was er heute gemacht hat! Er nimmt mich an der Hand, genau, du hast richtig *gehört, er nimmt mich an der Hand, führt mich zu Raşit und sagt zu ihm: „Pass mal auf, Raşit! Zwar gehe ich jetzt, aber ich schaue öfters hier vorbei, wegen Oma Fatma. Denk bloß nicht, dass du mit ihr tun kannst, was du willst!" Raşit wagte nicht, den Mund aufzumachen. Er hat nur zugehört. Seit Jahren haben wir also mit dem menschlichsten aller Menschen zusammen gearbeitet und wir haben es nicht genug geschätzt, Hamriyanım. Meister Naci ist ein ganz besonderer Mensch. Wenn er dich anschaut, hast du das Gefühl, ihm alle deine Sorgen, alle Geheimnisse erzählen zu wollen. Ich bin traurig, Hamriyanım, traurig, dass er geht. Wer weiß, wann wir ihn wiedersehen. Wenn wir heute die Freude nicht hätten, unseren Fritz nicht hätten, weißt du, ich würde mich jetzt hinsetzen und heulen. Es ist wirklich etwas mit uns los, Hamriyanım! Wir sind wie geblendet. Der Boden rutscht uns unter den Füßen weg. Gott möge uns beistehen, damit das alles nicht böse endet.*

Warum mussten wir die Haare nass machen, Hamriyanım? Wie sollen wir sie jetzt trocken kriegen? Aber was kann man tun; wenn man sich unters Wasser stellt, werden die Haare natürlich nass. Sind wir denn Deutsche, dass wir mal den einen Körperteil waschen und mal den anderen? Wie meinte neulich Ayten Abla: „Ich komme gerade aus der Dusche." Ich kann dann nicht umhin, ihre Haare anzugucken. Sie versteht das und sagt: „Ich habe meine Haare nicht nass gemacht. So waschen sich die Deutschen auch. Sie waschen die Haare nicht zusammen mit dem Körper." Wir machen's aber nicht so, Hamriyanım. Den ganzen Tag sind wir in der Küche; der Geruch setzt sich auch in unseren Haaren fest.

Heute haben wir auch den Monatslohn bekommen. Bevor wir das Geld auf die Bank bringen, kaufen wir uns noch ein

Kleid. Wir werden doch nicht ständig das gleiche rote Kleid anziehen. Ab und zu muss man auch mal was anderes anziehen, nicht wahr? Sonst glauben alle, ich hätte kein anderes Kleid. Wäre ja nicht ganz falsch; welches der Kleider hier im Schrank kann man denn noch anziehen? Guck dir das mal an, dieses knallgrüne Kleid. Wenn wir das tragen, lachen alle über uns. Aber haben wir das vorher nicht getragen? Es ist ja was los mit uns. Die letzten Tage hättest du mich im Restaurant sehen müssen! Mir fallen Teller aus der Hand, und Messer, und Zwiebeln! Sogar Meister Naci hat da gelacht. Aber er hat nichts gesagt.

Jetzt sind unsere Haare fast trocken. Bis wir uns anziehen und... An die Nacktheit haben wir uns richtig gewöhnt; das ist schlimm. Würden wir im Erdgeschoss wohnen, wir wären aufgeschmissen. Die Leute würden uns auslachen. Aber dann hätten wir doch Vorhänge, Hamriyanım. Es hat eben auch Vorteile, im Dachgeschoss zu wohnen. Trotzdem sollten wir so bald wie möglich Vorhänge besorgen. Jetzt kommen ja Gäste zu uns. Lach nicht, lach nicht! Wir haben uns ja schnell gewöhnt an Gäste. Wir haben es auch gelernt, das Busending anzubringen. Wenn wir das Häkchen erst vorne befestigen und dann umdrehen, ist es schon gemacht, nicht? Wie haben wir am ersten Tag damit gekämpft, Hamriyanım! Nicht schlecht, nicht wahr? Was streichle ich denn da? Auch unsere Unterhose ziehen wir an. Was hätten wir jetzt getan ohne dieses rote Kleid? Wir sehen ja reizend aus, nicht wahr?

Dieser Tage ist mit allen was los, Hamriyanım, nicht nur mit uns. Heute hat auch Meister Naci mit einem Redeschwall losgelegt. Was sagst du dazu? Er, der so selten spricht und immer nachdenkt, fing an zu erzählen - und zwar ohne Ende. Ich blieb aber auch nicht hinter ihm zurück. Was ich für Worte gemacht habe, kannst du dir gar nicht vorstellen! Ich habe so viele Worte aufeinandergestapelt, dass sie am Ende größer waren als ich. Ich habe sogar von dem Streit im Dorf erzählt zwischen Onkel Muslu und dem Dorfvorsteher Osman. Und dann haben wir auch über diesen Jungen gesprochen: Metin... Du weißt nichts von Metin, nicht wahr, Hamriyanım? Ich habe dir noch nichts über ihn erzählt. Ein sehr junger Mensch sei er. Sie wollen ihn von hier verbannen. Meister Naci ist sehr traurig. Ich war auch traurig, aber diesen Tag sollen wir uns nicht vergrämen, Hamriyanım. Wir sollen nicht zu spät kommen zu unserem Fritz.

Wir kommen mit diesen Schuhen immer noch nicht zurecht, Hamriyanım. Mussten wir gleich Schuhe mit Absätzen kaufen?

Oh, Hamriyanım, ich habe gar nicht gelernt, diese Schuhe anzuziehen. Wozu habe ich auch bloß gleich Schuhe mit Absätzen kaufen müssen! Wir sehnten uns eben nach etwas Feinem. Die alten können wir jetzt nicht mehr anziehen. Jetzt müssen wir eben gut hinsehen, wo wir hintreten und versuchen, nicht hinzufallen. Es ist eben so, auf einem ungewohnten Hintern bleibt die Unterhose nicht sitzen.

Los, Hamriyanım, sorg dich nicht um mich.

Ob das gertenschlanke Mädchen wohl gekommen ist?

Zaghaft klopft Fatma an die Tür. Ihr Herz schlägt, als ob es zum Halse herauswollte. Ihr ist, als hätte sie jahrelang vor dieser Tür gestanden und gebetet, sie möge sich öffnen. Jetzt geht sie auf. Hier steht eine Fatma, die nicht weiß, was sie tun soll. Wenn sie Fritz, der sich am Rahmen festhält und mit ihr hin- und herschwankt, ins Gesicht sehen würde, würde sie vielleicht merken, dass Fritz betrunken ist, dass er anders ist als sonst. Sie sieht auf den Boden, auf ihre Schuhe. Fritz sagt „Bitte" und sie tritt ein. Sie hält sich an diesem „Treten sie ein" fest, um nicht hinzufallen. Da ist der Stuhl, auf dem sie am Morgen gesessen hat. Fatma setzt sich wieder drauf.

Fritz legt sich bäuchlings auf den Diwan. Sein Lächeln ist jetzt zu einem Grinsen geworden. Er betrachtet Fatmas lange Zöpfe. Das Dämmerlicht im Zimmer schützt ihn vor der grellen roten Farbe von Fatmas Kleid.

Die Stille, der Umstand, dass sie Fritz nicht sieht, macht Fatma mißtrauisch. Ihre Blicke gehen im Zimmer herum. Dann dreht sie ihren Kopf. Ihre suchenden Augen treffen sich mit den halboffenen von Fritz, der sie betrachtet. Sie schämt sich plötzlich, tausend Nadeln stechen sie in den Rücken. Ihr

Kopf fällt nach vorn. Das hält sie aber nicht aus, es dauert nur kurze Zeit, dass sie vor sich hinstiert. Dann dreht sie sich wieder um. Ihre Blicke begegnen wieder denen des lachenden Fritz. Da steht sie auf und setzt sich ihm gegenüber. Das ist der Stuhl, auf dem Fritz heute Morgen saß...

Seine halbgeschlossenen Augen, die Art, wie er den Kopf zur Seite legt, sein schiefes Lachen, lässt sie an Ina denken. Ihre Augen suchen Ina, obwohl sie weiß, dass sie sie hier nicht finden wird. Ihr Blick geht hastig zu der offenen Tür zum Schlafzimmer. Sie sieht einen Augenblick lang das zerwühlte Bett, an dessen Fußende sich die Wolldecke knäuelt. Sie will über Inas Abwesenheit betrübt sein, fragen: „Wo ist Ina?" Sie kann überhaupt nicht traurig sein, auch nicht fragen. Jetzt sieht sie die Unordnung im Zimmer, die leeren Schnapsflaschen. Sie sieht, wie Fritz' Hand, die sich nach dem Schnapsglas ausstreckt, zittert. Was sie sieht, tut ihr weh. Was ist mit ihm?

Fritz hat Mühe, den Riesenschluck Cognac, den er genommen hat, hinunter zu schlucken. Wie angeekelt wendet er seinen Blick von der leeren Cognacflasche ab, die auf seinem Schreibtisch steht. Beim Absetzen des Glases sieht er selber, wie seine Hände zittern. Plötzlich packt ihn eine Wut. Irgendwie ist es, als ärgerte sich der Psychologe Fritz über den betrunkenen Fritz, der sich irgendwo im Leeren festzuhalten sucht. Fritz steht auf und setzt sich auf den Diwan. Dann fährt er sich durch den Bart. Er hebt seine beiden Hände. Ein Fritz, der sich über die Fremdheit seiner eigenen Stimme wundert:

„Ina ist nicht gekommen! Ich weiß nicht, sie ist einfach nicht gekommen!"

Fatma wundert sich über das Mitleid, das in ihr wächst. Sie hat Mitleid mit allen, mit Fritz, mit Ina, mit sich selbst. Irgendetwas in ihr tut weh. Fritz' Stimme, die nach der

Einsamkeit und dem Schweigen des ganzen Tages rauh hervorkommt, lässt Fatma innerlich irgendwo bluten. Ihr Blick, der erfüllt ist von der Liebe, bekommt den Ausdruck einer Mutter, die ihren kranken Jungen ansieht.

Fritz' fragende Blicke lassen Fatma an Ina denken. Aber ihre Antwort darauf, dass Ina nicht gekommen ist, ist ein verstohlenes Lächeln. Sie zuckt mit den Schultern, sagt abgebrochen „Ich weiß nicht", hebt die Hände. Sie kann nicht begreifen, was los ist. Und überhaupt ärgert sie sich immer noch darüber, dass sie kein Deutsch kann.

Das Lächeln Fatmas, ihre Verlegenheit wegen ihrer mangelhaften Sprachkenntnisse erfreuen Fritz wie ein Kind, dem man ein Spielzeug in die Hand gegeben hat. Die beiden Fritz scheinen sich zu versöhnen. Aber sind sie froh über diese Versöhnung? Die beiden Fritz stehen auf. Das Cognacglas am Boden kippt um. Den auslaufenden Cognac saugt der alte, abgewetzte Teppich am Boden auf. Die beiden Fritz sehen das bauchige Cognacglas, das sich lautlos auf die Seite gelegt hat, nicht. Sie gehen zum Schreibtisch.

Fatma lässt ihre Schuhe wieder unter dem Tisch stehen. Sie nimmt das am Boden liegende Glas und stellt es auf den Tisch. Flink und heimlich säubert sie den Boden.

Fritz kommt mit Papieren in der Hand zurück. Er hält sie Fatma hin. Jetzt ist seine Stimme nicht mehr gebrochen. Er will so lachen, wie eben noch Fatma gelacht hat. Er hebt die Schultern, wie Fatma es tat. In seinen müden und betrunkenen Blicken ist eine schwerfällige Liebenswürdigkeit. Vor Fatma schwankt er leicht. Der betrunkene Fritz ist froh, der Prüfung des Psychologen Fritz zu entkommen:

„Ich hatte alle Fragen vorbereitet. Sie ist nicht gekommen. Was soll man nun machen? Ich weiß nicht..."

Ihm ist klar, dass Fatma nicht versteht, was er sagt. Und eigentlich fragt er sich ja, redet mit sich selber.

Fritz sieht das leere Cognacglas auf dem Tisch und ist verwirrt. Er sucht das Cognacglas, das er vor den Diwan gestellt hat. Er findet es nicht und fängt an zu lachen. Sein Gelächter ist wie ein dritter Fritz. Sein Zeigefinger streckt sich nach dem leeren Cognacglas aus:

„Fatma, du trinken!"

Der Zeigefinger geht nach beiden Seiten hin und her. Sein betrunkener Körper wankt mit. Er zankt zum Spaß mit Fatma, als ob er plappern würde: „Du-du! Also du hast heimlich meinen Cognac getrunken."

Fatma lacht plötzlich. Sie lacht laut. Noch nie hat sie sich selbst laut lachen hören, sie erschrickt vor ihrem Gelächter. Sie hebt die Hände hoch:

„Nein, ich nix trinken, nix."

Das kleine Lächeln auf Fritz' Lippen ist jetzt weg. Das unverschämte Zucken auch. Jetzt ist es ein lautes, betrunkenes Gelächter. Die Fritz vergessen, einander zu kontrollieren. Man lacht nur noch. Er hält sich den Bauch vor Lachen. Lachend geht er hinter Fatma. Auf Fatmas Schulter geht ein kleiner Klaps herunter. Die gleiche Hand fasst die Zöpfe. Fritz gespannte Finger umfassen die vom Waschen kühlen, starken Zöpfe. Er liebkost diese Kühle. Aber der Psychologe Fritz verzeiht dem betrunkenen Fritz nicht, dass er einer Frau einen Klaps auf die Schulter gab.

(Du machst bei einer Frau die handgreiflichen Späße, die die Bauarbeiter im Bahnhofscafé machen.)

(Was ich tue ist kein Spaß. Du willst Psychologe sein und verstehst doch nichts. Du siehst, die Frau versteht keine Sprache. Die Hände müssen die Funktion der Sprache übernehmen.)

(Mit der Hand gibt man nicht nur Klapse, man kann mit ihr auch streicheln?)

(Dieser Bäuerin kann man sich ja nicht streichelnd nähern!)

(Aha, also du willst dich nähern. Ich würde gern wissen, was du unter nähern verstehst. Außerdem wusstest du, dass Ina nicht kommen würde. Warum hast du die Frau gerufen?)

(Lass mich endlich los. Psychologe sein, bedeutet nicht, von Frauen etwas zu verstehen. Außerdem, habe ich nicht ihre Haare gestreichelt? Sieh mal...)

(Ich mische mich nicht mehr ein. Aber du hättest die Frau schließlich sowohl als Frau wie auch als Mensch beurteilen können. Fatma ist nicht Ina, vergiss das nicht!)

(Meine Mutter, meine Mutter, die auf die Wiesen ging und auf ihre Leinwand pausbäckige Engelsbildchen fallen ließ. Meine Mutter, die jahrelang ihre Trauer wie eine Kappe über ihren Augen getragen hat. Selbst sie wurde nicht als Mensch und als Kind beurteilt. Soll diese Bäuerin so beurteilt werden? Außerdem ist meine Mutter noch dazu jahrelang als Hure bezeichnet worden, verstehst du? Als Hure!)

(Ich habe gesagt, ich mische mich nicht mehr ein!)

(Fahr zur Hölle!)

Fatma versucht sich einzureden, dass ihre Haare nicht gestreichelt werden. Ihre Kehle ist trocken, sie presst das Holz des Tisches fest, als ob sie es zerbrechen wollte. Tausende, hunderttausende Nadeln stechen sie in den Rücken. Sie schwitzt. Sie denkt daran, aufzustehen und zu fliehen. Sie will sich zu Hamriyanım flüchten. Aber ihr Körper ist ganz starr, sie kann ihren Kopf nicht wenden. Ihre Hände gehorchen dem Befehl, die ihre Haare streichelnden Hände wegzustoßen, nicht.

Fritz meint, dass die Trockenheit seines Mundes am Durst

liegt. Er holt Bier aus dem Kühlschrank. Während er schon zwei Biergläser aus dem Schrank daneben gegriffen hat, lässt er sie doch wieder stehen. Ihm fällt ein, dass Fatma das Bier in Weingläsern hatte anbieten wollen. Mit dem spöttischen Lächeln, das sich in sein Gesicht setzt, greift er nach den Weingläsern. Ohne auf Fatmas entsetzte, dem Protestieren nahe Blicke zu achten, füllt er die kleinen Weingläser mit schäumendem Bier. Er wendet sich den ängstlichen schwarzen Augen zu und versucht zu erklären, langsam, Wort für Wort:

„Bier, Bier kein alkoholisches Getränk. Kein Alkohol, zusammen trinken!"

Fritz versucht irgendwie Vertrauen herzustellen. Fatmas Kopf fällt nach vorne. Sie stimmt mit ihrem Schweigen, mit ihrem Lächeln dem Biertrinken zu. Fritz geht mit der noch halbvollen Flasche zum Diwan. Er spürt, als er sich hinsetzt, wie verkrampft sein Körper ist. Seine Handgelenke schmerzen und sind steif. Er fürchtet, dass das Glas in seiner Hand zerbrechen könnte.

Fatmas Kopf ist gesenkt. Sie hat den ganz wilden Wunsch, ihren Kopf zu heben. Jenes Gesicht, an das sie ständig dachte, das sie liebte, ist ihr jetzt gegenüber. Sie will dies schöne Gesicht ansehen. Sie weiß, dass sie jene dunkelblonden Haare sehen könnte, wenn sie den Kopf heben würde – jene melancholischen Augen, das angenehme Lächeln. Sie schafft es nicht.

Sie kann nur das Bier, das vor ihr steht, ansehen. Sie kann ihren Blick nicht von den Bläschen wenden, die in der gelben Flüssigkeit aufsteigen. Sie versucht, Inas schmale Augen, die ständig vor ihr sind, zu vergessen. Der Frage, warum Ina nicht hier ist, weicht sie aus, sie will sie nicht beantworten. Sie reibt ihre Hände unter dem Tisch aneinander, ihre Fingernägel bohren sich in die Handflächen. Sie ist sich selbst böse. Irgendwelche Dinge scheinen da schlecht zu werden, sie spürt das Schlechte, ohne zu wissen, was es ist. So, als ob alles, egal was sie nun auch tut, schlecht sein würde. Sie glaubt, dass sie nichts ändern kann. Sie merkt auch die Freude, die sich wie wild in ihrem Herzen regt. Das Herz birgt viele Hoffnungen. All diese Gefühle sind etwas, das sie bisher nicht kannte, wovon sie nichts wusste. Sie kann nichts erklären. Diese Gefühle, die in ihrem Herzen stechen, schmerzen, aber die sie auch so überstürzen und erfüllen, hat sie ja noch nie erlebt. So, wie ein fremder, neuer Schmerz, den man plötzlich gerne lebt. Eine Helligkeit, die seit Jahren ersehnt wurde, auf die sich jahrelang ihre Träume aufbauten, ohne zu wissen, was und wo und wie sie war. Fritz' Stimme schreckt sie auf. Mit seiner Stimme kommen der Ort und die Zeit in ihr Bewußtsein zurück:

„Prosit!"

Fatma antwortet auf Fritz' laut lachend gesprochenes „Prosit" auch mit einem „Prosit" und wundert sich dabei, woher sie die Kraft nimmt, es zu sagen.

Fritz beugt sich vor. Er streckt ihr sein Weinglas hin. Fatma begreift, dass die Gläser miteinander angestoßen werden müssen. Aber von dem Platz aus, auf dem sie sitzt, würde sie Fritz' ausgestrecktes Glas nicht erreichen. So steht sie auf. Der Klang zweier, mit Bier gefüllter Weingläser erfüllt das kleine Zimmer. Fatma ekelt sich vor der Flüssigkeit, die sie zum ersten Mal in den Mund nimmt. Der große Schluck geht in ihren Magen und beschädigt dabei irgendwelche Stellen in ihr. Dennoch lässt sie Fritz' Lachen nicht unerwidert.

Fritz kann seine Augen nicht von dem in Rot gehüllten Körper der Frau vor ihm abwenden. Er sieht Inas schmalen

Körper hinter der in einen Nebel eingehüllten Röte. Er hat Angst vor sich selbst, vor allem. Während Fatma sich setzt, wirft er den Kopf zurück. Plötzlich wird er ärgerlich. Es ist ihm zu viel Arbeit, das ständig sich leerende Weinglas mit dem schäumenden Bier zu füllen. Er setzt die Flasche an den Mund. Dann steht er auf und holt eine zweite Bierflasche heraus. Das kalte Bier tut gut nach dem Cognac.

Das dritte Bier holt er sich auch selbst.

Das vierte Bier bringt Fatma.

Fritz' Hand legt sich auf Fatmas Schulter und drückt sie auf den Boden. Fatma fügt sich dem drängenden Wunsch. Sie führt es auf das Bier, das sie in kleinen Schlucken getrunken hat, zurück, dass ihr schwindlig wird, dass sie die ganze Zeit in einen Abgrund fällt. Jetzt kann sie in Fritz' Gesicht sehen, das nach jedem getrunkenen Bier spitzer wird, das durch Müdigkeit, Schlaflosigkeit und wilder Verbohrtheit immer aufgelöster wirkt. An Ina denkt sie nicht. Sie denkt an nichts anderes als an Fritz, zu dessen Füßen sie sitzt. Ihr Körper, der ihr schwer vorkommt, ist wie betäubt, dabei klopft ihr das Herz bis zum Kopf. Fritz' Hände, die sich nach ihr ausstrecken, erreichen Fatma zwischen Angst und Freude. Zu nichts hat sie mehr Kraft. Es kommt ihr dumm vor, jetzt zu Hamriyanım eilen zu wollen.

Fritz' Hände gleiten unter die Zöpfe. Fatmas brennend heißer Nacken, die kurzen, flaumigen Härchen, die nicht in die Zöpfe hineingegangen sind, lassen Fritz' Hände noch mehr zittern. Seine Hände geraten außer Kontrolle, er zieht den Körper, der vor seinen Knien sitzt, hart an sich. Fatmas Nacken, der zum ersten Mal von Männerhänden berührt wird, glüht und schmerzt.

Dieses Glühen, dieser ersehnte Schmerz, breitet sich über

ihren Körper aus. Fritz' gespannte Hände begnügen sich nicht mehr mit dem Hals. Er dreht Fatmas berauschten Körper, der einer Feuerstelle gleicht und dem Bewusstsein entrückt ist, herum. Fatma, die jetzt an Fritz' Beine gelehnt sitzt, sieht sein verzerrtes Gesicht, seine schmal und hart werdenden Lippen und seine sich vergrößernden Augen nicht. Sie sieht die Hände, die sich von hinten ausstrecken. Alles kommt ihr wie ein Traum vor. Sie glaubt nicht an die Zeit, in der sie lebt. Sie geht weit weg, in ihr Dorf. Da spielt sich eine Hochzeit in ihrem Kopf ab. Eine Hochzeit, die sie gesehen, die sie miterlebt hat. Der Bräutigam verschwindet vor ihren Augen, sie kommt nicht darauf, wer er ist.

Sie versucht die Schatten, die sie auf der Wand gegenüber sieht, mit etwas zu vergleichen. Von der Uhr wendet sie den Blick ab. Für einen Augenblick sieht sie das Weinglas auf dem Boden. Sie horcht nach einem nicht vorhandenen Geräusch auf der Treppe. Ihr Blick nach der Tür währt lange wie ein Jahr. Sie redet sich ein, dass sie Ina nicht kennt, dass ein solcher Mensch nicht lebt. In die Ecke, in der ihr Vater sitzt, dem ständig etwas weh tut, der ständig einen Grund zum Brüllen findet, blickt sie gar nicht. Sie will Meister Naci die Hand ausstrecken, flieht aber. Jetzt hört sie nicht mehr den Lärm der vorbeifahrenden Wagen auf der Straße. Keine Rettung mehr für sie. Sie überlässt sich den Händen, die über ihren Hals, ihre Ohrläppchen wandern, weiter nach unten gehen, ihre Schultern drücken. Es ist, als ob sie in einen dunklen, endlos tiefen Brunnen stürzt. Der Fall, die Tiefe, das Ausbleiben des Brunnenbodens, kein Aufprall – für Fatma wird daraus eine Zeitspanne, in der sich Schmerz und Genuß in unbekannten Weiten treffen...

Der Streit der beiden Fritz hält an. Keiner der beiden kann

diesen zappelnden, zitternden, verkrampften Körper verlassen. Und der aus beiden gemischte Fritz versucht sich glauben zu machen, dass er diese Nacht nicht geplant hat. Er setzt sich behutsam neben Fatma, die er an den Schultern zu Boden, an seine Füße gedrückt hat. Seine Hände gehen zum Kragen des roten Kleides hinein. Er umfasst die runden, weichen Schultern. Seine Hände gehen in die Achselhöhlen. Von der schwitzenden und warmen Weichheit strömt die erhoffte Lebendigkeit in seinen Körper. Er presst diese weiche Wärme. Dass er die harte Mulde und die Haare, die er bei Ina in den Achselhöhlen fand, bei dem Körper, den er jetzt, als ob er ihn auf den Schoß nähme, zwischen seine Füße gesetzt hat, nicht findet, erschreckt Fritz. Er spürt ein Anderssein bei Fatma. Diese Andersartigkeit gefällt ihm. Es kommt ihm so vor, als ob damit irgendwelche Unvollständigkeiten aufgehoben würden. Er bemerkt, dass sein Körper langsam an Leben gewinnt. Es ist, als ob die Benommenheit weg ist, die der Cognac und das Bier, einen ganzen Tag lang getrunken, in seinem Gehirn erzeugt haben. Er freut sich über den Gedanken, dass es ihm egal geworden ist, ob Ina kommt. Während er das Weiche zwischen seinen Händen presst, bekümmert es ihn nicht mehr, dass die Notizen und Fragen die er den ganzen Tag über vorbereitet hat, zu nichts nütze sind. Er findet alles unsinnig. Die Arbeit, die ihm diese Frau, die da vor ihm sitzt, machen könnte, erscheint ihm lächerlich. Während er Fatmas große Brüste betastet, wird alles in seinem Gehirn trübe. Sein Bewusstsein wird von einer dunklen, schwärzlichen Röte bedeckt. Er findet sich in einer mit wahnsinnigen Farben erfüllten Leere. Durch seine verwirrten Gedanken geht eine Frau, die sich mit langen roten Fingernägeln dem kleinen Fritz gegenüberstellt, die bereit ist, sich auf Fritz zu stürzen. Dann eine Frau mit ungemein schmalem Gesicht und traurigen Augen, aus Schatten. Er möchte die traurige Frau Mutter nennen. Dann die schmalen, bösartigen Augen der Frau mit den roten Fingernägeln und der schrillen Stimme. Diese Augen sind stark zusammengekniffen... Die Röte, die sich im Bett ausbreitet. Die Röte des Bettes, der Vorhänge... Der behaarte Rücken des Mannes. Der Mann tut der neuen Mutter weh. Das Kind Fritz, das die Tür zuknallt und in sein Zimmer flieht. Ein Fritz, der in jenem nach Einsamkeit riechenden Zimmer, dem aus der Fotografie fürchterlich streng blickenden Vater, dem Offizier mit dem gezwirbelten Schnurrbart, ins Gesicht spuckt...

Fritz ist in Schweiß gebadet. Sein Mund ist ausgetrocknet. Er umklammert den Körper mit seinen Armen. Er hört nicht das Wimmern Fatmas, die er umfasst, presst. Bier!... Er will Bier trinken. Er steht heftig auf. Setzt die Bierflasche, die er mühsam geöffnet hat, an den Mund. Er sieht Fatma, die am Fuß des Diwans zusammengekrümmt sitzt, wie einen schwarzen Umriss. Er setzt sich, mit der Bierflasche in der Hand, wieder neben jenen Schatten, der da schweigsam, wie eine Katze zusammengekrümmt hockt. Er wirft dem Schatten die Hand auf die Schulter, zieht ihn an sich. Ein regungsloser, stocksteifer aber warmer Körper fällt an seine Brust. Er legt Fatmas verkrampften Körper auf den Boden. Die Röte in seinen geschlossenen Augen wird stärker. Er legt sich auf Fatma, die sich sträubt und zittert. Während er Fatma hält, sie presst, ist es, als ob er sich auf die Röte in seinen Augen wirft. Er kämpft mit der Röte, er will den immer größer werdenden roten Fleck vernichten. Die Röte muss weggewischt werden.

Fatma hat Schwierigkeiten, ihren eigenen Körper zu erkennen. Sie kann ihren Körper, der sich seit Monaten auf alle Arten von Wildheit eingestellt hat, nicht kontrollieren. Es ist ihr, als gehörten diese Hand, die Arme, die Brüste, selbst alle Organe nicht ihr. Die Schmerzen, die sie an ihrem Körper, an ihren Brüsten fühlt, erlebt nicht sie, jemand anders erzählt es ihr vielmehr. Sie kann ihre Gefährtin Hamriyanım nicht vertreiben. Sie hat Hamriyanıms haarspalterisches Aufrechnen satt. Sie schämt sich ihrer Tränen, die von ihren Wangen den Hals hinunterlaufen, die laufen, als ob sie nie aufhören würden. Ihre Arme sind ausgebreitet. Sie hat mit der linken Hand den Fuß des Diwans gefasst, als ob sie sich irgendwie festhalten wolle. Sie fühlt die Schmerzen ihrer Hand nicht. Dass sie nicht zu Hamriyanım geht, flieht, führt sie auf das Gewicht von Fritz, der über ihr liegt, dessen heißer Atem ihr den Hals verbrennt, zurück. Wenn Fritz' Gewicht nicht wäre, würde sie gehen, laufen, als ob sie zum Himmel hinauffliegen wollte. Sie freut sich, dass sie ihr Kleid noch anhat, dessen Knöpfe aber offen sind. Sie will fern der Schlechtigkeit sein. Aber erwartete ihr unkontrollierbarer Körper das, was sie „Schlechtigkeit" nannte, denn nicht? Die Lage, in der sie war, war wie ein Entschluss, der schon vor langer Zeit gefasst war. Es war, als ob sie auf das, was sie „Schlechtigkeit" nannte, mit einer Kraft losging, die sie in ihrem ganzen Leben noch nie erlebt hatte. Dass ihre Brüste gedrückt werden, die Härte, die sie über ihrem Kleid, auf ihrem Bauch, an ihren Beinen fühlt und die berauschenden Schmerzen, die von dieser Härte ausgehen, werden zu Schmerzen, die seit Monaten ersehnt und endlich empfangen werden. Fritz' Hände, die unter ihrem Kleid nach dem neuen Slip greifen und ihn ungeschickt nach unten zu ziehen versuchen, werden zu einem Messer, das in Fatmas Herz sticht. Während sie Fritz' Finger festhält, fließen ihre Tränen noch stärker. Sie kann den Kopf nicht heben. Ihre

Beine werden ganz steif.

Fritz, der soweit gegangen ist, der sich in wirren und überbordenden Gefühlen windet, wird dadurch, dass der Körper unter ihm sich verkrampft und zurückzieht, unterbrochen. Er steht, ohne zu wissen warum, ärgerlich auf. Er beugt sich zu Fatma herab. Er sagt mit pfeifender Stimme „Komm!". Fatma steht langsam auf, wie eine Schlafwandlerin. Am ganzen Körper zitternd schleift Fritz Fatma, die sich wie ein Sack fühlt und Mühe hat zu gehen, ins Schlafzimmer.

Fatma setzt sich im Kleid neben Fritz, der sich ausgezogen ins Bett gelegt hat. Sie ist im Zweifel, ob sie fliehen soll oder nicht. Sie weiß, dass niemand sie zwingt. Sie fürchtet sich mehr vor sich selber. Sie kann ihrem Körper nicht Gehorsam befehlen. Sie weiß, dass sie die Hände, die sie ins Bett rufen, ziehen, ersehnt, dass sie sie will. Alles an ihr, ihre Ängste, ihre Scham, ihr Körper unterwerfen sich Fritz' kräftigen Händen. Ihr halb heruntergezogenes Kleid fällt vor das Bett. Fritz' schwitzende Hände ziehen ihr den Büstenhalter aus. Das feine rote Unterhöschen zieht Fritz ihr aus, als ob er es zerreißen würde. Fatma wundert sich, dass sie Fritz' Nacktheit nicht scheut. Ihr Körper scheint etwas nachzugeben. Sie fühlt den unwiderstehlichen Drang, Fritz' Kopf an sich zu ziehen, während sich Fritz über ihren Hals und ihre Brüste wirft. Aber Fritz' Ungeschicklichkeit verhindert das.

Fritz' gespannte Hände pressen die gefassten Weichheiten. Er ist wütend auf den Körper, der unbeweglich unter ihm liegt. Seine Wut verstärkt noch seine Ungeschicklichkeit. Es reicht ihm nicht mehr, die Brüste, die er in der Hand hält, zu quetschen, er beugt sich herab und beißt in die roten Brustspitzen. Er will, dass der Körper unter ihm sich krümmt, windet, ihm Widerstand leistet. Er will einen Kampf erleben.

Dass der Körper weich daliegt reicht nicht, um diese Röte zu überwinden, zu töten. Er geht nach unten, um die aneinandergepressten Beine zu öffnen. Dass die Beine ihm Widerstand leisten, sich ihm nicht öffnen, macht Fritz wild. Die Röte unter seinen Augenlidern wird unerträglich.

Fatma weiß nichts mehr, sie kann nicht mehr denken. Sie hat im Hals irgendetwas Bitteres, was sie nicht herunterschlucken kann. Sie ärgert sich über ihren ungehorsamen Körper, sie wird böse auf ihn. Sie kann ihm nicht verzeihen, dass er den letzten Schritt nicht tut, während doch der Pfeil den Bogen verlassen hat. Liebte sie denn Fritz nicht? Aber, aber das war ja doch nichts, was sie schon früher erlebt hätte. Sie hatte im Dorf davon gehört, in Winternächten. Sie erinnert sich an die Frauen, die mit der Überheblichkeit der Verheirateten erzählten. Manchmal sagten sie auch „Ihr Mann soll untergehen, wenn sie wollen, gehen sie auf uns drauf und runter, wie Tiere", und lachten dann laut.

Fatma weiß auch, dass sie nicht nur aus Angst zittert. Denn da ist ihre gehütete, heilig gehaltene Jungfräulichkeit, die sie nur ihrem Geliebten geben würde. Aber wen außer Fritz hatte sie denn geliebt, wen hatte sie in ihrem einsamen Leben schon gefunden? Selbst unter Angst und Zittern musste sie Fritz geben, was sie bewahrt hatte. Während sie ihre ausgebreiteten Arme, die sie lange in der Luft gehalten hatte um Fritz' Rücken schlingt, öffnet sie die gespannten Beine. Sie verbirgt ihren Kopf in Fritz' bärtigem Hals. Sie atmet den männlichen Duft ein, den sie jahrelang ersehnt hat. Ihre geöffneten Beine zittern. Sie schließt die Augen, presst die Augenlider richtig zu. Sie verspürt einen Schmerz, den sie in ihrem Leben noch nicht erlebt hat, der sich über ihren ganzen Körper ausbreitet. Der Schmerz wird mit Fritz' Bewegungen, mit seinem

Gewicht, unerträglich. Den Schrei, den sie ausstößt, hört sie selbst nicht. Sie löst aber ihre Arme nicht von Fritz. Trotz dieser wilden Schmerzen, die immer stärker werden, umklammert sie Fritz fest. Fatma kann nichts anderes tun, als sich an etwas festzuhalten, etwas zu umklammern. Sie ist vollständig betäubt. Freude, Trauer, Reue, Zeit und die Bedingungen, in denen sie lebt, sind weit weg. Es gibt nichts, Gegebenes, zu Gebendes, Genommenes und zu Nehmendes. Es gibt einen Menschen auf der Erde, den sie jahrelang ersehnt hat. Der Ersehnte ist ihr jetzt am allernächsten.

Der Schmerz, den Fatma fühlt, ist wie in einem fremden Körper. Die Bewegungen über ihr werden langsamer, hören auf. Die Finger, die in ihre Hüften gebohrt sind, werden weicher.

Fritz' Augenlider, die er fest geschlossen hatte, als er vor dem roten Abgrund floh, gehen über in eine natürliche Geschlossenheit, die der Schlaf bringt. Und sein Körper, der weicher wird, seine Spannung verliert, rutscht langsam von dem Körper ab, auf dem er liegt. Fritz' Gesicht, das Fatma zugewendet ist, zeigt die Behaglichkeit eines satten, sauberen Säuglings beim Schlafen.

Fatma fängt wieder an, den Schmerz zu fühlen, der mit einer warmen Feuchtigkeit in ihren Hüften anfängt und sich immer weiter über ihren Körper ausbreitet. Die Flüssigkeit vereinigt sich mit vielen Ängsten und unbestimmten Gefühlen, sie fühlt, dass aus ihrem Körper außer ihrer Jungfräulichkeit noch andere Dinge verschwunden sind. Sie sucht eine reuige Fatma. Sie will bewusst ihre Niederlage erleben. Dabei, hatte sie es nicht selbst so ersehnt? War denn ihr Liebster nicht neben ihr?

Im Halbdunkel des Lichtes, das aus dem Wohnzimmer

dringt, betrachtet sie Fritz' Gesicht. Sie versucht zu glauben, dass sie dieses Gesicht liebt. Sie nähert sich dem Atem etwas mehr, von dem sie hofft, er würde ihre Wunden verbinden, sie ihre unbestimmten Schmerzen vergessen lassen. Sie umarmt den schlafenden Fritz, spürt dabei den Schmerz, der sich bei jeder Bewegung von ihren Leisten über den ganzen Körper ausbreitet. Sie will doch die Schmerzen vergessen. Jetzt wird die warme, klebrige Flüssigkeit zwischen ihren Beinen unerträglich. Sie springt vom Bett. Sie will nicht zu der an ihren Beinen herablaufenden Wärme herabsehen. Sie läuft weinend ins Wohnzimmer. Wie sie sich im Wohnzimmer hinunterbeugt und auf ihre Beine sieht, schlägt sie die Hände vors Gesicht. Der Schrei, den sie unterdrückt, um Fritz nicht zu wecken, kommt als Wimmern aus ihrer Kehle. Sie kann ihr Schluchzen nicht bändigen. Das Blut, das an den Beinen herunterrinnt, läuft in den Teppich. Sie rennt in die Dusche, hinterlässt eine Spur aus Blutflecken. Ihr Schluchzen, das Rauschen des Wassers... Sie hat Angst, ihre Beine, die voll Blut sind, anzufassen. Aber das an ihren Waden und weiter unten angetrocknete Blut wäscht das Wasser nicht von alleine ab. Sie reibt mit ihren Händen angstvoll und schnell die Blutflecken ab. Sie presst ihre Hände zwischen die Beine. Dann rennt sie ins Schlafzimmer. Findet das rosa Unterhöschen zu Füßen des schlafenden Fritz. Während sie es anzieht, sieht sie das Blut, das bis zu den Knien gelaufen ist. Wie um das Blut zu verbergen, zieht sie ihr Kleid schnell an. Nimmt den Büstenhalter in die Hand. Greift nach dem Schlüssel in der Tasche des Kleides. Sie streckt die Hand aus, streichelt Fritz' Haare, fast ohne sie zu berühren. Sie beugt sich herab und riecht an Fritz' Hals. Fatmas Gesicht wird zum Gesicht einer Mutter, die die Schmerzen der Geburt vergisst, wenn sie ihr Kind umarmt, das Kind trotz der Schmerzen anlächelt.

Nachdenklich und sorgenvoll geht sie aus dem Schlafzimmer. Als sie die Wohnung verlassen will, findet sie es ungehörig, so, ohne etwas zu sagen, ohne zu besprechen, was gesprochen werden muss, einfach wegzugehen. Aber sie merkt, dass sie mit ihrer klebrigen Wärme an den Beinen nicht bleiben kann. Sie lässt die Tür angelehnt. Läuft nach oben. Sie holt ihre lange, alte Unterhose aus dem Schrank. Legt zwei von den dicken Tüchern, die sie während der Regel benutzt, in die Unterhose. Und sie wirft sich in die Arme von Hamriyanım, die sie von ihrem Platz aus, wie scheltend ansieht. Sie umarmt Hamriyanım. Sie kümmert sich nicht darum, dass Hamriyanım seidenes Brautkleid, ihr Schleier von ihren Tränen nass werden.

Wer soll denn weinen wenn nicht wir, Hamriyanım? So, jetzt weißt du alles, ich habe dir alles ausführlich erzählt, aber sei nicht traurig, weine nicht. Wir haben alles verloren, nicht wahr? Was hatten wir außer unserer Jungfräulichkeit? Wir hatten weder Haus noch Hof und auch keine großartige Schönheit! Wir hatten nur unsere Jungfräulichkeit, die wir so lange gehütet haben. Nur unsere Ehre! So nimmt uns jetzt nicht einmal der Recep Efendi aus dem Dorf. Von jetzt an nennt man uns Hure! Was sollen wir machen, dieser Weg war uns vorgezeichnet, wie konnten wir das ändern? Wie können wir die Schrift auf unserer Stirn wegschaben? Aber niemand hat uns je Gewalt angetan, Hamriyanım!

Geh nur, du Heulsuse, kümmere dich nicht darum, dass ich weine. In meinem Innersten ist Freude. Wen haben wir denn sonst geliebt, Hamriyanım? Alles ist nur passiert, weil wir ihn liebten. Wenn wir jetzt umdrehen würden, wenn alles von vorn anfangen würde, würde doch das Gleiche passieren. Warum weinen wir dann? Weine nicht, Hamriyanım, weine nicht. Was gibt es denn da zu weinen? Wir sind es ja, die so heimtückisch und verräterisch sind, dass wir nicht einmal bei unserem Fritz *liegen geblieben sind. Wir sind nach oben geflohen. Wenn er jetzt aufwacht und uns sucht, aber nicht findet? ... Nun, was er als Mann auch sagt, ist sein Recht, nicht wahr?*

Jetzt lache ein bisschen, Hamriyanım. Der Mann, der das angestellt hat, wird auch einen Ausweg bedenken! Nicht wahr? Fritz weiß sicher auch etwas. Der ist ja wohl nicht der Mensch, uns sitzen zu lassen. Also sind unsere Träume nicht umsonst gewesen. Nein, nein, der lässt uns nicht sitzen. Der nimmt sich unserer ganz sicher an. Das sieht man an seinem Gesicht, an seinem Gesicht, das Güte und Adel ausströmt. Und da sagt man, die Deutschen seien so und so! Wenn der einer ist, der mit einer großen Doktorarbeit fertig wird, wird er ja nicht derjenige sein, der uns sitzen lässt. Du wirst sehen, alles wird nach unserem Wunsch gehen. Schmoll nicht so! Du bist ja misstrauisch gegen alles. Halte dein Herz ein bisschen weit. Denk nach, denk über einen Weg nach, ich habe unseren Fritz am Arm genommen, wir gehen überall hin. Ja, wirklich, wohin können wir mit ihm gehen? Was machen wir? Werde ich dort, bei Raşit weiterarbeiten?

Schweig doch nicht, sag doch was, Hamriyanım! Erst braucht man eine Heirat. Man muss vom Status einer „Hure" wegkommen. Aber wie soll das werden, ich weiß ja nicht? Wie machen wir das, was sagen wir denn im Dorf? Was sagt Fritz, was denkt er wohl? Würde er in die Türkei kommen? Geh doch, was soll der große Doktor in jenem unfruchtbaren Dorf? Wir leben dann hier. Du glaubtest nicht, dass er mich liebt. Jetzt siehst du es, Hamriyanım. Er liebt mich auch. Wenn er mich nicht lieben würde, wäre das ja nicht passiert. Weine nicht mehr, betrüb dich nicht. Dieser Kummer geht auch vorüber. Er geht, nur diese klebrige Wärme von Blut ist absolut unerträglich. Weine nicht, es reicht.

Unten ist alles voller Blut, Hamriyanım. Man sollte hin und sauber machen. Man müsste sich sonst vor unserem Fritz, unserem Geliebten schämen. Warum bist du böse, natürlich werde ich ihn meinen Geliebten nennen. Ist er nicht mein Geliebter? Unser Geliebter soll von jetzt ab nicht mehr betrübt sein. Es würde mich umbringen, ihn betrübt zu sehen. Ich würde für ihn mit meinen Haaren den Boden fegen. Ich werde seine Wohnung..., ach, ich bin es ja nicht gewöhnt, unsere Wohnung sauber halten. Alles für ihn kochen. Wir werden alles teilen. Wir sind Ding geworden... sozusagen Mann und Frau. Nicht wahr? Das was fehlt, ist nur die Trauung.

Unser Fritz ist ein sehr guter Mensch, Hamriyanım. Vielleicht wird er sogar Muslim. Werd nicht verrückt, Hamriyanım. Wenn wir in Not sind, fällt uns Gottes Name ein. Aber es ist sogar Sünde, dass wir jetzt Gottes Namen erwähnen, unrein, blutig, ohne uns zu reinigen...

Also lass mich jetzt los, Hamriyanım. Ich will nach unten, ich habe die Tür offen gelassen. Sorg dich nicht, ich komme schnell zurück,. Die Arbeit? Lass doch die Arbeit. Auch Meister Naci hat ja die Arbeit aufgegeben. Nein, natürlich nicht, ich würde die Arbeit nicht aufgeben. Aber wenn Meister Naci auch für mich Arbeit in der Fabrik findet, warum nicht? Und heute? Wenn wir heute nicht zur Arbeit gehen, reißt Raşit uns in Stücke. Genau an dem Tage, an dem Meister Naci aufgehört hat. Ich weiß halt nicht, es dauert ja noch ewig, bis wir zur Arbeit müssen. Die Arbeit ist nicht wichtig. So, jetzt will ich mal nach unten. Dass ich den Teppich säubere, ehe das Blut trocknet.

Sie ist schon an der Tür, da dreht sich Fatma um und umarmt Hamriyanım. Sie blickt lange in das schmutzige, formlose Gesicht Hamriyanıms, als ob sie sie zum letzten Mal sähe.

In der Zelle wechseln die Nächte, in denen der Schlaf immer nur für kurze Zeit kommt, mit den gänzlich schlaflosen endlosen Stunden. Dennoch ist der junge Mann ausgeruht. Diese Erschöpfung, die sich anfühlt wie schlimmste Angst, ist weg. Es wundert ihn nicht mehr, dass er stehen, dass er widerstehen kann. Abrechnung, Rechenschaft wird von ihm gefordert; das macht er seit 13 Monaten in dem winzigen Raum ganz allein mit sich selber aus. Er hat sich tief im eigenen Herzen selber verhört. Und jedes Mal war er aus der Dunkelheit jener endlosen Nächte rein hervorgegangen.

Der junge Mann meint, vieles begriffen zu haben. Er weiß, dass draußen, hinter den Mauern, seine Freunde, diejenigen die ihn lieben, und viele Leute, die an seine Unschuld glauben, sind. Er selber liebt diese Leute auch, wenngleich er nur wenige jemals wirklich kennengelernt hat. Dieser Protest, dieser Einsatz für ihn, der doch eigentlich ganz menschlich und natürlich sein sollte, rührt ihn. Und dennoch sind da Wirklichkeiten um ihn herum, die er erst jetzt begriffen hat, entsetzliche Wirklichkeiten: Seine Richter, diejenigen, die ihn in die Türkei abschieben wollen, sagen: „Lieber Metin, wir wissen, dass du unschuldig bist. Du kannst keinen Menschen töten, niemanden umbringen. Außerdem ist dein Asylantrag angenommen worden. Leider sind die Rechtsverordnungen so. Auch uns sind die Hände gebunden. Wir sind gezwungen, dich in die Türkei abzuschieben." Früher hätte er unter keinen Umständen glauben wollen, dass solch eine „logische" Schlußfolgerung in Deutschland möglich sein könnte. Hat er es denn jetzt vollständig begriffen? Der junge Mann versteht nur, er kann es nicht akzeptieren. Er schämt sich als Mensch, er schämt sich im Namen der Menschheit, er schämt sich für das ganze Zeitalter. Er schämt sich dafür, dass ein Mensch überhaupt in solch ein Räderwerk, das man Rechtssprechung nennt, geraten kann, dass über ein x-beliebiges Leben geurteilt wird. Wenn es auch nur sein eigener Körper ist, der da in diesem Räderwerk feststeckt, er schämt sich für alle Menschen. Und der junge Mann glaubt, dass manche Worte zum Schrei werden können, auch wenn man sie nur flüstert. Dieses „Ich will leben" muß doch die Menschen ins Herz treffen!

Heute hätte er gern den Sonnenaufgang beobachtet. Dabei weiß der junge Mann längst, dass diese Sonne gar nicht in das kleine Fensterchen der Zelle passt. Er stellt sie sich nur vor. Er freut sich an mit dem reichen, lebendigen Licht des Morgens.

Heute ist seine Zelle aufgeräumter als sonst. Er hat seine Bücher, die Briefe und Telegramme, die er bekam, schön geordnet. In seinen Augen ist eine Entschlusskraft, die das Leben bejaht, dem Leben entgegentritt. Und es scheint, als ob er die letzten Arbeiten zur Bewältigung eines großen Problems angehen würde, das er sein Leben lang schon lösen wollte.

Er setzt sich auf die Pritsche. Er ist verärgert darüber, dass man ihn warten läßt. Sein Leben lang hat er es nicht gemocht, zu warten. Er wollte immer mitten im Leben stehen, mitmachen. Nie soll man aus dem Leben hinausgehen. Selbst wenn man eines Tages sterben müsste, sollte der Tod nur etwas sein, was dem Leben eine andere, eine neue Form gibt. Er liebt die ständige Entwicklung. Er möchte ein Leben führen, das sich nach vorne, in die Schönheit hinein und auf eine gerechte Ordnung zu bewegt. Selbst in dieser Zelle, in der er untätig hocken muß, denkt er darüber nach, wie er sein Leben festhalten, wie er es sinnvoll ausfüllen könnte. Er weiß, dass es Gefangenschaft auch in der Freiheit gibt. Und die Freiheit kann es auch in der Zelle geben. Ein Denkmuster? Und der junge Mann weiß, dass er Zeit hat. Zeit?

Arbeiteten sie nicht daran, ihm seine Zeit zu kürzen? Aber in welchem Maß konnten sie überhaupt Hand anlegen an solch einen abstrakten Begriff? Er freute sich, dass er den Pessimismus, der sein Herz beklemmte, durch solche Gedanken für Augenblicke loslassen konnte. Er stellte sich vor, draußen zu sein. Draußen, im Herzen des Lebens. Den Streit, um den es hier widersinnig ging, hatte er nicht begonnen. Und dieser Streit durfte ihn auch nicht bezwingen. Er hatte einen Entschluß gefaßt: nichts könnte ihn aus dem Leben hinausbefördern. Nichts.

Das entschlossene Lächeln im Gesicht des jungen Mannes wird stärker. Er weiß, er weiß genau, die Zelle ist klein, die Zelle ist winzig. Aber der junge Mann weiß auch, sein Kopf und sein Herz sind so groß wie die Welt.

Das metallische Klirren des Schlüssels, der im Schloß herumgedreht wird, verängstigt und deprimiert ihn diesmal nicht so wie sonst. Die Unfreundlichkeit des Wärters bedrückt den jungen Mann nicht so wie sonst. Er sieht lange die Wände an, diese Wände, die er kennt und die auch nicht freundlich sind zu ihm. Er sieht den Beamten an, der seine Unruhe nicht verbergen kann.

Niemand soll sich betrüben, wünscht sich der junge Mann, keiner.

Diesmal geht er ruhig und mit entschlossenem Blick zur Verhandlung.

Er denkt nur, es ist schade, dass der Wolkenkratzer in der Ecke die Sonne versteckt.

Er sieht die Menschen in seiner Umgebung versöhnt an.

Während er mit den Beamten neben sich auf den Wagen zugeht, schaudert ihn vor der Kälte des Eisens an seinen Handgelenken. Er kann keine Schuld finden für dieses Eisen, das niemals Wärme trägt, sie niemals tragen wird. Dabei trägt doch das Eisen des Pfluges die Wärme des Menschen, wenn das Feld gepflügt wird.

Niko singt beim Hinuntergehen der Treppe ein trauriges Lied. Das Lied, das über seine Lippen kommt, hat nichts von der wilden Bewegtheit des Mittelmeeres. Es ist wie ein Lied der Gläubigen, das in einer düsteren Kirche gesungen wird.

Auf der Schwelle der Tür zur Weinstube bleibt Niko erstaunt stehen. Er weiß nicht recht, was er mit Ina und Ali, die zusammengekrümmt, so über den Tisch liegend eingeschlafen sind, tun soll. Er geht leise, auf Zehenspitze zu ihnen. Jetzt sieht er zwei Hände die ineinander verschlungen, zwei Köpfe, die aneinander gelehnt sind. Der Schlaf der beiden Liebenden, die den kleinen Tisch umarmt haben, die mit geschlossenen Augen lächeln, erfüllt Nikos Herz gleichzeitig mit Glück und Trauer. Er sieht auf die Uhr an der Wand. Es betrübt Niko, dass er die beiden Täubchen wecken muss. Er vertreibt das Lächeln aus seinem Gesicht. Kneift die Augen zusammen. Er setzt an zu reden, aber er findet, seine ganze Haltung paßt nicht zu der Situation. Es reicht Niko nicht, ein gezwungen strenges, böses Gesicht zu machen. Er ändert seine Position, stellt sich straff hin, zieht die Augenbrauen richtig zusammen. Er beißt sich auf die Lippen und sein Blick hat jetzt eine entschlossene

Härte. Aber sie wirkt doch nur schlecht und angestrengt gespielt:

„Ihr Faulpelze! Aufstehen! Ihr habt wohl Nikos Weinstube mit einem Hotel verwechselt!"

Die Morgensonne draußen ist verführerisch. Der August möchte den Sommer endlos verlängern.

Der Tag hat seine Arme geöffnet, das Leben, das „Güte-Bosheit" heißt, muss umarmt werden.

Fatma regt sich nicht darüber auf, dass sie keinen Putzlappen findet. Sie geht noch einmal nach oben. Sie holt ein altes Tuch und kommt wieder. Wenn bloß nicht diese schreckliche warme Flüssigkeit an den Beinen wäre. Sie reibt mit dem Lappen, den sie mit Seifenwasser angefeuchtet hat, den blutbefleckten Teppich ab. Dabei fällt ihr überhaupt auf, wie schmutzig der Boden ist. Wo sie wischt, kommt unter dem Grau Grün hervor. Sie hört auf, die einzelnen Flecken zu putzen und überlegt, den ganzen Teppich zu reinigen: der Teppich wechselt seine Farbe, das erfüllt sie mit Freude. Sie ist zufrieden mit ihrem Fleiß. Als sie aufsteht, um das Wasser wegzukippen, wird ihr schwindlig. Sie betrachtet den schlafenden Fritz. Sie fühlt den drängenden Wunsch, Fritz' Augen zu küssen, seinen Bart zu liebkosen. Sie bringt es nicht übers Herz, Fritz zu wecken.

Fatma wartet am Bettrand. Sie wartet darauf, dass Fritz aufwacht. Er soll aufwachen, damit Fatma ihm zulächeln kann. Dann will sie die Zähne zusammen beißen, ihre Schmerzen verbergen und nur lachen. Fritz soll sich nicht über ihre Schmerzen betrüben, soll nichts davon wissen. So etwas soll ihm nicht den Tag vergiften. Sie kann sich nicht vom Bett trennen. Wenn Fritz aufgestanden ist, will sie die Bettlaken nach oben bringen und waschen. Aber sie will auch, dass Fritz das Blut sieht. Wenn er schon ihr Geliebter geworden ist, soll er begreifen, dass sie noch eine Jungfrau war. Er soll wissen, dass Fatma so lange Jahre gewartet hat. Sie errötet ein wenig. Sie glaubt, dass sie das gerne getan hat. Ohne sich zu sorgen, dass Fritz aufwachen könnte, streichelt sie ihm Haare und Bart. Fritz` Lippen bewegen sich. Er dreht sich um und ihr den Rücken zu. Die Decke rutscht, Fritz Rücken wird aufgedeckt. Und das von Blutflecken rot gewordene Laken wird sichtbar. Fatma bückt sich und deckt schnell und verschämt die Decke wieder darüber. Wird Fritz, wenn er aufwacht, nicht etwas essen und trinken wollen, denkt sie?

In Fritz' Schrank findet sie nichts. Sie bringt Käse, Butter und Brot von oben. Auch den Tee bereitet sie bei sich zu. Zwei gekochte Eier stellt sie auf die Seite des Tisches, die sie für Fritz bestimmt hat. Und als der Lärm der Straße stärker wird, als sie das Sonnenlicht, das durch die geschlossenen Vorhänge dringt, sieht, geht sie ins Schlafzimmer.

Fritz öffnet seine Augen nicht. Er versucht erst, die Stimme, die er da hört, zu verstehen, zu begreifen. Sein Kopf ist zentnerschwer. Das Licht, das seine Augenlider quält, macht ihn wahnsinnig. Er versteckt seinen Kopf unter der Decke. Er will das Licht nicht sehen, das durch die Vorhänge dringt. Er stößt die Hand, die über seinen Kopf fährt, seine Haare beharrlich streichelt, hart beiseite. Die Hand kommt wieder, streichelt weiter. Und diese unverständlichen Worte... Er reibt sich die Augen. Zuerst erkennt er Fatma nicht. Er schaut, als ob er nicht kapiert, was da vor sich geht. Er sieht die Frau an, die zu ihm „Tee trinken, essen..." sagt, als ob er sie zum ersten Mal sähe. Er will Fatmas Lachen nicht sehen.

Er steckt den Kopf wieder unter die Decke. Die Schwere des Kopfes, der faule Geschmack im Mund sind unerträglich. Er kann nicht zu sich kommen. Er kann seine eigenen Fragen – Was ist passiert? Was war los? Warum ist diese Frau hier? – nicht beantworten. Er merkt, dass er die Anwesenheit Fatmas, die sich auf die Bettkante gesetzt hat, selbst unter der Bettdecke nicht ertragen kann. Er streckt den Kopf wieder heraus. Als er das verschämte Lächeln auf Fatmas gesenktem Gesicht sieht, kommen einige Erinnerungen zurück – etwas Weiches, die Cognacflaschen, ein warmer Körper, der reglos und starr unter ihm lag. Jetzt erinnert er sich richtig an die plumpe Gestalt, die ihn nicht wie Ina umschlang, die sich nicht auf und ab wand, nur da lag. Er bemüht sich, langsam und deutlich zu sprechen. Während er das „Sie" gebraucht, spielt ein ironisches Lächeln auf seinen Lippen.

„Ich dachte, Sie seien nach Hause gegangen!"

Fatmas Lächeln verändert sich nicht. Sie freut sich, dass Fritz spricht. Sie freut sich, obgleich sie all die Wörter nicht versteht. Sie will nach draußen, ihm den Tisch im Wohnzimmer zeigen. Sie will fragen, ob Fritz den Geruch des warmen Brotes auch riecht. Sie kann nur sagen: „Tee, Essen."

Fritz' Gesicht wird lang. Sein spöttisches Lächeln verschwindet auf einmal. Genervt wendet er seine trägen Blicke, die den Zweck verfolgen, eine Sache, derer man überdrüssig ist, schnell zu beenden, auf Fatma. Er spricht einzeln, in Infinitiven:

„Sie nach Hause gehen. Was Sie wollen noch? Ich schlafen!"

Fatma meint zu verstehen. Aber sie möchte das, was ihr jetzt dämmert, gar nicht glauben. Sie schiebt die Schuld auf die Sprache, die sie nicht kennt, nicht sprechen kann. Sie will sich zwingen, ihr schamhaftes Lächeln weiter zu lächeln. Sie will Fritz' Wunsch nach Schlaf ganz natürlich finden. Sie zwingt sich zu allem, auch zum sprechen:

„Du schlafen, Fritz. Ich kommen zehn Uhr."

Fritz' Blick wird noch abweisender:

„Nein, du nicht kommen. Doktorarbeit auch zu Ende. Freundschaft zu Ende!"

Fatma spürt ihre Tränen kommen, sie will nicht verstehen:

„Zu Ende, was zu Ende?"

Fritz wird die Sache lästig, Fritz hat Kopfschmerzen. Sein Kopf ist tonnenschwer. Seine Stimme wird schärfer:

„Zu Ende eben... Du nicht kommen, nie mehr kommen!"

„Warum, warum nicht kommen?"

„Du nicht Liebe wissen."

„Ich nicht verstehen, was nicht 'wissen'?"

„Du nicht wissen Liebe machen!"

Fatma hält ihre Tränen nicht mehr zurück. Sie will nichts glauben, gar nichts. Sie ist von Kopf bis Fuß, mit Fleisch, Knochen und mit ihren Blicken nur noch eine einzige Frage:

„Ich nicht verstehen?"

„Du gehen, nicht kommen, du nicht wissen Liebe machen..."

Verstört, ohne zu wissen, was sie tut, rennt Fatma nach draußen, sie stößt an den schön gedeckten Frühstückstisch. Die Teegläser mit den schmalen Taillen, die sie von oben gebracht hatte, fallen um. Ihr Blick bleibt auf Fritz' Schreibtisch hängen. Sie nimmt einen Stift, ergreift voll Zorn eines der vollgekritzelten Papiere, die dort unordentlich herumliegen. Dann läuft sie wieder zu Fritz, der sich die Decke wieder bis zum Hals heraufgezogen hat. Ihre Stimme klingt wie eine Totenklage:

„Schreiben, du schreiben, ich zu Dolmetscher gehen, lesen lassen!"

Das spöttische Lächeln in Fritz' Gesicht wird gemeiner. Er lacht nur noch über Fatmas Geduld. Dabei wundert er sich nicht einmal wirklich darüber, dass Fatma alles so ernst nimmt. Er versucht, über die Dinge nachzudenken, die ihm aus der vorigen Nacht im Gedächtnis geblieben sind. Und er versteht nicht, was diese Frau, die wie ein Holzklotz unter ihm gelegen ist, jetzt noch von ihm will. Auf der anderen Seite wischt diese Frau, an die er sich kaum erinnert, ihre orientalische Fremdheit, ihre Unerfahrenheit beim Lieben, alle Reue weg, die er fürchtete zu empfinden. Gewohnt, mit dieser Frau „tarzanisch" zu reden, schreibt er auf die leere Seite des Papiers ein großes „DU NICHT LIEBE KENNEN". Mit kleiner Schrift fügt er hinzu: „Mich in Ruhe lassen, nicht mehr kommen zu mir." Er streckt das Papier Fatma hin, die ihre Hände zusammengelegt hat, die seufzt und über deren Wangen nun still die Tränen hinunterlaufen. Er dreht Fatma den Rücken zu. Er zieht die Decke über den Kopf.

Fatma sieht auf das große Papier in ihrer Hand. Dann stürzt sie wie wild hinaus. Sie lässt die auf dem Herd dampfende Teekanne, den Seifengeruch, der sich vom Teppich ausbreitet, die mit Butter bestrichenen, gerösteten Brote auf dem Tisch, Fritz, der ihr den Rücken zugekehrt hat und wohl schon wieder an seine Doktorarbeit denkt, die Nacht, in der sie die schlimmsten Stürme ihres Lebens erfahren hat, hinter sich und stürzt auf die Treppe. Sie rennt, ohne sich darum zu kümmern, dass Fremde ihre Tränen sehen könnten. Wenn sie an der Haustür nicht mit Ina zusammengestoßen wäre, sie hätte Ina gar nicht gesehen. Sie sieht auch nicht den dunklen Jungen mit den krausen Haaren neben Ina. Sie kann den Kopf nicht heben, um Ina ins Gesicht zu blicken. Sie weiß jetzt nicht, was sie machen, wie sie das Papier in ihrer Hand verbergen soll. Zu ihren Schmerzen, ihrer Wut, kommt noch die Unsicherheit, die sie Ina gegenüber empfindet. Ängstlich hebt sie den Kopf, sie denkt, Ina wird sie ohrfeigen. Aber sie findet in Inas Augen nichts als Traurigkeit. Es ist ihr, als sähe sie zum ersten Mal die reine, helle Haut, die honigfarbenen Augen. Und eine innere Stimme sagt ihr, dass sie Ina vertrauen kann. Sie streckt ihr das inzwischen ganz zerknitterte Papier hin. Ihre Worte, die sie schluchzend ausstößt, sind kaum zu verstehen.

„Lies, lies! Ich schuld! Sag mir, was da steht!"

Ina sieht Fatma lange an. Sie sieht Fatmas Niedergeschlagenheit und versteht, dass sie nicht sprechen kann. Sie sieht, dass man Fatma verwundet hat und dass ihre Ängste keine Einbildung gewesen waren. Der Kummer darüber, dass sie trotz ihrer Befürchtungen am vergangenen Tage nicht gekommen ist, setzt sich in ihrem Herzen fest. Sie erkennt Fritz' sorgfältige Schrift auf dem Papier. Als sie die Überschrift: „Beispiel Frau F...." liest, spürt sie tausend Stiche auf ihrem Körper. „... beim Tun anhalten... Ihre sexuellen Probleme...". Sie kann nicht weiter lesen. Gerade wie sie das Papier zusammenknüllen und wegwerfen will, sieht sie die Schrift auf der Rückseite. „DU LIEBE NICHT WISSEN", „Mich in Ruhe lassen, nicht mehr zu mir kommen"... Ina ist verwirrt. Sie versteht nichts. In ihrem Kopf entstehen tausend Rätsel. Sie schämt sich, Fatma zu fragen. Und sie weiß, auch wenn sie fragen würde, könnte Fatma doch nicht reden.

„Warte", sagt Ina. „Warte, Fatma, ich komme." Sie begnügt sich damit, Ali einen Blick zuzuwerfen. Sie findet Fritz' Tür weit offen. Sie betrachtet den Frühstückstisch lange, die umgekippten Teegläser auf der Decke. Ihre Augen gewöhnen sich langsam an die Dämmerung des Schlafzimmers, in dem die Vorhänge geschlossen sind, und sie merkt, dass da unter der Decke Fritz rund zusammengerollt liegt. Als sie zu ihm gehen will, sieht sie die Blutflecken an der Tür zur Dusche. Sie versteht gar nichts mehr. Sie will weg und bleibt doch. Dann geht sie doch nach oben, wo Fatma wohnt. Sie findet auch Fatmas Tür weit offen. Ängstlich geht sie hinein. Sie kann ihre Augen nicht von der Puppe im Brautkleid wenden, die auf dem Bett liegt. Sie nimmt die Teigpuppe, die vom Schmutz, vom Anfassen schwarz geworden und abgegriffen ist, auf den Arm. Sie erkennt, dass es Fatma ist. Sie versteht, dass die Puppe im Brautkleid eine kleine Fatma ist. Sie will nicht denken, nicht an das schon Gedachte glauben. Sie sieht in dem unförmigen Gesicht der Puppe die unglückliche orientalische Liebe, die sie kennt, die sie gelernt hat. Die im Innersten gelebte Liebe, in der der Geliebte nichts von der Liebe des Liebenden erfährt. Sie versteht alles... Ihre Ängste, die sie sich nicht erklären konnte. Der Argwohn, der sie quälte. Hier war die Antwort! Das Wesen Fatma, diese Frau, die sie doch einmal mit einer Feldblume verglichen hatte, war zerstört worden. Sie schaut zur Treppe. Ihre schrägen, zusammengekniffenen Augen blitzen wie die eines Raubvogels. Sie kommt vor Fritz' offene Tür. Der Schlüssel, den sie herausgezogen und weggeschleudert hat, schlägt gegen den Frühstückstisch und fällt mit einem scheußlichen Klirren zu Boden. Nein, sie wird nicht mit Fritz reden. Sie spürt, dass jedes Wort überflüssig ist.

Sie hält sich an der Wand fest, während sie herabsteigt. Sie weiß nicht, was sie Fatma, die sie mit fragenden weinenden Augen ansieht, sagen soll. Aber Fatma will reden.

„Sage, meine Rehäugige, was steht auf Papier?"

„Ich weiß ja nicht, Fatma, ich weiß nicht... da steht: 'Ich glaube nicht an Liebe, ich will allein bleiben'", stößt Ina hervor.

Fatmas Kopf fällt nach vorn. Ihr Schluchzen wird stärker. Sie schlingt ihre Arme um Ina, die sie festhält. Sie presst Inas schmalen Körper an sich. Sie legt ihren Kopf an Inas Brust. Ihre Worte „Du bist nicht gekommen, ach, du bist nicht gekommen, wenn du gekommen wärst!", stoßen in Inas Herz wie Schlachtermesser. Auch Ina kann die Tränen nicht mehr zurückhalten, die sich seit Tagen in ihr gesammelt haben, das Weinen, das sich seit Tagen in ihr aufgestaut hat, diesen schlimmen Tagen mit der Angst um Metin und mit diesen endlosen Nächten.

Ali weiß nicht, was er tun soll. Er kommt sich überflüssig vor. Er bringt es nicht fertig zu sagen „Weint nicht, weint doch bitte nicht!"

Er wundert sich selbst, als er sagen kann: „Kommt, lasst uns etwas laufen!"

Ina klammert sich an Alis Stimme, an seine Worte „Lasst uns laufen."

„Laßt uns laufen, ja, lasst uns ein bisschen laufen. Komm, Fatma, komm, das wird auch dir gut tun, nicht wahr?"

Fatma hebt den Kopf und sieht nach oben, so, als ob sie Hamriyanım auf dem Bett sehen könnte, würde sie sich nur etwas strecken.

„Wartet mal, wartet, ich komme!"

Fatma stürzt mit zitternden Knien die Treppe hoch. Sie sieht nicht in Fritz' offene Wohnung. Nur wird ihr der Rücken kalt, während sie über den Treppenabsatz des dritten Stockes geht. Sie kann auch nicht Hamriyanım ins Gesicht sehen. Sie wickelt Hamriyanım in eine alte, mit Fettflecken durchtränkte

Zeitung. Das Hinabgehen der Treppe fällt ihr nicht mehr so schwer wie das Hinaufsteigen.

Ina spürt, dass in jenem Paket, das Fatma im Arm hält, die Puppe ist, die sie eben gesehen hat. Sie nimmt Fatmas Arm. Es ist, als ob Ina die völlig erschöpfte Fatma trägt.

Das Weinen verlässt Fatma auch unterwegs nicht. Vor ihren Augen ist eine blutbedeckte Hamriyanım. Sie trauert nicht um sich, sondern um Hamriyanım. Wenn sie das Paket in ihrem Arm öffnen würde, wenn das Blut auf dem weißen Brautkleid, dem weißen Schleier sichtbar würde – der Himmel und Erde würden blutig werden.

Ali trottet hinterher. Dass diese beiden Frauen, dieses deutsche Mädchen und das Bauernmädchen aus Anatolien, Arm in Arm gehen und sich ein Leid, ein Unglück teilen, lässt ihn fast seinen Kummer um Metin, der bald vor dem Gericht erscheinen muss, vergessen.

Ina spricht in Fatmas Ohr, ganz leise, wie ein Flüstern, wie Zekiye in der Ferne: Schwester... Und sie spricht doch auch zu sich selber.

„Ich verstehe, schlimme Dinge, Fatma, schlimm. Die Schmerzen sind eingebrannt. Auch ich habe es erst jetzt bemerkt, Fritz ist krank... Alles ist vorbei, alles ist zu Ende. Auch diese Doktorarbeit wollen wir vergessen. Alles vorbei. Willst du, dass wir zusammenbleiben, Fatma? Wollen wir uns öfter sehen?"

Fatma schaut in die Unterführung gegenüber. Es ist ihr, als ob die lange Dunkelheit des Tunnels nicht enden will. Sie will nicht in diese enge, dunkle Unterführung hinein. Sie hat keine Kraft mehr und sie fürchtet, das andere Ende, das Licht nicht erreichen zu können. Ein Schauer geht über sie, als sie Hamriyanım in ihrem Arm spürt. Als ob Hamriyanım nicht mehr Freundin ist wie früher. Ihr wird schwindlig, als sie stehen bleibt, ihr wird schwarz vor Augen:

„Ich möchte mich da hinsetzen, ich möchte mich an den Rand setzen!"

Ina versteht, dass Fatma auch körperlich am Ende ist. Sie setzen sich auf eine Bank am Wegrand. Alis Niedergeschlagenheit, sein unruhiger Blick erinnern Ina an Metin. Sie weiß, dass sie gehen müssen. Aber sie weiß nicht, wie sie es sagen soll, ob sie Fatma so verstört zurücklassen kann:

„Fatma, weißt du, da war doch dieser Metin, nicht wahr? Für den du auch deine Unterschrift gegeben hast. Der hat jetzt seine Gerichtsverhandlung. Ali und ich wollen dahin gehen. Ich weiß nicht, vielleicht ist Metin ja auch bald bei uns..."

Ina schweigt so plötzlich, wie sie angefangen hat zu reden. Sie schämt sich, das hervorzubringen, was ihr auf der Zunge liegt. Sie schafft es nicht zu sagen: „Los, Fatma, komm du auch mit uns."

Fatma aber fühlt, was Ina sagen will und nicht aussprechen kann. Und Fatma denkt:

„Ach, meine Rose, ich habe keine Kraft. Geht ihr, geht ihr wenigstens, lasst den armen Verlassenen nicht allein zwischen den Fremden. Ich bleibe hier sitzen und warte auf euch. Ich gehe nirgendwohin. Ich habe keine Kraft, meine Rose, ich habe keine Kraft. Auch wenn ich es wollte, ich könnte nirgendwohin gehen Aber geht ihr. Ich will ein bisschen weinen, weinen, damit ich mich erleichtere."

Sie richtet sich auf und küsst Ina rasch.

Dem jungen Mann ist, als ob er eine lange Reise antritt. Eine endgültige Umsiedlung. So, als ob er niemals mehr von dort, wo er hinfährt, zurückkommen wird. Er sieht umher, als ob er nichts vergessen wolle. Mit sich selbst hat er längst abgerechnet. Er versucht das Leben um ihn herum zu begreifen. Manchmal denkt er, er habe alles verstanden. Manchmal aber ist er wegen der Unüberschaubarkeit dieser Sitiuation, des Durcheinanders darin, in das er geraten ist, verwirrt. Er versteht die Bemühungen seines Anwalts, der neben ihm sitzt, der ihn ein wenig an seinen Vater, dessen Gesicht er doch nie gesehen hat, erinnert. Er hält die Ernsthaftigkeit dieser Bemühungen um ihn, dieses ehrliche Bestreben, für etwas ganz Natürliches, Sinnvolles, Menschliches. Dem jungen Mann kommt es sehr normal vor, Mensch zu sein.

Während man ihm die Handschellen abnimmt, begreift er auf einmal die Schwäche des kräftigen Mannes, der ihn von den Fesseln befreit. Er sieht und spürt das Zittern der riesigen, fleischigen Hände. Oder zwingt sich dieser Mann nur dazu, gewaltig, kräftig zu erscheinen?

Und doch versteht er manches nicht. Bisher hat sein

Glaube an die Erhabenheit des Menschen, dessen Sinn für Gutes, Schönes und Gerechtes, ihn daran gehindert, die Dimensionen von Ungerechtigkeit und Gewalt zu begreifen. Wie kam es dazu, dass der Druck so groß wurde?. Und doch ist er jetzt so unerträglich spürbar. Und diese Richter? Er glaubt nicht, dass sie alle ihm Böses wollen. Er weiß, dass es dummes Zeug ist, zu denken, sie seien alle als schlechte Menschen geboren. Und überhaupt sind sie doch nur die Zahnrädchen eines großen Rades, das sich dreht, wie es sich eben drehen muß. Also kann sein Schicksal gar nicht von der Güte oder Schlechtigkeit der handelnden Menschen abhängig sein. Dennoch fällt es dem jungen Mann schwer zu begreifen, wie weit sich Menschen wegen eines Vorteils von ihrer Menschlichkeit entfernen können. Er will es nicht begreifen. Und wie würden diese Menschen selber vor dem Gesetz bestehen können?

Und jene Richterin? Glaubt sie daran, dass die Gesetze, die sich die Regierenden ausgedacht haben, mit der wirklichen Gerechtigkeit, der ungeschriebenen, übereinstimmen? Was fühlt sie? Hat sie ein Kind, dem sie von den „Fällen" erzählt?

Der junge Mann schämt sich seiner Sentimentalitäten nicht. Er hatte sich ja nie geschämt. Er hatte es nie vermieden, selbst beim Lesen der trockensten, theoretischsten Bücher, selbst in politischen Diskussionen, seine Gedanken mit seinen Gefühlen zu vermischen.

Der Blick des jungen Mannes erscheint außerordentlich klar. Er weiß, dass die Jahre, die er gelebt hat, nicht vergeudet, für ihn jetzt keine Last sind. Und er glaubt, dass er lange gelebt hat. In seinem Blick ist eine Weisheit, die man nur in Tausenden von Jahren sammeln kann.

Der Lichtstrahl, der zum Fenster hereindringt, lächelt den

jungen Mann an wie ein alter Bekannter.

Das Licht, das zum Fenster hereindringt, bringt das faltige Gesicht seiner Großmutter, ihre warme Stimme, mit herein.

Zum Fenster lächeln unzählige Freunde herein.

Der junge Mann weiß, dass das Fenster keine Rettung bedeutet.

Das Fenster ist vielleicht das Symbol für eine Auflehnung. Nicht mehr, nicht weniger.

Das Fenster sagt: „Mein Sohn, meine Seele, mein Freund, mein Bruder, mein Andenken". Sagt es mit der Stimme von tausenden, zehntausenden Menschen.

Millionen von Freunden sagen: „Wenn der Weg des Überlebens und der Kampf um die Menschheit über den Tod geht, ist auch er Leben..."

Der junge Mann sieht die Menschen um sich herum an. Er sieht sie mit versöhnten Augen an (gut oder böse gibt es für ihn nicht mehr), mit Augen, die vom Hass befreit sind. Auf seinen Anwalt blickt er traurig.

Der junge Mann wendet sich wieder dem Fenster zu. Er sieht zur Sonne, die freundlich, freigiebig und ohne Hintergedanken lächelt. Und der junge Mann steht plötzlich von seinem Platz auf.

Die Sonne, die durchs Fenster scheint, ist so verlockend, als würde sie sagen: „Jeder soll sich seinen Anteil vom Leben nehmen, jeder soll sich an den Tisch des Lebens setzen. Wer ist es, der sich nicht setzt? Wer ist es, den man nicht sitzen lässt? Wer ist es, der den Weg zum Tisch verstellt?"

Der junge Mann ist am Rand des Fensters.

Der junge Mann stößt keine Anklage, keinen Schrei aus.

Der junge Mann ist der Schrei der Stille.

Der junge Mann ist der Schrei des Lebens.

Der junge Mann ist im Abgrund...

Die Akte des jungen Mannes liegt geöffnet im Verhandlungssaal im sechsten Stock des Berliner Verwaltungsgerichts. Die Menschen, die wie erstarrt blicken, begreifen noch nichts. Es ist, als ob sie einen Traum haben, einen schrecklichen Traum, als ob sie aus diesem schlimmen Schlaf erwachen wollen und es doch nicht können. Die Richter, denen es die Sprache verschlagen hat, wissen noch nicht, dass sie in ihrem Herzen eine Wunde tragen, die sich ihr Leben lang nicht schließen wird. Sie werden die Akten schließen, die Wunde bleibt offen. Die Blicke des Anwalts sind voller traurigem Entsetzen, so wie bei einem Vater, der um seinen Sohn, um seinen Bruder trauert. In diesem Augenblick glaubt der Anwalt, dass die Welt taub ist. Er redet vor sich hin und nur er kann sich hören:

„Er wollte leben, er wollte nur leben. Er glaubte an die Schönheit des Lebens und daran, dass ihm die Menschen etwas Erhabenes geben können."

Weit weg, in einem kleinen Dorf, schmerzt das Herz einer Mutter, die von ihrem Sohn, von ihrem Kind gute Nachricht erwartet.

Für den jungen Mann gibt es keine Zelle mehr, keine Wände. Die Worte, die er seinen Besuchern, denen die er liebte, über das Leben sagen wollte und nicht sagen durfte, brennen nicht mehr in seinem Hals.

Er wird dem schmalen Streifen Licht, der unter der Zellentür hereindringt, nicht mehr „Guten Tag" sagen.

Seine Welt, die in das winzige Fensterchen der Zelle hineingepasst hatte, gibt es nicht mehr.

Die Flugzeuge, deren Lärm er hörte und die er doch nie sah, fliegen nicht mehr.

Die Richter und das Geklapper ihrer Schreibmaschinen, die Repressalien, dieses Deutschland, diesen Staat, in den er sein Vertrauen gesetzt hatte, diese Gesetze und ihre Verfasser, gibt es nicht mehr.

Die Angst, in seine Heimat, die er doch trotz allem so geliebt hat, abgeschoben zu werden, gibt es nicht mehr.

Die Menschen im sechsten Stock hören nicht den Aufschlag des lebendigen, warmen Körpers auf das Pflaster der Strasse.

In diesem Moment vervielfältigt der junge Mann das Leben.

Im sechsten Stock weint eine Frau wie abwesend und fragt verstört die Herumstehenden:

„Aber diese Unterschriften? Was soll ich jetzt machen? Was fange ich mit den Unterschriften an? Gestern habe ich sie doch noch gesammelt..."

Der junge Mann liegt auf der Strasse unter der Sonne.

Der junge Mann liegt auf dem Pflaster vor dem Gebäude, in dem angeblich Recht gesprochen wird. Vor dem Gebäude jenes Landes liegt er, an das er sich wie an einen Rettungsring klammerte, dem er vertraute. Er liegt, ohne den Lärm der vorbeisausenden Autos zu hören, ohne die warme Stimme des Kindes zu hören, das auf der anderen Seite der Straße an der Hand seiner Mutter stehen bleibt und sagt:

"Mutter, schau! Der Mann dort hat keine Decke, er wird frieren."

Der junge Mann auf dem Pflaster, unter der Sonne, im Blut!

"Ich möchte leben", hatte der junge Mann gesagt.

„Wir möchten leben" klingt es wie als Echo nach.

Durch die Stadt gehen die Menschen mit hängenden Köpfen, in Trauer.

Fritz richtet sich in seinem Bett umständlich auf. Durch die halboffene Tür zum Wohnzimmer sieht er den Frühstückstisch. Die fremden Teegläser, die Brotscheiben.

Fritz ist zufrieden mit sich selbst. Sein Körper ist ausgeruht. Er kümmert sich nicht um die Nachwirkungen des nachts getrunkenen Cognacs. Er sieht die Sonne freundlich an, die zwischen dem Spalt in den Vorhängen hereindringt. Er wundert sich, dass er gleich beim Aufwachen daran gedacht hat, Tennis zu spielen. Ja, heute wird der Tag sein, wieder damit anzufangen! Die Sonne, der Gedanke an das Schwitzen im Freien, lässt ihn lachen.

Auf einmal fällt ihm Fatma ein. Die Nacht. Ihr Körper. Er verbirgt sein Gesicht in seinen Händen. Das Gesicht, das jetzt einen erschrockenen Ausdruck hat. Er zwingt sich, an Tennis zu denken. Er versucht, das Lächeln zurückzuholen.

Also Tennis... Er stößt die Decke weg und setzt sich auf den Bettrand. Er kann sich jetzt darüber freuen, dass er keine Kopfschmerzen hat. Aber der bittere Geschmack im Mund... Er beugt sich nach vorne und springt auf einmal auf. Fritz sieht seine Nacktheit, das dunkle Rot auf seinem nackten

Körpers. Er zittert. Sein Glied ist voller Rot. Er reißt die Vorhänge auf. Beugt sich im Licht nach vorne. Er kann seinen Körper nicht mit den Händen berühren. Er läuft zum Bett. Als er die roten, zum Teil schon schwärzlich roten Flecken auf dem weißen Bettlaken sieht, stößt er einen geröchelten Schrei aus. Er will weglaufen, wild laufen. Er will vor seinem eigenen Körper fliehen. Aber er trägt diesen Körper überall mit hin und stößt mit ihm überall an. Er wagt es nicht, diesen Körper, der gerade noch geliebt, gestreichelt wurde, sein Glied, seine Haut zu berühren. Er rennt zur Dusche. Noch ein Schrei, viel lauter jetzt, als er die Blutflecken dort sieht. Er will nur noch raus aus seinem Körper, seinem Kopf. Er will, dass er nur träumt. Ein Alptraum! Er läuft zum Spiegel. Er schließt die Augen, er fürchtet sich, sie zu öffnen. Ein Traum! Ein Alptraum! Er öffnet die Augen und sieht den blutverschmierten Fritz im Spiegel. Er begreift, dass dieses Rot Wirklichkeit ist. Alles um ihn wird auf einmal rot. Nicht nur sein Bett, sein Körper, auch die Erde, der Himmel, alles ist blutrot. Er schaut sein Glied an, seine blutrote Männlichkeit. Er läuft und läuft durch die Wohnung. Und er läuft zu diesem roten, zu diesem blutroten Fenster.

Die Röte des Abgrunds!

Die Röte der Sonne!

Ganz weit weg weint ein blonder, blasser Junge in dem Zimmer, in das man ihn eingesperrt hat. Der Junge, der doch nur lieben will, weint über einen, der nicht weiß, wie man liebt.

Der Junge heißt Fritz!

Erst läuft Ali auf die Menge zu. Er läuft, ohne zu wissen, ohne nachzudenken, ohne nachdenken zu wollen. Er spürt, dass hier etwas Schlimmes sein muß, aber was...? Und da sieht er plötzlich die geballten Fäuste Metins, der am Boden liegt. Das erste, das einzige, was er sieht, sind Metins geballte Fäuste. Er sieht nicht den Kopf, der da liegt, als ob er den Boden küsst, die Haare, die ganz verwirrt sind, den gekrümmten schmalen Körpers, er will es nicht sehen:

„Steh auf, Metin! Metin! Steh auf, mein Bruder, ich bin gekommen, Metin!"

Ali glaubt zu schreien. Er glaubt sehr laut zu schreien. Dabei kommt aus Alis offenem Mund kein Laut heraus. Ali glaubt zu weinen. Ali ist Metin geworden, hat sich hingelegt, liegt plötzlich auf dem Boden... Er lebt und trauert, weint über seinen eigenen Tod.

Ina steht da wie erstarrt. Wie eine Statue. Eine Statue, gebeugt, als würde sie seit Ewigkeiten die Schmerzen der Stadt auf ihren Schultern tragen.

Niemand kann reden. Die Menschen, die sich da versammeln, immer mehr werden, schweigen, bringen keine Worte heraus. Sie spüren, dass Worte nichts erklären, nichts erklären können. Es wird nicht geweint. Man schämt sich.

Immer mehr Menschen kommen.

Vor den Augen aller liegt Metin. Der vervielfältigte Metin, lebendig, unheimlich.

Die Menschen, die nicht glauben wollen, was geschehen ist, haben keine Tränen. Tränen haben keine Macht gegen den Schmerz.

Die Menschen fassen die Menschen an den Händen.

Die Menschen lehnen sich an die Menschen an.

Die Menschen sind Metins und ihr Herzschlag ist spürbar in den Straßen Berlins. Tausende Metins, die nirgends wohin abgeschoben werden, die in keine Gefängnisse passen.

Die Menschenmenge marschiert unter der Sonne, die dem Abend weichen will. In den Straßen von Berlin, in denen die Scham greifbar ist, marschieren die Meister Nacis, die Inges, die Stefans, Nikos, Inas, Alis und Metins...

Ina weiß, heute ist eine andere Zeit. Heute Abend kann sie nirgendwohin gehen, es gibt keine Pflichten und Verpflichtungen mehr. Sie weicht den Blicken Alis, der neben ihr geht, aus. Sie hat Angst, Ali könnte Fragen stellen. Sie hat Angst vor den Worten, die doch keine Bedeutung hätten.

Ali kommt es vor, als ob er alle Gefühle verloren hat. Er geht einfach so. Als sie in eine Unterführung kommen, spürt er nur, dass Fatma in der Nähe sein muß.

Die Sonne verschwindet langsam hinter den Bäumen gegenüber.

Fatma weiß nicht, wie viel Uhr es ist, seit wann sie schon hier sitzt. Es ist ihr, als ob sie einen langen Schlaf, einen jahrelangen Schlaf geschlafen hat. Einen Schlaf seit ihrer Geburt bis heute. Sie sieht das Paket auf ihrem Schoß an, als ob sie nicht wüsste, was darin ist. Sie zerreißt die Zeitung, in die Hamriyanım eingewickelt ist. Sie sieht lange in Hamriyanıms unförmiges Gesicht. So, als ob sie sie irgendwoher kennt, aber nicht mehr weiß, wo und wann sie sie kennen gelernt hat. Sie legt sie gleichgültig, ohne Sorgfalt, neben sich auf die Bank.

Ein alter Mann, der vorbeikommt, bleibt vor Fatma stehen. Er schüttelt seinen Kopf und lacht laut über die Frau, die da mit einer Puppe im Brautkleid sitzt.

Aber die Passanten, die stehen bleiben und auf sie blicken, kümmern Fatma nicht. Sie sieht sie nicht einmal. Und während sie redet, schaut sie auch nicht in Hamriyanıms Gesicht.

Hamriyanım, ich habe auch an den Tod gedacht! Glaub nicht, dass ich Angst habe. Aber der Tod kommt mir falsch vor. Was ist schon, wenn ich sterbe? Ich habe noch nicht einmal jemanden, der mir nachweint. Der Schmerz über einen Tod, der nicht betrauert wird, ist nicht für den Tod, er ist für die Einsamkeit.

Kümmere dich nicht um die Vorbeigehenden, die Lachenden. Wer lacht, lacht über mich. Aber Hamriyanım, ich habe immer für dich gelacht, für dich geweint. Du hast immer nur genommen und genommen. Was bist du für ein unersättlicher Mensch!

Hamriyanım, sag mir, wer hat wessen Trauer, wessen Schmerz genommen?

Hamriyanım, sag mir, wer hat wen betrogen?

Du hast mich betrogen, Hamriyanım! Ich will weder einen König noch einen Palast. Ich will auch kein Geld fürs Schweigen, ich verkaufe meine Geduld nicht.

Fatma, die Ina und den krausköpfigen Jungen sieht, steht auf. Fatma fühlt Leben in sich, neues Leben.

Es wird nicht geredet. Beim Weggehen fällt Inas Blick auf Hamriyanım, die auf der Bank, auf der Fatma eben noch gesessen hat, liegen geblieben ist.

„Die Puppe, du hast die Puppe dort vergessen, Fatma!"

Fatma dreht sich nicht um, sieht nicht nach Hamriyanım. Sie schaut zur Unterführung gegenüber. Die Unterführung ist eng, lang und dunkel. Fatma zieht Ina am Arm. Sie spricht und klingt zufrieden und erlöst:

„Laß Hamriyanım. Ich erzähl dir's noch!"

Als sie in die Dunkelheit des Tunnels eintreten, sieht Fatma die Helligkeit am Ende. Sie sehnt sich nach diesem Licht. Ihr Lachen im Dunkeln aber sehen weder Ali noch Ina.